Lebewohl, Martha
Die Geschichte der jüdischen Bewohner meines Hauses

わが家は「ユダヤ人の家」だった

インケ・ブローダーセン
Ingke Brodersen
中村康之 訳

原書房

わが家は「ユダヤ人の家」だった

目次

わたしが現在住むアパートのかつての所有者、ジークフリート・クルト・ヤーコプ（一八八四〜一九五四）に捧げる。国家社会主義者《ナチ》が強要しようとした運命に抗う勇気と気概を示した人物だった。

二四人

姿を消した二四人のことを、この本で語っていこう。わたしがいま住むアパートから一九四二年に強制移送された人たちだ。ここに入居してから何年も、そのことを知らずにいた。ベルリン・シェーネベルクから姿を消して殺害された、六〇〇〇人を超えるユダヤ人男女の名前のリストを目にしたとき、二四人の名前もそこにあった。

わたしが暮らすのはシェーネベルクのバイエルン地区というところで、時代が二〇世紀へと転換するころ、郊外の住宅地として開発されたところだ。ユーゲントシュティール様式の建物に、浴槽やセントラルヒーティングをしつらえた有力な大市民層向けの住居が設けられ、経済的に余裕のできた同化ユダヤ人のあいだでひときわ人気が高かった。弁護士ジークフリート・クルト・ヤーコプもそうした一人で、この人物がベルヒテスガーデナー通り三七番地のアパートを購入したのは、国家社会主義者《ナチ》が権力を掌握する数年前のことだった。ヤーコプはユダヤ人にも非ユダヤ人にも住居を貸していたし、この地区のユダヤ人住民の大半がそうだったように、ユダヤ人であることに縛られるような意識は一切なかった。かれらがドイツ国民であることは自他ともに認めるところで、愛国者を自認する者も多かった。だが、国家社会主義者《ナチ》がそれを一変させた。ユダヤ人であること、それがヤーコプの「人種的な」特徴でありアイデンティティの核心であると決めつけられ、そんな理屈でドイツ国民としての権利を奪われたのだった。これを端緒に、災厄はとどまるところを知らなかった。

ここの五階の住居に引っ越してきたとき、このヤーコプのアパートでかつて何が起こったのか、わたしは何も知らなかった。数年がたったころ、バイエルン地区の街灯柱にプレートがいくつも設置された。片方の面には図像のモチーフが描かれ、もう一方の面には、国家社会主義者《ナチ》が出した数々の反ユダヤ主義的な命令が一枚ずつ記されていて、日常が厳しさを増していく「がんじがらめ」（ヴィクトール・クレンペラー）の年代記になっている。ドイツに住んでいたユダヤ人市民は強制移送になる以前から、そうやってじわじわと生命を削られていった。

このアパートの前には、「一九四二年三月二六日　ユダヤの星によるユダヤ人住居の強制表示」と書いたプレートがかかっている。わたしの住居のドアにも、白地に黒の星が描かれていたことだろう。そのドアの向こうにはマルタ・コーエンという女性が住んでいた。マルタは一九四二年九月、テレージエンシュタットへ送り込まれている。

そのことをわたしは『記憶の場所』というカタログで知った。この地区から、だれが「東方に」強制移送されたかを、通りの名称と番地ごとに網羅している冊子だ。移送先はテレージエンシュタット、アウシュヴィッツ、リガ、トラヴニキ、ソビボル、トレブリンカ、マイダネク、ピアスキ。ベルヒテスガーデナー通り三七番地のこのアパートの「ユダヤ人住居」へ強制入居になっていた二四人全員の名前も、そのようにして判明した。以前に住んでいた住居からは退去を余儀なくされていた。ベルリンを「一流の世界都市」に変貌させるという計画を建設総監アルベルト・シュペーアが打ち出し、そのための用地が必要になったため、邪魔になるものは何もかも根こそぎ取り払わせたのだ。ユダヤ人の存在も、そのひとつだった。

　そうしたことを語っていこう。わたしがいま住んでいるアパートが最後の住所となった二四人のことを。かれらが社会的にどのように孤立していき、略奪され、圧殺されていったか。それは合法化された殺人であり、「適正に」公然と進められていった。ドイツ帝国から逃げようとしながら、閉ざされていく門の前に立たされた者の絶望のことを語っていこう。親が子どもと引き離され、あるいは子どもが父、母、きょうだいから引き裂かれ、いずれも二度と再び会えなかった「小さな死」のことを。戦費にまわす資金を必要とした国家社会主義者《ナチ》の経済的な収奪のことを。一九三三年以前、ジークフリート・クルト・ヤーコプは資産家だったが、一九四五年には一文無しになり、そのうえ心臓病まで患った。そして、ヤーコプをはじめとする人たちが、奪われたもの一切の賠償を求めた長年にわたる闘争のことも語っていこう。

　二四人が姿を消したことで、非ユダヤ人の隣人たちが利得にあずかった。ベルリヒテスガーデナー通りのアパートの土地登記簿には、「アーリア人」の買い手の女性の名が、将来の所有権者としてすでに仮登記されていた。賃借人にとって大家となるこの女性は、本来の所有者であるジークフリート・クルト・ヤーコプが戻ってくることはあり得ないと確信していた。ところがヤーコプは生還し、ほかにも生き延びたユダヤ人の賃借人は何人かいた。国家社会主義者《ナチ》が与えようとした死を、座して待っていた者ばかりではなかった。地下に潜行した者もいたが、キト、上海、ブエノスアイレス、ケープタウン、ハバナなど世界中に散らされて、新しい居場所を自分では選ぶことができない者もあった。かれらの逃避行のこと、異国での生活のこと、郷愁のことも語っていきたい。そうした内容も扱うことで、死者についての本、というだけでこの本が終わらないようにしたい。

愛する人たち、故郷、母国語、文化など、慣れ親しんだものすべてを失えば、心に傷が残る。根無し草になれば、社会で生活していく力を吸いあげることができない。夫婦関係の破綻のこと、理不尽な別離のこと、自死のこと、信頼の喪失のこと、そして、避難できた人たちでさえ生命の糸が断ち切られたことも語っていこう。

ベルリンのひとつのアパートのユダヤ人入居者の話ではあるが、同様の体験をした他の大勢の人たちを代弁する話でもある。わたしが描いた人生の断片は、あとから読み直してみると、あの苦難の時代のことだけに偏りすぎている。全体像とはいえない。親しみを覚えはじめたかれらが、輸送番号、死亡証明、犠牲者、被害者、弱者にしか見えなくなるのが、わたしにはどうしても嫌だった。それで、かれらから奪い取られはしたが、それ以前に何かしら意味のあったものに登場してもらった。最後までマルタに付き添ったスタインウェイのグランドピアノ、ベティが父親から贈られたリヨン絹張りのアームチェア、エーディトがイギリスでの新生活に持っていこうとしていたシンガー社製ミシン、ジークフリート・クルト・ヤーコプが隠れ家でつくっていたジャーマンポテト——そのときはバターすらなかったが、楽しかった過去を思い起こさせ、希望を与えてくれる料理であって、寂しい潜伏生活を貫きとおす力になった。

「マルタ」、「エーディト」、「ベティ」、「ヘルマン」、「クルト」などと呼ぶのは、許されない越権行為だろうか？　このアパートのユダヤ人入居者を、まるで親しい友達であるかのようにファーストネームで呼ぶのは行き過ぎだろうか？　実際的な理由をひとつだけあげておくと、本書にたびたび出てくる名前をいつもフルネームで読まされるのは、読者の方にとっても煩わしいはずだ。

　執筆を進めるうちに、姿を消した人たちのことがわかるにつれて、それはますます身近な存在になっていった。望もうと望むまいと、かれらはいつもそばにいる同伴者になっていて、追い払うことはもうできない。ただ、どれほど親近感が生まれていようと互いのあいだには壁がある。恐怖支配という壁だ。わたしなどとうてい経験したことがない恐怖支配という壁。逃れるすべもなさそうな悪夢に自分の生活が襲われたとき、あの人たちの魂で、心で、脳裏で、どのようなドラマが展開されたのだろうか。わたしには想像すらできない。

　あの非道な時代について、ユダヤ人の権利剝奪、抑圧、排斥、貧窮について、輸送、強制収容所、死の行進、殺戮について、そして国家社会主義者《ナチ》による迫害の「骨格」（オルガ・トカルチュク〔ポーランドのノーベル賞受賞説家〕）について、いまのわたしたちはいろいろと知っている。もちろん知識は欠かせない。だが、ひとりの人生のかけがえのない肌触りがそこに感じられ、顔が目に浮かび、声が聞こえてこない限り、抽象的でそらぞらしいものにすぎない。それだけで理解したとはいえない。

　アウシュヴィッツから生還したイタリア系ユダヤ人プリーモ・レーヴィは書いている。命を奪われた者は自分の話を自分で語ることがもうできない、「自分の死について報告をするために」戻ってきた人はいまだかつていない。かれらの声に耳を傾け、理解し、語らせ、そうやって忘却から、消え失せることから守るのはわれわれの役目だ、と。

かつて「ユダヤ人の家」だったこのアパートの住居を「占有する」と同時に、わたしはその歴史に足を踏み入れた。姿を消した人たちの痕跡を見つけ、かれらの歴史を語る責任から逃れることはできない。ただ不安なのは、このアパートから死への道程に放りこまれた人たちのことを、発見できた資料の言葉から想像するほかないということだ。わたしが書いたものを読んで、それは違う、と声をあげることがかれらにはできないから。

ベルリンにて、二〇二三年二月

アパートのユダヤ人入居者

クルト・バロン　繊維製品の代理商
ヤーコプ・ベルガー　商人
ヘレナ・ベルガー　「事業主」
ジェイムス・ブランドゥス　弁護士・公証人、妻エルスベート
ヘルマン・ブラット　毛皮商　妻クララ
マルタ・コーエン　ピアノ愛好家
ヘルタ・グリュックスマン、シャルロッテ・グリュックスマン
アリス・ハインリヒスドルフ
エルゼ・ヘルツフェルト、ハイマン・ヘルツフェルト
サラ・イーレンフェルト　販売員
ジークフリート・クルト・ヤーコプ　公証人・弁護士　アパートの所有者
妻エーディト、夫婦の息子ハンス・シュテファン・ギュンター
クララ・ゼルディス　年金受給者
モーリッツ・カルマン　商人、マルタ・カルマン　「事業主」
ヘルマン・カッツ　歯科医

レヴィ・ルイス・ダーフィト・カイザー　繊維工場主、妻エミー
ヘルマン・ザロモン・ヒルシュ・クリス
マックス・レヴィン　醸造所オーナー、妻ヨハンナ
クララ・マルクス　通信事務員
マックス・マルクス
オスカー・メンデルスゾーン　代理商
クルト・レヒニッツ　穀物商店の取締役、妻ベティ
アルフレート・ローゼンバウム　医師
ヘートヴィヒ・シュタイナー、クルト・シュタイナー、娘リリー、息子ゲラルト
マルタ・シュタイニッツ
ベルタ・シュテルンソン　「倉庫管理人」、夫ジーモン・ジークムント　たばこ工場取締役
パウラ・パウリーネ・スランスキー
イーダ・ヴォレ　販売員

一九四二年八月一〇日

この日、クララ・マルクスがテレージエンシュタットへの「移送」のため、ベルリン・シェーネベルク、ベルヒテスガーデナー通り三七番地の表通りに面した建物の五階から連行されていった。その二週間後にクララは死亡。ゲシュタポが押し入ったその住居は、いまわたしの自宅になっている。

漆喰の欠け

ある一二月の雨模様の夕方、のちに新居となるこのアパートの玄関にはじめて足を踏み入れたときには、昔日の暴力行為のことなど何も知らず、クララ・マルクスという名前も知らなかった。かつての大市民層の暮らしをうかがわせる鏡張りの壁、大理石の柱、ユーゲントシュティール様式の装飾など、エントランスホールの造りをざっと眺めた程度にすぎない。長時間の仕事でくたくたになり、眠くなって空腹だったうえに、早朝のフライトでベルリンに連れてきた一歳になる娘を、空っぽの胃袋の前のあたりに抱っこ紐でかかえていた。ベルリン・シャルロッテンブルク地区の新しい職場に移り、ドイツ再統一の後に設立された企業で業務拡張を担うことになったため、一家の住むところを探していた。

その数カ月前から賃貸物件を何件か下見していたが、気に入るところがなかった。そのうえどこも家賃が高い。その晩は、仲介業者のK氏が辛抱強くシェーネベルクのバイエルン地区の物件を紹介してくださり、現地の五階の住居で落ち合うことになっていた。初めのうち、内見をするときは近隣の街路も歩き回ってみて、騒音はどうか、託児所は近くにあるか、公共交通の便や買い物をするところは、などと調べていたが、しばらくすると周辺の環境が妥協できそうかどうか確認するのはやめてしまい、暖房と浴槽のついた住居ならいいやという気分になっていた。

物件のドアのすぐ横でエレベーターが止まった。暗褐色のドアは塗料が剝げかけていて、向こう側に目の覚めるような掘り出し物は期待できませんよ、と釘をさされているような気がした。よっぽどすぐにも回れ右して引き返そうかと思ったが、そのときには、客が逃げだしそうな気配を敏感に察したK氏が勢いよく呼び鈴を押していた。

その住居にはルームシェアの男性が入っていた。再統一の後でベルリンの住宅市場が過熱した時期、おそらくは家主や仲介業者とも示し合わせたうえで、新手のウィン・ウィンのビジネスモデルを編みだした連中だった。まずどこかに部屋を借り、退去してもよいですという広告を出す。ただし退去する代わりに、正当な理由のない相当な額の「補償金」を払わせるという仕組みだ。借主はこれを負担しなくてはならない。仲介業者のほうでも「即入居可」の物件を提供することができ、現金がすぐに入るメリットがある。このモデルにとってわたしは上客だった。言われるがままだったのだから。何カ月も家探しに無駄足を踏んでうんざりしていたうえ、その晩は飛行機に乗らなくてはならず、時間に遅れそうになっていた。ざっと見回して玄関の天井が外れているのに気づき、あの浸水していそうな個所や、ほかにも欠陥があったら補修したほうがいいかしら、などと思案しているうちに言ってしまった。そうね、ここにしましょう。幅六〇センチの赤く塗装した合板の本棚のある部屋が、こうして数千ドイツマルクでわたしのものになった。

二週間後、その本棚の脇にエアマットを敷き、自分と子どもの寝袋を用意した。部屋はがらんとしていて、ルームシェアの男たちは退去ずみだった。本棚の赤色だけが、ルージュのようにわずかに部屋を彩っている。眠りに落ちる寸前、表の通りへ曲がってきた車のヘッドライトで、天井の漆喰にある奇妙な欠けが照らしだされた。薔薇をかたどった花飾りの一隅が大きく欠損している。空襲の被害？　施工不良？　工事会社の倒産？　ここで何があったのか調べてちょうだい、そんなふうに訴えてくる声が、初めてこの部屋で眠った夜の夢のなかまで追いかけてきた。

入居者たちの名前

クララ・マルクスのほか、このアパートのユダヤ人入居者の名前を知ったのは何年もたってからだ。かつてベルリン税務署にいたアンドレアス・ヴィルケという人物が、この界隈から強制移送されたユダヤ人六〇六九人の氏名を、国家社会主義者《ナチ》の上級財務管理局のファイルからひそかに写して記録していた。もしもヴィルケがいなければ、「第三帝国」の殺人機構のただなかで、そして過去の抹殺に余念がないドイツ戦後社会のはざまで、そうした名前は跡形もなく闇に消えていただろう。ヴィルケは名前とその出生データ、移送データを整理カードに手書きで書き留めている。文書として残っているものとしては、現存する唯一の証言になっている場合も多い。現在は、シェーネベルク区庁舎のヴィリー・ブラント広間の壁面を飾っている。

当時バイエルン地区に居住していたユダヤ人の三分の一が、この整理カードでようやく把握できた。このあたりに住んでいたのは主に資力のある医師、弁護士、芸術家、実業家といった人々で、なかには世界的な著名人も数多くいた。心理学者エーリッヒ・フロムもバイエルン広場に居を構えていて、そこは今日、一〇階建てのコメルツ銀行が天に向かってそびえている。映画監督ビリー・ワイルダーも一時期ヴィクトリア・ルイーゼ・プラッツにいたし、写真家ジゼル・フロインドやアルバート・アインシュタインもハーバーラント通りにいた。わたしがこれらの名前を目にしたのは、ヴァンゼー会議が行われた邸宅と区が共同で作成したカタログ『記憶の場所』を手にとったときで、そこにはヴィルケの整理カードにある名前も掲載されていた。

このカタログには目が開かれる思いだった。どの通りのどの家から、だれが拘引されて「輸送」されたかが綿密にリストアップされている。わたしの住むアパートの通りでは二番地、その隣家の二/三番地、三番地、四番地、七番地、一三番地、二四番地、そしてもっとも多数を占めるのが三五番地と三七番地。こうして、わたしの住むアパートから死の旅路へと送られた人の名前もわかった。ヤーコプ・ベルガーとヘレナ・ベルガーの夫婦はワルシャワゲットーへ、ジェイムズ・ブランドゥスとエルスベート・ブランドゥスの夫婦、マルタ・コーエン、オスカー・メンデルスゾーン、アルフレート・ローゼンバウム、パウラ・パウリーネ・スランスキー、イーダ・ヴォレ、ヘルマン・カッツ、クララ・マルクスはテレージエンシュタットへ、ベルタ・シュテルンソンとヘートヴィヒ・シュタイナーはリガへ、ベティ・レヒニッツとクルト・レヒニッツの夫婦はソビボルへ、エルゼ・ヘルツフェルトとアリス・ハインリヒスドルフはアウシュヴィッツへ、ヘルタ・グリュックスマンとサラ・イーレンフェルトはトラヴニキへ、マックス・マルクスはザクセンハウゼン強制収容所へ。これで全員ではないのだが、そのことは後になって知った。

あまりのことに唖然とした。わたしたち夫婦と子どもたちは、なんというアパートに越してきてしまったのだろう。かつての居住者は、どんな人たちだったのか？　どこから来たのか？　その後どうなったのだろう？　五階のこの住居から連行されていったのは、どの人だったのか？　わからないことだらけで、もどかしい。以来、疑問から解放されることはなかった。

ルストの寝椅子《カウチ》

バイエルン広場の地下鉄駅へ行くときには、レクニッツ小学校のそばを通る。うちの子どももたちも通学していたところだ。一九〇四年創立の学校で、それから二年後には生徒数が一〇〇〇人を超え、第一次世界大戦のさなかに男女混合のクラス分けを導入していた。当時としては異例のことだ。

学校の前にプレートがかかっている。「ベルリンの全区庁は、市立学校のユダヤ人教職員を即刻休職させるよう指示をうける。一九三三年四月一日」。このプレートは、レナータ・シュティー、フリーデル・シュノックという二人の芸術家が一九九三年、この地区の街路にある街灯柱にインスタレーションとして掲げた八〇枚のうちのひとつだ。国家社会主義《ナチズム》の時代にユダヤ人に屈辱をあたえ（「ユダヤ人に石鹸および髭剃り石鹸を支給または販売してはならない」）、孤立させて権利を剥奪し（「ユダヤ人の医師は今後診療を行ってはならない」）、没収して飢えさせた（「ユダヤ人への肉、肉製品、およびその他の配給食糧の供給を停止する」)、数々の反ユダヤ主義的な命令がひとつずつプレートに記されている。ユダヤ人の生活を締めつけようとして矢継ぎ早に発せられた措置を、これらのプレートが通りすがりの人の眼前に展開していく。弁護士、医師、教師、俳優、音楽家に対する職業禁止、電話接続の解約、ヴァンゼー湖での水浴禁止、ユダヤ人への新聞や書籍の販売禁止、公共交通手段の利用禁止、免許証の強制供出、学位授与の禁止、暖かい衣類の供出。

一九三八年一一月一一日以降、帝国教育相ベルンハルト・ルストの指示により、ユダヤ人の子どもはあらゆる公立の学校から締め出された(「ユダヤ人の子どもは公立の学校に通ってはならない」)。教育相は、「いかなるドイツ人の教師にも」ユダヤ人の子どもへの授業を受忍させるわけにいかない」からであると主張した。「帝国科学・教育・文化大臣」に登用される以前は自身もラテン語とドイツ語の教師だったルストは、あらゆる教育機関を国家社会主義の方針に沿わせることを使命と心得ていた。ギムナジウムの学習期間を短縮し、宗教教育は廃止、「遺伝学」を導入し、体育の時間を増やして、最終的に青少年は「グレーハウンドのように速く、クルップ社の鉄鋼のように強く」なれと鼓舞した。なんとも覚えやすいスローガンで、わたしが小さかったころも大人が何かにつけ口にしていたので、シュレースヴィヒ・ホルシュタイン州の故郷の町で暗唱できない子どもはいなかった。

ルストのゲルマン化政策はついに正書法にまで及んだ。英語のカウチ(Couch)はドイツ語式にKautschと書くべし。戦後の権威主義的な社会では、そんな掛け声も中高年世代の支持を集めていた。その手の人たちには、アングロサクソン的な世界を象徴するもの――チューインガム、ジーンズ、パーカー――は何であれうさんくさく見えていた。英語風の言葉づかいもそのひとつで、かつての勝者の言語であり慣習だった。

わたし自身のある経験も、あるいはルストの威光が尾を引いていたのかもしれない。まだギムナジウムの上級学年だったころ、作文に書いた「ラジオ」という単語に赤線が引いてあり、表記の間違いだと指摘されていた。どこが悪いのかわからず先生に尋ねたところ、「ドイツ語」の作文なのだから必ず「無線受信機」と書きなさい、と諭された。わたしが学校で教わった先生の大半は、教育学の知識を「第三帝国」の時代に叩き込まれており、「暗黒時代」の信条をそのまま引きずっている人もいたのだ。

「記念の壁」

ベルンハルト・ルストが登校禁止令を出したことで、当時カトリックだったレクニッツ学校でも、ユダヤ人の生徒を退学させるよう迫られた。それでなくても「レクニッツ」という存在は、国家社会主義のイデオロギーにとって目の上のたんこぶだったに違いない。ワイマール共和国時代の民主的な雰囲気を追い風に、この学校はきわめてモダンな校風で知られ、男女共学クラス、必修の水泳授業、「大都市の危険から身を守る」少女クラブなどがあり、まさにその理由でリベラルなユダヤ人家庭からは教育機関として人気が高かった。

一九一〇年に開設されたシナゴーグが校庭にあったが、周りを囲む「アーリア人」所有者の家屋があまりに近かったおかげで、一九三八年一一月の帝国ポグロムの夜〔いわゆる水晶の夜の別称〕も無傷で切り抜けた。図書館、教室、保育室のある宿舎部分が手前に建っていて、その一部だけは襲撃をうけたが、残骸のあと片づけはユダヤ人たちが費用を出してくれた。

一九四三年の最後の「移送」が終わってバイエルン地区から「ユダヤ人が一掃された」ことが報告されると、敷地と建物はゲシュタポのものとなり、五階建ての側翼部分には帝国保安本部の職員が入居した。おそらくは、前もって徹底的な「消毒」が行われたことだろう。「空き室になった」ユダヤ人住居ではそれが慣例になっていたことが、費用負担にまつわる係争事件の資料からわかる。ところが、こうした入居者が新しい住処の恩恵にあずかれたのもつかの間のことで、一九四三年一一月に焼夷弾が落ちて建物が被害をうけた。これと同じ年、イギリス首相ウィンストン・チャーチルは「人道的な爆撃」へと方針を転換しており、これはドイツ帝国の戦闘力を弱めて、国民がナチ政権に叛乱するよう仕向けるためだったが、狙いがはずれたことは今日のわれわれが知るとおりだ。

一九九五年、当時六歳だったわたしの娘も通っていたレクニッツ小学校の生徒たちが、シナゴーグの残骸が埋まっている校庭に「記憶の壁」を制作し、殺害されたユダヤ人住民の氏名を壁面の一個一個のレンガに書き記して、ベルリン・シェーネベルクの中央広場で児童が一人ずつその名を発表するという催しがあった。娘がどの名前を選んだのかは思い出せない。クララ・マルクスの二週間後にアパートから追い出されたイーダ・ヴォレの名前だったかもしれない。だが、生命の輝きをいっぱいに放つ子どもたちの明るい声と、殺害された者たちの重苦しい運命とのコントラストが、聞いていたわたしに身体的ともいえる痛みを感じさせたことははっきりと覚えている。

国家社会主義者《ナチ》がこの地域社会の連帯をずたずたにするまで、隣人同士として暮らしていた何千人もの人たちがこの地区から姿を消したことを、他の参加者もこのとき実感したのだった。

マルタの石

それから何年かたって休暇を終えた帰り道、アパートの前までくると、出迎えてくれるかのように「つまずきの石」が光を放っていた。アパートの玄関扉につづく入口階段の舗装に埋め込まれた一一センチ四方の真鍮プレートで、これに気づかずに素通りする人はいないだろう。「ここにマルタ・コーエンが居住していた。生年一八六〇年。一九四二年に強制移送。テレージエンシュタット。一九四二年九月一二日に殺害」。マルタ・コーエンという名前はカタログで見覚えがあったものの、しばらく前からそのカタログは書斎の戸棚で埃をかぶっていた。

それからは毎日、表通りに出ようとするたびに、知らぬ間に知らぬ人が埋めたこのマルタの石をひょいとよけるようになった。足で踏むのは冒瀆のような気がしたからだが、マルタ・コーエンという人が何者なのかという疑問が特に浮かぶわけでもなかった。この通りにも隣接する通りにも、「つまずきの石」はいくつもあった。たまたまドイツ・ユダヤ史に関するあるプロジェクトに加わって調査を進めるなかで、傑出したシナゴーグ音楽の作曲家でもあったマルタの父親ルイ・レヴァンドフスキという人物に出会い、そのときに初めてマルタのことも少しわかり、ピアノの技量が優れていたことも知った。

毎年一一月九日になると、マルタのつまずきの石にだれかが追悼のキャンドルを飾っている。そこだけではない。「ユダヤ人の家」が現存していない場所でも、殺害された人を悼んで同じような赤い炎がゆらめいている。たとえば隣接するシュペイラー通りは、アウシュヴィッツで殺された女流詩人ゲルトルート・コルマーが父親と住んでいたところだ。かつてその建物があった場所には、草木がおい茂るなかにベンチが四脚あるばかりで、早朝にはスズメ、夕方には若者のデートスポットになっている。

一一月の夕暮れどき、道を曲がってわたしのアパートのある通りに足を踏み入れると、キャンドルが歩道いっぱいに光を放っている様子が目に入る。心に残る情景ではあるが、本音を言えばわたしはキャンドルが好きではない。そこで起こった出来事を、ていよく葬り去ろうとしているように思えてならない。終戦後、過去に「終止符」を打ちたいと考えるドイツ人が大勢を占めたものだが、そうした問題の多い態度をキャンドルは連想させる。かれらは罪過や想起から顔をそむけ、それを家族との会話でいかにも説得力ありげに語り継ぐものだから、ゆがめられた虚構がますます幅をきかせるようになる。二〇一八年にビーレフェルト大学が発表した調査によると、家族のだれかがナチ政権の迫害の被害者に手をさしのべたことがある、と答えたひとが五人に一人近くにのぼったという。

マルタ・コーエンに手をさしのべた人間は、ひとりとしていなかった。

二歳半になる孫の男の子イリアスがこのあいだ家に来たので、いくらか不鮮明だが、わたしが知る唯一のマルタ・コーエンの写真を見せて教えてあげた。じっとこっちを見ているこの黒い服の女のひとはね、ずっと昔にこのおうちに住んでいたの。この「ピアノ」――グランドピアノの何たるかを説明するのは手に余った――もね、このお部屋にあったのよ、そこにヤマハのピアノが置いてあるでしょう、ちょうどそこにあったのかもしれない。マルタは、とってもピアノを弾くのが上手だったのよ。

「あ、そう？」と、イリアスはわたしの話に返事しながらも、レゴタワーの建設に夢中になっている手をとめない。興味はないけどちゃんと聞きましたよ、という気持ちを伝えたいときによく使う言い回しが「あ、そう？」なのだ。このときも、一言だって理解してくれていないだろうと察した。

推察ははずれた。二時間後、左耳に指を二本あてながら「聞いて《エクート》、ばあば《ヤヤ》、聞いて《エクート》！」と言ってきた。「ヤヤ」はわたしのことで（祖母を意味するギリシャ語だが、本来は giagia と書く綴りを書きかえたもの）、「エクート」はフランス語圏の生まれのせいで出た仏語。耳を澄ましてみると、イリアスが聞いている音が聞こえてきた。隣のアパートのアメリカ人女性がピアノを弾いている。きっと、わたしが話した黒い服の女のひとが弾いていると思ったのだろう。

また機会があったらジークフリート・クルト・ヤーコプのことを話してあげよう。イリアスの発育段階はちょうどイヤイヤ期にさしかかったところ。国家社会主義者《ナチ》からの押しつけに抗い、嫌だ、とばかりに果敢に抗議の声をあげたのがジークフリート・クルト・ヤーコプだった。

天は黙していた——マルタ・コーエン

一九四二年九月一日、このアパートからマルタ・コーエンを「移送」のため連行したとき、ゲシュタポは呼び鈴を鳴らすことなどせず、銃床をドアに叩きつけ、応答がなければただちに部屋へ踏み込んだことだろう。

わたしたち一家が引っ越してきたとき、住居のドアを固定しなおさなくてはならなかった。軽く足が当たっただけでガタガタ揺れる状態だった。これも爪あとのひとつだったのだろうか？

マルタ・コーエンは一九三九年の春、ベルヒテスガーデナー通り三七番地の賃借人となった。三月か四月だったと考えられる。ちょうど「タカの季節」の時期で、早朝にはその鋭い鳴き声を聞くことができる。向かいにあるハイルスブロンネン福音教会の塔のまわりを旋回していて、壁のへこみの巣でもうすぐヒナがかえるころだ。優雅に舞うこの鳥を書斎机から眺めることができ、バイエルン地区にひろがる空も見渡せる。わたしが現在暮らすこの五階の住居を借りていたマルタも、遺言書の追記を書いているときに同じ光景を眺めたことだろう。そして生涯最後の日々には、タカのようにどこかへ飛んでいきたいと思ったのではなかろうか。

マルタも、亡くなったその夫も、財産の一部を遺贈しようと思っていた相手はみなこの世を去っているか国外へ移住しており、ユダヤ人の財団や教育機関も活動を禁じられていた。それでも、手元に残った財産をナチの手には渡したくなかった。晩年のマルタは幾度となく天を仰いだのではないだろうか。第三帝国の暴虐な政権といえど、さすがに天までは力が及ばないだろう。だが、天は黙したままだった。「東方への疎開」のためという名目で連行されたときでさえも。

黒衣の女性

マルタを写したいくらか不鮮明な写真がある。察するに、連行される二〇年ほど前に撮ったものだろう。当時は六〇歳前後、夫は二年前に亡くなっていた。上品な黒衣をまとってグランドピアノの傍らに立っている。演奏の才能があったマルタが、その時点ですでに何度も経験していた転居のたびに、新居まで運んでいたグランドピアノだ。目を患ったのちの夫ヘルマン・コーエンの肖像画が、豪華な額縁に入って壁にかかっている。一九一三年にマックス・リーバーマン〔ドイツ画壇の重鎮とも呼ばれたベルリン分離派の画家〕が描いたものだ。この絵が現存するかどうか調べていて、ベルリン・ユダヤ博物館の来歴調査部から聞いたところでは、その肖像画ならイスラエルからベルリン・ユダヤ博物館に永久貸与されていますとのことだった。どういう経緯があったのだろう?

当時新設されたばかりのこの博物館が開館したのは一九三三年一月二四日、アドルフ・ヒトラーが帝国宰相に指名される六日前だ。肖像画がマルタから博物館に渡ったとも考えられる。この博物館はドイツ近代主義の展示にも力を入れており、作者マックス・リーバーマンもその一人と目されていた。
あるいはこの博物館では一九三六年、その一年前に逝去したリーバーマンの功績を称える記念展覧会を開催しているので、その際にこの肖像画もはじめて収蔵品に加わったのかもしれない。この博物館では展示品を揃えるにあたって個人からの貸与に頼っていた。国家社会主義者《ナチ》の政権掌握から三年がたち、他の博物館に協力してもらうことは考えられなくなっていたからだ。

一九三八年一一月九日の帝国ポグロムの夜にユダヤ博物館も襲撃をうけ、絵画はゲシュタポに押収された。その後に絵画がどうなったのか、まだ完全には解明されていない。作品の一部は一九五二年にベルリン・シャルロッテンブルク地区のシュリューター通りにある地下室で発見され、ユダヤ人返還後継機関により、エルサレムにある（今日の）イスラエル博物館に引き渡された。ヘルマン・コーエンの肖像画もこれに含まれていて、そこから再びベルリンに戻ったという可能性もある。この絵はいまでも、マルタの住居の壁にかかっていたときに絵を引き立てていたのと同じ、豪華な額縁に収まっている。

さきほどの写真を見ると、ポーランド・アメリカ系の彫刻家エンリコ・グリセンシュタインが彫塑したヘルマン・コーエンの胸像がマルタの右側に写っており、その手前には、マルタの父親ラザルス（ルイ）・レヴァンドフスキの別の油彩画が立てかけられている。さまざまな思い出が詰まった大切な品々に囲まれて、マルタはそこに立っている。この写真は、かつて夫と住んでいたルイトポルト通り三二番地の住居で、引っ越す直前に撮影されたものと推定される。マルタの生活がどんな風にコーディネートされていたかがうかがえる品物が並んでいる。

生まれたのが音楽一家だったため、マルタはピアノ、兄弟のアルフレートはバイオリンを見事に弾きこなした。父親のルイ・レヴァンドフスキは一八三三年、一二歳のときにポーランドの小さな街ブジェシニャからベルリンに移り住み、のちにプロイセン王国の音楽監督となり、オルガン音楽、会衆の歌唱、混声合唱などでシナゴーグの礼拝に旋風を巻きおこした。ユダヤ教信徒にしてみればとてつもない変革だった。ユダヤ教の正統派は、礼拝での音楽を厳しく戒めていたからだ。

ユダヤ人学者

そのルイ・レヴァンドフスキの娘マルタは一八六〇年六月二〇日生まれ、一八歳のとき、レヴァンドフスキ家をよく訪ねていた倍も年長の大学教員ヘルマン・コーエンと結婚した。この年上の大学教員を何より惹きつけていたのは、この家でいつも演奏され、歌われていた音楽だったが、開明的なユダヤ精神も両人を結びつけた。新カント主義の「マールブルク学派」を立ち上げたヘルマン・コーエンは、ドイツ人とユダヤ人の共生や、哲学を下敷きにした「ユダヤ精神の学問」を熱心に訴えた人でもあり、「宗教の概念」が「理性の宗教によって発見される」べきであると説いていた。

コーエンはこうした立場から、プロイセンの歴史家ハインリヒ・フォン・トライチュケに断固として異を唱えた。トライチュケという人は、のちにナチの口癖のようになった「ユダヤ人はわれらの禍である！」という一文を含む論文を著名な『プロイセン年鑑』に寄せ、ユダヤ人を社会へ統合することを認めようとせず、反ユダヤ主義が大っぴらに語られる状況をつくった張本人だ。ユダヤ人学者たるコーエンは、マールブルク大学の同僚の教授連からも白い目で見られるようになっていくが、その一方で、コーエンの講義に一学期のあいだ出席したことのあるロシア人作家ボリス・パステルナークなどからは、「例外的な現象」であると評されて尊敬を集めた。世を去る数年前、第一次世界大戦前夜のころに、コーエンは〈ユダヤ学術振興協会〉の招きでロシアを旅し、モスクワとペテルブルク、ビルニュスとワルシャワ（当時はまだロシア領だった）など数都市で講演をおこなった。そこでコーエンは、東方ユダヤ教に起源があると考えていたメシア信仰のユダヤ教と、コスモポリタン的な啓蒙主義との弁証法的な総合を披露して、数千人の聴衆から人気スターさながらの喝采を浴びた。それは「文字どおりの凱旋」だったと、《ベルリン日報》は一九一四年に伝えている。

一九一二年に定年退職してからはベルリンの〈ユダヤ教・科学教育所〉で教鞭をとるかたわら、東欧の各所にもそうした類の学校をつくろうと構想していた。だが、第一次世界大戦で計画は水泡に帰し、また、厳しさを増していく身体的な制約にも直面した。

一八九二年の時点ですでに網膜剝離を発症し、その当時から夫婦の「共同での執筆作業」（マルタ・コーエン）が始まっていた。マルタは夫宛ての通信文を整理したり、読んで聞かせたり、夫が口述する思想を紙にとどめるためにタイプライターを習得したりして、この新技術を使いこなす女性の草分け的な存在になった。アメリカではレミントン社やアンダーウッド社の製品がどこの事務所でも使われていたのに対し、ドイツ帝国にある台数はわずかだったが、〝アドラー七〟というよく親しまれた機種もあった。

夫の死後、マルタは一九一八年にシェーネベルクを離れ、ティアガルテン地区にあったシミオン家の住居に引っ越した。「重い病気」、「神経症」を病んでいたといい、おそらく抑うつ症ではないかと思われる。父親のルイ・レヴァンドフスキもこの症状に時おり見舞われていた。ヘルマン・コーエンと一緒の暮らしはたいへん中身の濃い幸せなもので、ふたりは共に原稿を作成し、音楽の喜びを分かち合った。夫が旅立ってからは、心に大きな穴があいたようだったに違いない。

一九二〇年には元気を取り戻したらしく、健康状態がだいぶ回復したようなので、夫にかかわる「活動」に自分のすべてを捧げることができそうです、と友人たちに書き送っている。マルタはある使命を自らに課していた。そして一九二二年、数カ月にわたってアメリカに滞在し、哲学に関するヘルマン・コーエンのテキストや講演の翻訳書、出版物の普及に努めた。

マルタはきっと「エーリカ」を手荷物に入れていたはずだとわたしは思っている。小ぶりの旅行用タイプライターで、一九一〇年に発売されてドレスデンの会社ザイデル&ナウマンのヒット商品になっていた。マルタの指は、手とペンで文字を書くことをもう忘れていたかもしれない。

お金、タイプライター、女性解放

親しかった友人イングリットのお母さんの作業部屋にタイプライターが置いてあり、わたしはよくそれに見惚れたものだった。お父さんは板金工だったが、お母さんが自宅を「事務所」にして簿記や文書作成をされていた。

キャリッジを戻して改行するときに鳴るチンという音も、イングリットのお母さんの指がキーを叩くときのカタカタいう音も好きだった。そんな機械を自分も扱えるようになりたいと思った。それで速記とタイピングを習うことに決めた。休みの日に時給五〇ペニヒのために園芸店でバラの接ぎ木をして、夕方になると親指に刺さった棘を抜く、そんなことをしなくてもよくなるわ、とも思った。

イングリットのお母さんは、十本の指が使えるように手ほどきしてくれた。用紙を挟み、キーボードには白い紙を載せて、文字どおりブラインドで文字を打っていく。打った文字だけを見るのよ、と指導された。正しいアルファベットのキーに指が当たっているかどうか、それでわかるから。速記のほうはお手上げで、外国語を習っているような気がしてくるのだが、タイピングはそれからも続けて毎日午後に練習した。連日だ。タイプライターの技術で園芸店のお給料を超えてやろうと決意した。

それから数年後、十本の指のおかげではじめて割の良いアルバイトができた。ある連邦州の警察署の書類を作成したのだが、警察のほうでは、一五歳の女の子が受注者だとは思っていなかった。名前を貸してくれた人がいたので、この実入りの良いアルバイトができたのだった。それからはお小遣いに頼らなくてすむようになった。稼ぎが良かったので、はじめてまとまったお金ができると、ウェストの細いキルトスカートと赤いタートルネックセーターにつぎ込んだ。着るものがいつも三人のお姉さんのお下がり、という悩みにもけりがついた。

この仕事があたえてくれた経済的な自立は、二度と失いたくない自由の恍惚、といったものをわたしに芽生えさせるとともに、自分の食い扶持くらいならなんとかなるという自信を植えつけてくれた。この自由を一生手放さないと心に誓ったものだ。

遺言書

マルタ・コーエンとヘルマン・コーエンの夫婦には子どもがなかった。一九一五年に共同遺言書を作成し、財産の大部分はユダヤ系の財団にゆだねて奨学金に役立ててもらうこととした。ベルリンのユダヤ人共同体が大口の遺贈先だった。夫婦は第一遺言執行者として、マルタの兄弟である医師アルフレート・レヴァンドフスキを指定した。シェーネベルクのヴィンターフェルト通りにあるこの人の家に、ふたりはたびたび招待される間柄だった。ただしマルタが死亡するまで、遺言書にもとづく処分は無効とした。

一九三二年、マルタは自分の遺言書を作成した。夫と共同で書いた遺言書は、「インフレーションのせいで」手持ちの財産が失われてしまって「該当するものがなくなった」のだといっている。こうした理由づけは表向きのことで、国家社会主義者《ナチ》の台頭による政治的な変化のために遺言の変更が必要になったのだとわたしは見ている。一九三二年七月の帝国議会選挙ですでに国家社会主義ドイツ労働者党（NSDAP）が第一党になっており、それがマルタの耳に入らなかったはずはない。「ヒトラー、門前に迫る《アンテ・ポルタス》」〔「ハンニバル、門前に迫る」のラテン語慣用句をもじったもの〕、文芸評論家・ロマンス語学者ヴィクトール・クレンペラーはそう警鐘を鳴らしている。

マルタは個人レベルでも政治の変化を感じるようになっていた。たとえば、夫ヘルマン・コーエンを顕彰するために生誕の地コスヴィヒ（ザクセン・アンハルト州）の市庁舎に設置されていた記念牌が、一九三二年に撤去された。アンハルトでは国家社会主義者《ナチ》が早くから発言力を強めていた。

その後の何年かのあいだに、マルタは遺言書の追記の公証を五回うけている。最後の追記は一九四一年一月七日の日付けがあるが、あらゆる公的文書に記すよう定められていた「サラ」という追加名をつけずに署名している。マルタは自分の遺産、遺贈物がどうすれば国家社会主義者《ナチ》の手に渡らないかを懸命に模索し、結局は果たせなかったが、これらの追記はそうした抵抗の証になっている。

当初は、一九一九年創立の〈ユダヤ教・科学アカデミー〉に設けられたヘルマン・コーエン財団を相続人に指定していた。一九三三／三四年にこのアカデミーが解散となり、それに伴って財団も消滅したらしく、一九三四年八月二六日の追記でマルタは〈登記済み社団　ユダヤ教・科学振興協会〉を受取人に指定している。だが、それもほぼ不可能になったものと思われる。一九三八年七月三一日付け命令が発布されて以降、「健全なる民族感情が蔑ろにされる場合、ユダヤ人への遺言書による贈与は……無効」とされたからだ。

マルタは一九三二年、自身の財産の金利から義理の姉妹エラに年金を遺すことにしたが、一九四一年、この相続予定者がイギリスへ脱出していたことがわかったため、ユダヤ人共同体が財産の「金利全額を受領」することとした。グリセンシュタイン作のヘルマン・コーエンの胸像は、もともとはコーエンが長年教鞭をとったマールブルク大学に贈るつもりだったが、ナチ党員の教授連がイデオロギーを牛耳っているこの大学が胸像を受けとることはあり得ないだろうと考えなおし、ユダヤ博物館に贈ろうとしたところ、ここも国家社会主義者《ナチ》のもとで閉鎖になってしまった。

マルタとしては、新たに指定した遺言書執行者ゲオルグ・レヴァンドフスキに任せて——兄弟のアルフレート・レヴァンドフスキは一九三一年に亡くなっていた——、この難局を切り抜けてもらう以外になくなった。それなのにこの人物も、一九三八年以後は「もはやドイツに」とどまっていなかった。次の追記にマルタはそう書き留めている。後継の執行者として甥ハインリヒ・リーグナーを指定したものの、この人も一九四〇年に亡命。残るは、家政婦を務めてくれていたマリー・ヴィーバッハひとりになった。この女性への「金銭遺贈」も、一九三八年に増額したばかりだった。

四人の婦人と一台のグランドピアノ

ナチ政権のこの時期、マルタは日常の生活をどのように送っていたのだろう？　なかなか思い描くことができない。「がんじがらめ」の生活を束の間でも忘れさせてくれそうなものは、すべてユダヤ人の手の届かないところにあった。コンサートは一九四二年九月一二日から聴きに行けなくなり、本や雑誌も買えなかった。長年にわたり夫とともに綴った文章の世界に浸ることももちろんできず、禁書になっていた。しかもマルタは、いつ来るかわからない警察の手入れにも怯えなくてはならない。自然の中へ、グルーネヴァルトの森へ、あるいはシュラハテン湖へ散策をしに行くこともかなわない。ユダヤ人は公共交通機関を利用できなくなっていたし、「ドイツの森」への立ち入りも禁止されていた。逃げ場のない、閉所恐怖症になりそうな状況だ。

五部屋の住居に一人で暮らしではなくなっていた。古くからの家政婦マリー・ヴィーバッハが入居しており、この女性とは長いつきあいだったが、その矢先にまた二人の「転借人」が加わり、この人たちも受け入れざるをえなかった。「自分のものなど、もう何もありません」。そう書いているのは女流詩人ゲルトルート・コルマーで、この人はベルヒテスガーデナー通りと向かい合うシュペイラー通り一〇番地に父親と住んでいたが、そこへ住居を追われた大勢の「転借人」が強制入居になっていた。マルタのところには、ベルタ・シュテルンソン――夫のジーモン・ジークムントも逃亡まで一緒だったかもしれない――と、寡婦のクララ・マルクスが同居することになった。この二人の婦人はそれ以前、ベルリン・ヴィルマースドルフ地区、ゼーゼナー通り七一番地に住んでいた。

強制された慣れない共同生活を婦人たちはどう感じていたのだろう？　どのような交流をしていただろう？　残り少ない持ち物を分け合っていただろうか？　パンは？　紅茶は？　思い出は？　クララは息子のハインツのことを語っただろうか。ベルタは娘を早くに亡くし、葬られたヴァイセンゼー墓地も遠いのでお墓参りもできなくなっていたが、娘のいた幸せな日々のことを語っただろうか？　マルタが二度と会えない夫ヘルマン・コーエンと父ルイ・レヴァンドフスキが眠っているのも同じ墓地だ。ベルタ・シュテルンソンは、夫のジーモン・ジークムントが上海に着いたことを聞いていただろうか？　国際的なユダヤ人援助組織を通せば、ドイツまで知らせが無事に届くことも少なくなかった。

マルタがピアノに向かってモーツァルト、メンデルスゾーン・ブラットルディ、フレデリック・ショパンのノクターンを奏でるとき、それは四人の婦人のいちばん愉しい時間だったかもしれない。グスタフ・マーラーやアルノルト・シェーンベルクといった、帝国宣伝相ヨーゼフ・ゲッベルスが禁じた「非ドイツ的」で「退廃した」音楽家の楽曲も、ときには鳴り響いたのではなかろうか。マルタならそんな気概があったはずだ。国家社会主義者《ナチ》に言われるがままの人間になるのをよしとはしない女性だった。遺言書に追記を加えていることや、公文書に定められたユダヤ人女性の追加のファーストネーム「サラ」を入れるのを拒んでいることが、そのことを雄弁に物語っている。自分を待つ人はどこにもいない、待っているのは死だけだとマルタは覚悟していた。グスタフ・マーラーの曲を近所の人に聞かれて密告されたとしても、それで失うものなど何があろう。

アルノルト・シェーンベルクは国家社会主義者《ナチ》の政権下、ベルリン芸術アカデミーで教鞭をとることができなくなり、一九三四年にパリを経由してロサンゼルスへの脱出を果たした。それに先立つ一九二三年、画家のワシリー・カンディンスキーに宛てた手紙に、よく知られた悲痛な言葉を残しており、マルタもきっとその言葉を知っていた。シェーンベルクは書いている。「わたしは思い知らされました、二度と忘れることはないでしょう。自分がドイツ人ではなく、ヨーロッパ人でもなく、ことによると人間ですらなく、ユダヤ人であることを」。ドイツ人とユダヤ人の共生、宗教と理性の助け合い、トーラー〔ユダヤ教の律法〕やタルムード〔ユダヤ教の規範〕とカントの響き合いをあれほど熱心に訴えてきたマルタとその夫ではあったが、数々の苦難にみちた経験を味わったいまとなっては、シェーンベルクの言葉にマルタが共鳴していたとしてもおかしくないと思う。

マルタには音楽しかなかった。マルタがルートヴィヒ・ヴァン・ベートーヴェンの『月光ソナタ』をピアノで弾くとき、逃れるすべのない「移送」のときをアパートで待つ人たちがみな耳を傾けたことだろう。その音楽の響きは、「ユダヤ人の家」が多く並ぶこの通りであまりに頻繁に耳にしたであろう怒声、喧騒、ゲシュタポががなり立てる命令とは対極にあった。

マルタの財産申告書

一九四二年九月一日、マルタの部屋のドアの前にゲシュタポが立った。八二歳になっていた未亡人マルタは、「第五四次高齢者輸送」でテレージエンシュタットへ送られた。輸送されること自体がすでに苦痛だったに違いない。マルタは心身ともに頑健なほうではなかった。夫と死別して以来、何週間にもわたるサナトリウムへの入院を繰り返し、一時はもう抑うつから抜けだせないと思ったこともあった。そのころは死への憧れにとりつかれていた。夫とまたひとつになりたいという願望だった。

強制移送される一週間前の一九四二年八月二三日、ユダヤ人文化協会へ財産申告書を提出しなければならなかった。寝室には衣装簞笥、ベッド架台とマットレス、ナイトテーブル、椅子二脚、化粧台、ソファー、安楽椅子、カーペット、ランプ二台、食事室には食卓、椅子三脚、安楽椅子三脚、ガラス棚、シャンデリア、書棚二本、書斎机、そのほかにグランドピアノ、楽譜、書籍があった。

元教授夫人のマルタは「枢密顧問官夫人」の異名をとるほど大市民的な住居設備に慣れており、財産申告書に挙げているよりはるかに多くの家財がかつてはあった。持っていたタイプライターも、その時期には手もとにない。すでに一九四一年一一月、ユダヤ人はタイプライターの供出を余儀なくされていた。私の知っている写真では装飾をほどこした金のネックレスを身に着けていて、きっと大切な品だったはずなのだが、それも所持することは許されなかった。一九三九年二月の命令で、「ユダヤ人の所有する高価な石および金属は公営の買取所に供出する」よう定められていた。絵画や、夫の胸像のように芸術史的価値のある物品、さらには膨大な蔵書も以前からすでに処分していたらしく、財産申告書にはいっさい見当たらない。夫の遺産の大部分は戦後になっても行方知れずのままだ。破壊の犠牲になったか、戦利品の一部になったかのどちらかだろう。

「転出」の数日前には裁判所執行官までやってきて、「民族と国家に敵対する財産の没収」に関する命令書を送達していった。命令書には、財産申告書の品物を差し押さえる法律上の根拠がこと細かに説明されていた。執行官はタクシーに乗ってきた。決して安くはない。後日、この執行官は委託者である上級財務管理局に三七・四五ライヒスマルクを請求している。わたしがそれを知ったのは、ブランデンブルク州立アーカイブでいまも閲覧できるファイルを見たときで、マルタの一九四二年八月二三日付け財産申告書もこのファイルに入っている。署名と引き換えにマルタは受領書を受けとっており、お役所仕事の形式をちゃんと踏んでいた。資産の略奪は「適正に」進めることとされていて、政府はそれを重視していた。第三帝国の収奪は国家によって守られ、法律によって合法化されなくてはならなかった。

「転出」ののちに、マルタの遺品は裁判所執行官の職権により見積もりにかけられ、一種の「値札」が貼られて、スタインウェイのグランドピアノには一五〇〇ライヒスマルクの値がついた。家具類はフリッツ・ヘンチェル社に引き渡された。ここはベルヒテスガーデナー通りにあった家具製造会社で、経済・小売業連合会の帝国事務所に物品を納めていた。この連合会には略奪品の販売を手配する正規の資格があり、そこから一〇パーセントの手数料を天引きする。残りの収益を、上級財務長官にあてて振り込むことになっていた。

九月八日、マルタが住んでいた二つの部屋が「明け渡され」て封鎖されたことを、家屋管理者のヘルマン・ブラックが届け出ている。財務当局はその日のうちに収支記録を作成した。支出のほうは、裁判所執行官とエネルギー供給会社ビーバグに払うタクシー代（一〇・七二ライヒスマルク）、それに対する収入はといえば、マルタ・コーエンの口座を解約したドイツ銀行からの振込（二五九七ライヒスマルク）と、ヘンチェル社が住居設備の売却で得た収益（一二二五ライヒスマルク）だった。

マルタはテレージエンシュタット収容所で二週間も生きられなかった。輸送人員が到着したころ、ナチのプロパガンダで「ユダヤ人の模範入植地」に仕立てられていたこのゲットーはすでに溢れんばかりの過密状態になっていた。そのために衛生状態が耐えがたいばかりか、密集をかきわけて戸外の共同便所へたどり着くことや、食べ物を調達することもマルタのような高齢者にはままならない。一九四二年九月一二日、Q六〇二棟〇六号室で医師により死亡が確認され、遺体は焼却されて、エーガー川に灰が投げ込まれた。

ドイツ銀行と上級財務長官

マルタ・コーエンの死から数週間後、〈ユダヤ文化協会〉の理事会は、ベルリン上級財務長官と財産運用事務所に報告を行い、故ヘルマン・コーエンが「シェーネベルク区裁判所のファイル二九Ⅳ・八〇七・一八号の開封済み遺言書のなかで」この文化協会を遺言執行者として指定していること、そして遺された妻を単独受贈者として指名していることを知らせた。遺産として――マルタの財産申告書とほぼ一致するのだが――、ドイツ銀行の保管金庫にある有価証券と、同じくそこにある銀行預金二万三〇〇マルクを挙げたうえで、ただし未亡人はすでに一九四二年九月一日に「保護区へ転出」していると通知している。

おそらく財産運用事務所としては、マルタが強制移送されたことをうけて、コーエンの財産を帝国の国庫に押収もしくは没収できるようになったことを公式に確認、証明したかったのだろう。ちなみに、上級財務長官とドイツ銀行とのあいだでもひと悶着あったようで、銀行側では、マルタの口座に残っている金銭を上級財務長官へ支払う前に正式な証明書を出してほしいと要求した。「法的な確実性」を担保したいとの理由だった。

銀行の法務部門は一九四五年一月一二日になっても、ドクトル・ヘルマン・コーエン教授の遺産口座と遺産保管金はいずれも現存すると上級財務管理局にあらためて認めつつ、「マルタ・サラ・コーエンがヘルマン・コーエンの単独相続人である」ことの証明書、相続証書、または公正証書をあくまで求めて譲らなかった。コーエンの金銭をめぐる綱引きが最終的にどう決着したのかはわからない。この時点ではナチ政権が瓦解寸前になっていたので、ドイツ銀行としても戦後の商売に欠かせない信用を気にせざるを得なかっただろう。この先、ドイツ帝国の戦費を何百万規模で融通することはもうないという計算も働いたのではないか。ナチの掲げた「千年帝国」は、とうに崩壊への道を突き進んでいた。

痕跡を探して

このアパートのすぐ前にある街灯柱に、そのプレートは掛かっている。「ユダヤ人の住居への強制表示」が一九四二年三月に命じられ、ドアに黒色の星を描いたことを伝えるプレートだ。だれが見てもユダヤ人だとわかる烙印《スティグマ》を押す措置がいくつも講じられていたが、これもそのひとつだった。どのドアの向こうにユダヤ人が住んでいるのか、アパートの住人がみな知ることになった。

わたしはこのプレートのそばを毎日のように通っていたが、そのたびに胸が騒ぎ、無言の催告をうけているように感じた。そのうち妙に気になる疑問がいくつも浮かんできて、このアパートから連行された人たちの名前を知ってからは、片時も頭から離れなくなった。

ここから姿を消したのは、どんな人たちだったのだろう？　出身地は？　連行された場所は？　一緒に暮らす子どもや家族はいたのだろうか？　けれども、一日の長い仕事を終えて五階の自宅ドアの前に立ったときには、答えを知りたいという刺すような欲求を振り払い、ドアの向こうで待つ子どもたちの顔を思いうかべることにした。

それでも毎朝、居間の床でヨガをしているときだけは、天井の漆喰の欠けにどうしても目がいってしまう。そのたびに、国家社会主義《ナチズム》の時代にもこの部屋で天井をじっと見つめていた人がいたかもしれない、それはだれだったのだろうという疑問に襲われた。

前出のカタログを読んでわかるのは、このアパートのユダヤ人住民の大半が一九四二年に「東方へ」運ばれていったということだけだった。そこから氏名と移送データを知ることはできるが、詳しいことはわからない。その人たちのことを何かしら語ってくれそうなイメージをもつこともできず、顔も体つきも目に浮かばない。かれらのイメージは自分で作るしかない、そういうことだったのかもしれない。

痕跡探しを始めようと決めるまで何年もかかった。大きな収穫があるとは思えなかった。向き合おうとしている追放者は、虐殺された何万人もの大海のなかに跡形もなく消えた未知の存在だ。そんな相手の何かわかるだろうか？　何から手をつけよう？　途方にくれることもたびたびで、やめてしまおうと思ったことも一度や二度ではない。けれどわたしは負けず嫌いなほうで、あのころ続けられたのはその性格が物を言ったのだろう。

未知の人たち

調査に取りかかったころ、自分にできるのは試し掘りくらいが関の山ではないかという迷いもあって、さほど熱がこもらなかった。思いついた情報源のなかをかなり手当たり次第にさまよったり、自伝のページをめくったり、手元にある国家社会主義《ナチズム》に関する文献を調べたり、生存者の証言を読んだり、デジタルアーカイブに迷い込んだりと、情けないほど系統だっていないが、それでも、ひょっこり「開けゴマ」の呪文がきいて扉が開き、このアパートのかつての居住者とのつながりが見つかるのではないかという期待もどこかにあった。いずれにせよ、有望な鉱脈を掘り当てるには至らなかった。

死亡した日付、月、年、時刻、場所が記された死亡証明書が見つかることもあった。そのおかげで、クララ・マルクスの夫エドゥアルト・マルクスがすでに一九二七年に亡くなっていたことがわかり、また、ブランドゥスの息子であるヴェルナーとマックスが一九三七年に逃亡していたことも、二人の名前が載っている乗船客名簿やアメリカの帰化証明書からわかった。だが、いずれも散発的な発見にとどまり、調査を進捗させるほどではなかった。

ときには夫婦どちらかの結婚証明書のほうが、収穫が多いことがあった。これはベルリン州立アーカイブの戸籍役場照会システムや、全世界を網羅する家系図調査のためのウェブサイト、アンセストリーで見つけることができる。そこには新婦の両親と結婚立会人の名前が載っており、新郎の職業がわかることもよくあった。その人が博士号を取っていれば、博士論文を国立図書館で探せるかもしれない。弁護士・公証人のジェイムス・ブランドゥスを例にとると、一九八九年に『プレミアム付き無記名証券の用益権について』と題する論文で博士号をとっている。だが、それがわかったところで、この人物についてわたしに何が語れるだろう。この論文で学位を取得したこと、弁護士として有価証券を専門にしていたこと、もしくは専門を志していたことぐらいだろう。苦労して報われるほどの手がかりにはならなかった。

労多くして実り少なかったこの時期に光明となったのがベルリン住所録とユダヤ人住所録で、この二つは引っかき回してみて損のない宝箱だった。ベルリン住所録の発行は一九四三年までで、通り名ごとに分類されていて番地も付してある。それがわたしの目的には幸いした。おかげでベルヒテスガーデナー通り三七番地にだれが住み、だれが出ていき、だれが入ってきたのかを年ごとに把握することができた。そして、登録された賃借人のリストから消えているのに、実際にはこのアパートから強制移送されていた人がいたこともわかった。オスカー・メンデルスゾーンがその例だ。この男性は一九四一年からこの住所では賃借人として登録されていないのに、まさにこのアパートから、一九四二年に強制移送のため連行されている。これはいったい何を意味するのか？

一九三〇年代にベルリン住所録への登録があった人のなかで、前出のカタログから強制移送になったことがわかる名前は二四人のうち三人しかいない。オスカー・メンデルスゾーン、ヘートヴィヒ・シュタイナー、マルタ・コーエンだ。その一方で、このアパートのユダヤ人賃借人として、わたしの初めて聞く名前も住所録に登録されていた。モーリッツ・カルマン、ルイス・カイザー、マックス・レヴィン、クルト・バロン、ヘルマン・ブラット、エーディト・ヤーコプ、そして「年金生活者K．ゼルディス」。さらに、このアパートの持ち主としてドクトル・ジークフリート・クルト・ヤーコプ。この名前も、カタログには強制移送者としてどこにも記されていない。この人たちはいったい何なのか？　迫害から逃亡したのだろうか？　それとも、エドゥアルト・マルクスのようにすでに亡くなっていたのか？　そして、（カタログによれば）このアパートから連行されたはずの多くの人が、ベルリン住所録のこの通り名と番地になぜ載っていないのか？　アルフレート・ローゼンバウムがその例にあたる。あるいはエルゼ・ヘルツフェルトもそうだし、ブランドゥス夫妻、ベルガー夫妻、イーダ・ヴォレ、マックス・マルクス、それ以外にも多くの名前がない。謎はもつれた糸のようにますます錯綜した。

上に挙げた名前あるいは少なくともその痕跡は——本人とその家族がベルリンに長年住んでいた場合に限られるが——、ユダヤ人住所録に見つけることができた。これは当初、ユダヤ人共同体に所属する全員のリスト（住所が付記され、職業も記されていることがある）として作成されていたもので、一九二九／一九三〇年版と一九三一／一九三二年版しか現存しないが、重要な情報をいくつか教えてくれた。街路が別であっても、だれが強制移送前からシェーネベルクに住んでいたのかわかったし、シャルロッテンブルク地区またはヴィルマースドルフ地区から来たのか、それともまったく別の都市から来たのかもわかり、また、ベルガー夫婦がクレーフェルトとフレッヒェンの出であることもわかった。それまで知らなかったヘルマン・ブラットという人は、ユダヤ人住所録に毛皮加工職人として載っており、現在ではベルリン・ミッテ区の高級街になっているニーダーヴァル通りに毛皮工場を所有していた。

情報源として必要不可欠なアーロルゼン・アーカイブズの強制移送者リストに目を通していて、たまたま新しい名前が見つかることもよくあった。ヘルマン・ザロモン・ヒルシュ・クリスもそうした一人で、調査を進めるうちに新たな名前はさらに増えた。こうした人たちはみなベルリン住所録に記録されていないのに、どうして強制移送までベルヒテスガーデナー通り三七番地に住み、どのように暮らしていたのかは依然としてわからなかったが、最後の居住地となるこのアパートを、みずから進んで選んだのではないだろうという予感がしはじめていた。その事情をもっとよく知りたい、どうして辻褄が合わないのか解明したいと思った。

二人のエーディト

ベルリンのユダヤ人に同じ名前の人が多かったことや、日付けの誤り、さらには同じ名前でもスペルが違う場合がよくあることから、本書で紹介する話のなかにも、わたしが語りなおすにあたって誤解、脱落、錯誤に陥っていることがないとは言い切れない。

ナチ官庁の不手際が原因で間違いを犯しそうになったことも一度や二度ではない。たとえばかなり長いあいだ振り回されたのは、ヘートヴィヒ・シュタイナーという女性が二人いるようにみえたことだ。一人は一八八九年生まれ、もう一人は一八九〇年生まれとなっているのだが、あろうことか両人とも誕生日が一月一九日で一緒。これには驚かされた。一方はリガに移送され、他方は一九四四年にシュトゥットホーフ強制収容所へ抑留されていた記録がある。シュトゥットホーフで登録された際に生年の記載ミスが起こっていて、そのため、利用できるどのオンライン・アーカイブをみても、一八九〇年一月一九日生まれのヘートヴィヒ・シュタイナーがそこに存在したという間違いが将来も残ることになってしまったのだ。そんな人物は実在しない。リガに移送されたのも、その二年後にシュトゥットホーフへ収容されたのも、あくまでこのアパートにいた一八八九年生まれのヘートヴィヒ・シュタイナーだ。

また、このアパートの持ち主の妻エーディト・ヤーコプは脱出を果たしていたはずだと考えられ、ベルリンの追悼文集〔「情報源」の章を参照〕、ヤド・ヴァシェム、テレージエンシュタットの収容所など、どのデータバンクにも名前がないが、その一方で、正式な国外脱出者が記録されたユダヤ人共同体の国外移住者カードファイルにも載っていない。わたしは長いあいだ、エーディトがエクアドルの首都キトに行ったものと思い込んでいた。「エーディト・ヤーコプ」なる女性が書いた手紙が見つかっていて、これは一九四八年三月一七日に「マイアー・コーエン」という人に宛てて国際難民機関ＩＲＯから送られており、アメリカへ再移住するために六〇〇ドルの資金援助（「貸付《ア・ローン》」）をこの人物に依頼している。自分と夫は一九四二年一月からキトで暮らしており、ドイツからの「最後の輸送人員」とともに逃げ出し、これまでキトでどうにか生活してきましたが、ふたりともここの気候が体に障るようになってきたため、もうすぐ生計を維持していけなくなると心配しています。アメリカでの身元引受人はすでに決まっていますが、六〇〇ドルの旅費が工面できません。資金を貸してくれる公的機関か民間の方を見つけるのに、コーエンさんに力をお貸しいただけないでしょうか？　できるかぎり早期に返済するため、どんな方面でのお仕事でも引き受けるつもりです。手紙にはそう記されている。

この手紙をアーロルゼン・アーカイブズで発見したとき、なるほど、ジークフリート・クルト・ヤーコプと妻エーディトはキトへ行き、おそらくはエーディトの母クララのもとへ逃避していたのだと思った。それまでに、母クララが国外移住先をエクアドルと書いてユダヤ人共同体に提出していたことが判明していた。この手紙の主のエーディトが自分の姓“Jacob”を“c”でなく“k”で表記していることには当惑したが、綴りのそんな違いはよくあることだと思い直した。

ところが何週間かたって、イギリスのチズルハースト在住のエーディト・ヤーコプ（こちらは“c”で表記）という名前が、日付のない英国（United Kingdom）登録簿に残っているのを発見した。これは探しているエーディトなのか、それともやはりキトにいた手紙の主エーディトなのか？　この二人のエーディトの生年月日を確かめなくてはならなくなった。両人のうちどちらがわたしの探しているエーディトなのか、疑問の答えを見つけるには生年月日を知るのが手っ取り早いだろう。「イギリスのエーディト」のデータがドイツの出生証明書と一致したことから、キトのエーディトは「わたしが探す」エーディトではあり得ないことも後にわかった。この女性は手紙に夫のことを書いているが、ジークフリート・クルト・ヤーコプ〔探しているエーディトの夫〕はエクアドルへ逃避したことなどなく、ベルリンで地下に潜伏していたのを後になって知ったからだ。ちなみにアパートの持ち主だったこの人も、同名の人物がいたことで僥倖を得ている。ジークフリート・クルト・ヤーコプという同名の別人が一九四二年一月に警察から死亡宣告をうけていることを幸いに、それ以後はゲシュタポから召喚があっても出頭せず、生き延びることができたのだった。

そのほかの人生について

本書ではマルタ・コーエン、ヘルタ・グリュックスマン、クルト・バロン、そのほかベルヒテスガーデナー通りのアパートの大勢のユダヤ人入居者について語っていくが、そのうち何人かは有力な手がかりに乏しく、経歴のはっきりしないところがある。たとえば長年ここに部屋を借りていたマックス・レヴィンとヨハンナ・レビンの夫婦がそうで、このふたりは一九四一年、リスボンを経由してニューヨークへ、さらに娘エレナの住むシカゴへたどり着いた。エレナの妹エルゼはパレスチナに逃げ、弟のヘルマンはテヘランに逃避して、迫害をうけた一家は散り散りになった。ほかの多くの家族と同じように。

手遅れにならないうちに逃げだすことができたのは、レヴィン家の子どもたちに限らない。ヘルマン・ブラットとクララ・ブラットの夫婦はイタリアへ逃げ、ベルタ・シュテルンソンの夫ジーモン・ジークムント・シュテルンソンは、同じような迫害の被害者がビザを提示しなくてすむ唯一の地だった上海へ逃げた。ハイマン・ヘルツフェルトはリスボンを経てブエノスアイレスへ、アパートの持ち主の義母クララ・ゼルディスはエクアドルへとそれぞれ脱出し、その娘エーディトは、キンダートランスポート〔ユダヤ人の子どもを国外へ脱出させた活動。「ハンス・シュテファンとキンダートランスポート」の項を参照〕でイギリスに渡った一二歳の息子ハンス・シュテファン・ギュンターも来ていたイギリスのチズルハーストへ脱出した。すでに一九三八年にナチの手で一年間投獄されたことがある彼の父は、ベルリンで地下に潜行して幾人かの勇気あるベルリン市民に匿われていたが、ゲシュタポの命令で隠れたユダヤ人を探していた同じユダヤ人の「摘発屋」に見つかり、一九四五年四月初めにまた逮捕されている。

このように何人かの人物で点と点が少しずつ繋がっていき、ひとつのストーリーとして語ることができるようになった。クララ・ブラットとヘルマン・ブラットの夫婦がカラブリア〔イタリア南部の州〕に抑留されたこと、虹口区でのジーモン・ジークムント・シュテルンソンの生活、ベティ・レヒニッツとクルト・レヒニッツの不幸な結婚。ただし、あくまでもそれは恐怖政治の時代に限ってのエピソードにすぎない。本書で描いた人たちが、みな犠牲者でしかなかったかのような、それとは違う明るい生活をいちども送ったことがないかのような、そんな印象になるかもしれない。わたしとしては、それは事実を歪めることであり、人生を切り刻んで調べるようなものだと思うが、どうしても別の書き方はできなかった。だとしても、亡命を経験した哲学者ハンナ・アーレントが言うような「過ぎ去った黄金時代」はそこにもあったはずだ。「わたしたちはかつて、まわりから気遣いをしてもらえる人間であり、友人たちに好かれる人間だったし、家主なら、わたしたち借り手がきちんと家賃を払うことを知っていた。買い物をしたり地下鉄に乗ったりできて、お前たちは望まれない人間だ、などとだれにも言われない時代があった」。

本当はもっともっと知りたかった。かれらの人生のそうした別の側面、迫害が始まる前の原点を知りたかった。このアパートでコーエンが喜びにあふれて音楽を楽しんだこと、マルタの兄弟でバイオリンが上手だったアルフレートが訪ねてきたときのこと。あるいは、ジーモン・ジークムント・シュテルンソンが「クレイたばこ工場」の代理取締役に就任したことを祝って、二人の役員オットー・シュピッツ、ゲルハルト・ノイマンと乾杯をしているところ。あるいは、ブランドゥス一族の家族が一堂に会して、マグデブルクのユダヤ人共同体の副理事長に選任されたジェイムス・ブランドゥスを祝っているところ。だれもが将来の計画を頭に描いていたはずだ。ヘルマン・ブラットなら、軌道に乗っている毛皮の売買に新たな従業員を雇おうと考えていたかもしれない。ジークフリート・クルト・ヤーコプなら、アパートをもう一軒買おうと思っていたのではないか。そんな将来の希望も国家社会主義者《ナチ》の手で無残に打ち砕かれた。

この人たちのことを考えていると、そもそも幸せな思い出をつくることができたのだろうか、という疑問にかられる。たとえば歯科医を職としたヘルマン・カッツは、次から次へと苛酷な運命の仕打ちに見舞われた人だった。妻を失くし、医師だった息子ルドルフも自死した。一九三三年、他のユダヤ人医療者がすべてそうだったようにヘルマン・カッツも保険医としての資格を剝奪された。それからはユダヤ人の自費患者だけを診察したものと思われ、しばらくすると診療所の看板に、ダビデの星と並んで「ユダヤ人歯科患者の診察資格あり」の表示を追加しなくてはならなくなった。法律がそう定めたからだ。

ベルリン住所録を眺めていて気がついたのだが、医師のなかに「患者治療者」という差別的な付記のある人がいる。名乗ることがまだ許されていた肩書だ。職業組合にしても、ユダヤ人会員を守ろうとするどころか、忖度をして権利剝奪を率先して進めることが多かった。出版書籍業を営むマルティン・ブランドゥスも〈ドイツ書籍商組合〉から締め出され、同じような苦い経験を味わっている。

一九三三年七月、ユダヤ人医師と「アーリア人」医師との共同診療所が禁止された。一九三八年九月にヘルマン・カッツも開業免許を取り消され、それは全面的な職業禁止を意味した。医者の世界の「ユダヤ化」と闘うとかねてより予告していた国家医師指導者ゲルハルト・ヴァーグナーは、ついに「医師の職業と医療の学術」が「最終的にユダヤ精神から解放された」のだと宣言している。

一九四二年七月二二日、ナチは六九歳のヘルマン・カッツをテレージエンシュタットに強制移送し、二カ月後にそこからトレブリンカ絶滅収容所へと送り込んだ。

資料解読

デジタル化されているベルリン州立アーカイブズの補償データバンク（ＷＧＡ）を使えば、賠償請求がだれについて、だれによって——生存者または血縁者——行われたのかがわかる。手続で出された申請が、「財産の損害」、「職業能力の展開に関わる損害」、「自由に関わる損害」の種別に分類されていて、該当するファイルを補償官庁の閲覧室で閲覧することができる。

わたしは二〇二一年四月に初めてそこへ出向いた。場所はフェーアベリナー・プラッツ一番地で、戦後、灰色の建物の複合施設からアルノ・ブレーカー〔ナチ時代に重用された彫刻家〕の彫刻作品がひっそりと撤去されたところだ。一番地はもともとカールシュタットGmbH社の管理棟として、同社がアーリア化〔アーリア人であるドイツ人がユダヤ人の財産を安く取得することを意味するナチ用語〕されるまで利用されていた。その後、ここには帝国統計局が入り、ベルリンのユダヤ人の人数計算を行ったり、国家社会主義者《ナチ》の戦争遂行のための情報を集めたりしていた。

ここを訪れるに先立ち、アパートの殺害された住人二四人の親戚か子孫で、賠償請求をしている人がいるかどうか問い合わせてみたところ、おられます、該当するファイルもあります、ただ申し訳ありませんが、お尋ねの方の全員分ではありませんという回答で、資料閲覧の申請をしていただければ、所蔵している分をいつ閲覧できるかお知らせしますとのことだった。

それから何週間かして閲覧室に行ってみると、バインダーに綴じられた補償手続の書類がテーブルに積んであった。何冊かはぱんぱんに膨らんでいたが、それ以外はいかにも厚みがなく、調査が急展開するのではという期待はひとまず脇におくことにした。全部のファイルに書類が完全に揃っているわけではない。戦後まもなくの時期、賠償請求が出されたときに申請者、官庁、弁護士のあいだで係争になった文書が必ずしも丁寧に保存されてはいなかった。ここから何がわかるだろうかと、身が引き締まる思いがした。

何冊かのファイルは、最初にざっと目を通しただけですぐ除外することができた。拍子抜けするほど中身に得るものがない。大半は資料価値のない役所の書類だった。回りくどい法律家特有の文章もあちこちに残っている。ところが別のファイルを開いてみると、紙をめくるたびに驚くほどプライベートな記述が次々にあらわれた。情報を集めて人物像を膨らませていく、その一歩がやっとのことで踏み出せた瞬間だった。

たとえば強制移送者の家族のなかに、それまで知らなかった生存者がいたことがわかった。わたしたちのアパートに住んでいた「婦人帽製作者」ヘートヴィヒ・シュタイナーに二人の子どもリリーとゲラルトがいて、早くから国外に逃亡していたのだ。早い時点で脱出したかどうかが、人生を左右することがよくある。母から略奪された品の賠償を求めていたのがこの二人だった。エーディト・エステル・ザロモンという名前も知った。この女性は、姉ベティ・レヒニッツから収奪された資産の賠償を求めて懸命に闘っていた。どのような所有物について賠償が申請されていたかがファイルの資料からわかったことで、強制移送されたとき住居にどのような調度品があったのか、とか、富裕な両親をもつこの女性が結婚のとき特別な持参金をもらっていたといったイメージがもてるようになり、それまでは生年月日、移送日、死亡日のような「データ」としてしか会えていなかった、わたしの心に生きる住人たちに、人間の姿形を与えてくれる情報となった。わたしはそうしたヒントを資料から丹念に掘り起こしていった。あの恐怖の時期を迎える以前の本書の主人公たちの生活を、かれらが求めた市民としての生活基盤を、そうしたヒントが多少なりとも明かしてくれたからだ。

エーディト・ヤーコプは、シンガー社〔アメリカ発祥の老舗ミシン製造会社〕の電動格納式のミシンで縫物をしていた。当時の憧れの的だった高級品で、本来は輸出が禁止されていた品だ。エーディトの住居にはカーペットやラグが敷きつめられ、ブロンズの彫刻が飾られていた。クララ・ゼルディスご自慢の品はグリーンの革製トランクに収まる二段式のナイフ・フォークケースで、小型のモカスプーンから魚料理用まで入る二四区画に分かれていた。このトランクを運ぶのは二人がかりでないと無理だったと、息子のクルトは述べている。ゼルディスの家にはルドルフ・ヘルグレーヴェ作の絵がかかっていた。辺境地の海や日没の光景を描いて、当時たいへんな人気を博していた画家だ。レヒニッツの家には、アリス・ブリギッタの「女の子部屋」に「白色の研磨ワニス家具」が置いてあった。ベティ・レヒニッツは、「羽毛入りクッションの付いた青色のビロードのソファー」でよく休んでいたというが、それができたのも、夫クルトとともにベルヒテスガーデナー通りに強制入居になり、「狭い二部屋」（とベティの妹は賠償手続で述べている）を他の四人の当事者と共有しなくてはならなくなるまでのことだった。

ときには、このようなファイルに履歴書が見つかることさえあった。例をあげると、ヘルマン・ブラット、その妻クララ、ジークフリート・クルト・ヤーコプ、ハワード・スティーヴン・グラント（独名ハンス・シュテファン・ギュンター）・ヤーコプ、シドニー（独名ジーモン・ジークムント）・シュテルンソンなどの履歴書だ。以前、イタリア赤十字社から「エルマンノ・ブラット」という人物の整理カードを偶然見つけてからというもの、ずっと悩まされていた謎もついに解くことができた。これは「わたしの探している」ヘルマン・ブラットなのか、それとも同姓のイタリア人なのか？

いや、イタリア人ではなく、これこそ「わたしの探している」ヘルマン・ブラットだった。この人は履歴書のなかで波乱にみちた逃避行のこと、ベルリンに残してきた毛皮商店のこと、イタリアで拘束されたことなどを語っていたのだ〔「イタリアへの逃避行」の章を参照〕。

ファイル資料がきわめてプライベートな内容を教えてくれたことも何度かある。資料によれば、ベティ・レヒニッツとクルト・レヒニッツの結婚生活は、少なくともベティにとってたいへん不幸なものだったらしく、一九三八年にガス栓を開けて自殺を図ったこともあるという。一方の側のベティの弟妹と、他方の側の夫クルトの兄弟とは、きょうだいから略奪されたものに対する補償や遺産をめぐって賠償手続で互いに争いになっていた。

クララ・ブラットとヘルマン・ブラットの夫婦関係も、それぞれの提出書類のレターヘッドから読み取れる限り、続かなかったようだ。わたしの心に生きる住人たちのなかでも、ドイツから早々に逃げて助かったユダヤ人夫婦はほとんどがそうなっていた。一九四四年にブラット夫妻は離婚している。賠償手続でまた対峙することになるのだが、そのときには両人とも新しい結婚相手がおり、一時は請求権をめぐる「離婚闘争」を演じることになった。

調査を進めるなかでいろいろと疑問もわいてきたが、調べを重ねても答えの出ないものが多かった。ヨーゼフ・スランスキーは留置所からそのまま強制移送の輸送人員になった。いかなる罪状で逮捕されたのか？　娘婿マルティン・クラインは、ベルギーもしくはフランスへどのようにしてたどり着いたのか？　その妻アリスは――おそらく夫も同様に――強制労働を強いられていたが、なぜ夫と逃げなかったのか？　一九四三年のいわゆる工場作戦のとき、マルティンは拘束されないうちに逃げ出していたのか？

ハンス・シュテファン・ギュンター・ヤーコプは、ヤーコプとゼルディスの夫婦の唯一の子どもだったのだろうか？　本人は賠償手続で単独相続人であると宣誓供述しているのだが、一方で父親のジークフリート・クルト・ヤーコプは、自身の手続で「子どもたち」と何度も述べている。だが、ほかに子どもがいたような形跡は見つかっていない。

一九二九年一〇月のニューヨーク市場の暴落をうけて株式相場が急落したが、株式仲買人クルト・シュタイナーが一九三〇年に、市民菜園の人気のない小屋《ラウベ》で命を絶ったのはそれが原因だったのか？　それともプライベートな問題など、何かまったく別の理由があったのだろうか？

このように不明点が残るケースであっても、際限のない空想やイマジネーションの迷宮に入りこむつもりはない。そうしたい誘惑にかられることはあった。本書の主人公ひとりひとりを包む茫漠たる闇から抜けだしたい、データや事実があいまいな部分についても語りたい、そう思うあまりのことだが、わたしは小説家ではなく歴史を探求する者だ。そして、歴史家にはえてして疑問だけが残る。

シャルロッテ・グリュックスマンは大量移送の時期にどこにいたのだろう？　そして娘ヘルタは強制移送されたのか、それとも、ひょっとして「記帳ミス」のおかげで助かったのだろうか？

ヤーコプ・ベルガーは商人でヘレナ・ベルガーは「事業主」、一九一九年の結婚証明書にはそう記されている。だが、ヘレナ・ベルガーはどんな業種の事業を営んでいたのだろう？　それがいつ

「アーリア化」されたのか？　二人は移送されたワルシャワ・ゲットーで、いつまで生存していたのだろう？

　ベルガー夫妻についてはアローゼン・アーカイブズにＡＪＤＣカードまで残っており、そうしたカードを見て、新たな手がかりへの期待がつのることもよくあった。戦後まもなく、〈アメリカ・ユダヤ人共同配給委員会（ＡＪＤＣ）〉の職員がベルリン財務官庁の地下室に入り、ゲシュタポの輸送人員リストや、ユダヤ人の財産の差し押さえを管轄した財産運用事務所のファイル資料のなかにベルリンのユダヤ人男女の個人情報を発見し、それを整理カードに記録していたのだ。こうしたカードには、結婚相手、息子や娘、出生地、輸送場所、移送のデータと目的地、さらには強制入居者であればどこの住居に割り振られたのかについても、手がかりが残っていることがあった。

　こうしたＡＪＤＣカードのおかげで、サラ・イーレンフェルトがわたしのアパートの側翼のクルト・バロンのところに間借りしていたことや、ヘルタ・グリュックスマンのところにいたブランドゥス夫妻、それにクララ・マルクスが、五階から連行されて強制移送されたこともわかった。そこが現在、わたしが住んでいるマルタ・コーエンの住居だ。

ひとり残された者——クララ・マルクス

一九三八年には、およそ十四万人のユダヤ人がまだベルリンで暮らしていた。逃亡できる者は逃亡しており、多くの家族が子どもだけでもドイツから脱出させようと、家財一切を現金にかえた。あとに残ったのは一部の富裕層と、異国での再出発をする自信がなかったり、逃避しようにも資金が尽きてしまっている高齢者ばかりで、なんといっても大半は収入の道が断たれていた。まだドイツに住んでいたユダヤ人の半数近くがユダヤ人共同体の福祉援助に頼り、それ以外の支援はどこからもなかった。

残留者のなかでは女性、それも年配女性の割合が不釣り合いに高かった。夫や息子は行ってしまって女性が残り、そして命を奪われた。クララ・マルクス、エルゼ・ヘルツフェルト、ベルタ・シュテルンソンのように。

クララ・マルクスは、一九四三年に誕生した孫ゲオルゲを腕に抱くことも、はじめて笑顔を向けられることも、無邪気な喜びの表情をその目で実感することもできなかった。そんな幸せにひたることは一度としてかなわなかった。孫が生まれる何カ月も前に「東方に」送られている。小さな子どもがこちらに近づこうとして、両手を精一杯のばしてくる姿には抗いがたい魅力がある。そんな子どもが差しだす両手ほどに、生きること、未来に期待することを強く促すものはなかなかない。

クララ・マルクスに未来はなかった。製革工場の「監督者」だった息子ハインツが一九三九年、ウィーン出身の妻ヴァレリーとともにアメリカへ逃避したとき、クララは多くの高齢女性と同じようにとどまった。この別離のとき、どのような感慨をいだいていただろう?

クララは、オーストリアの有力な工場経営一族であるシュトラコッシュ家の出身だった。製糖業で財をなした一族だが、文化面での貢献もよく知られている。クララはシェーネベルクのバイエルン地区、バンベルガー通り二五番地で育ち、夫エドゥアルトと結婚後にヴィルマースドルフ地区へ引っ越した。その建物からはベルタ・シュテルンソンも追い出され、わたしのいまのアパートへ強制入居になっている。こうした住人の「集約」を担当するユダヤ人共同体の住居相談所では、住人が自宅を引き払って知らない生活環境で暮らさなくてはならなくなったとき、なるべく顔見知りのいるところへ入居させたようだ。

命綱としての身元引受人

クララの息子ハインツは、アメリカではヘンリーを名乗った。一九四〇年一〇月、まだアメリカ国籍も取得していなかったのにアメリカ軍に召集された。異例のことではない。軍ではナチドイツとの戦争を優位に進めるため、ハインツのようなユダヤ人難民を必要としていた。なんといってもアメリカ人兵士より敵国の地形に通じている。そして多くのユダヤ人難民は、自分たちを迫害した国への敵愾心に燃えていた。

ハインツ・マルクスとヴァレリー・マルクスの夫婦はアメリカ入国に必要な身元保証を、マサチューセッツ州ドーチェスター出身のエゼキエル・ウルフ、レイ・ウルフという夫妻からうけている。ウルフ夫妻とマルクス夫妻のあいだに、縁戚関係があることをうかがわせる形跡はこれまで見つかっていない。

ハインツとヴァレリーが到着したころ、アメリカ合衆国は――他のほとんどの国と同じく――難民や国内移住者に関する政策を厳格化する方向へとすでに舵を切っていた。一九三九年五月、ハンブルクから九三七名のユダヤ人難民を乗せて出航したセントルイス号をめぐる事件はよく知られている。乗客はハバナやキューバの有効なビザをもっていたのに入国を拒否され、必死にアメリカ沿岸に入港しようとした船長も万策尽きた。そのため、セントルイス号の乗客のあいだで集団自殺が起こりそうになる。そうでなくとも自殺しかねない人たちだった。どのみち、帰国すれば待っているのは同じく死だったのだから。結局、ベルギー、オランダ、フランス、イギリスの各国が割当分の難民の受け入れを表明した。

ヨーロッパから逃避してくるユダヤ人に対する政府機関の隔絶政策に、アメリカの全国民が賛同していたわけでは決してない。フランクフルトのユダヤ人共同体の出身で慈善家として知られるヘンリー・ロスチャイルドは、「ドイツ系ユダヤ人に対する救済の意思」のなさを厳しく批判し、アメリカは指をくわえて見ているだけだとしたうえで、身元保証の件数をこれまで以上に増やすこと、所定の割当にかかわりなく被抑圧者が入国できるようにすること、未入植の場所を提供すること、手工業や農業の職業研修を支援することを要求した。

身元引受人になれば、入国者の物質面の扶助について責任を負うことになるが、多くのユダヤ人が熱望する身元保証を引き受けようというアメリカ国民は、ユダヤ人、非ユダヤ人を問わず相次いであらわれた。マルクス夫婦に手を差しのべたウルフ一家の覚悟は、避難路を探しているユダヤ人のあいだで話題になった可能性がある。アメリカに縁者のいないユダヤ人のなかには、電話帳を調べたりユダヤ人援助機関から教えてもらった住所に宛てて、ひたすら幸運を願いつつアメリカ人に手紙を書く者もいたのだ。成功例も少なくない。

いずれにせよハインツとヴァレリーはウルフの力添えのおかげで助かった。だがクララは助からず、一九四二年八月一〇日にベルヒテスガーデナー通り三七番地から連行され、トレブリンカ強制収容所で殺害された。

なぜ、クララは息子ハインツと国外脱出しなかったのだろう?

官僚主義の嫌がらせ

逃避は誰にでもできることではなくなっていた。クララはすでに七二歳。この年齢では、手伝ってくれる人でもいない限り、弱いものいじめでしかない役所の国外移住手続を乗り切ることはできなかった。「お役所仕事と書類の山。国外移住者はその恐るべき嵐が通り過ぎるのを身をかがめて待つほかない」、ウルシュタイン出版社で活躍したユダヤ人の女性ジャーナリスト、ベラ・フロムは、一九三八年にドイツを離れるにあたってそう記している。有効な旅券、外務省や租税官庁の認可を証明する書類、ユダヤ人財産税などの帝国逃亡税の支払に関わるゲシュタポか帝国保安本部の通知書、税務署の納税証明書、出国・入国に関わる当局の許可書、一切の財産状況の開示書類、警察の無犯罪証明書、これまでの居住地の転居証明書、旅券証明書、手荷物に関する指定された書類、通過する国のトランジットビザ、呈示金、鉄道・船舶の乗車券、受け入れ国の市民の身元保証書。必要書類をのこらず揃えるには何カ月もかかった。それでなくても管轄の省庁が業務過多だったことや、窓口の受付時間がユダヤ人の外出禁止時間帯にあたっていたことも追い討ちをかけた。

ドイツから逃げ出すことを諦めていない者は、だれもが必要書類を求めて駆けずり回る日々を送っていたに違いない。「これまで二三種類の書類のコレクションが集まった」、八週間前に国外移住の申請を提出していたベラ・フロムは一九三八年にそう記している。「こうした貴重な書類ができるのを待たされている時間に、一五カ所の出先機関の人間や備品をじっくり観察することができた。下っ端の文書係から、ちっぽけなインク壺に至るまで」。

また、役所で決定権を握っている者が必ずしも潔癖な人物であるとは限らない。なりふり構っていられないユダヤ人申請者の足元をみて、「追加手数料」を巻きあげる役人もいた。船舶の運航会社ではキャンセル待ちのリストの登録にまで、別途料金の支払を求めた。

クララの懐具合では、逃避にはとても足りなくなっていたものと推測される。資産にたいへんな余裕があるか、早めに資金を隠しておくかでもしない限り、殺人国家ドイツからの逃亡は、資金面のハードルが高くて越えられなかった。必要なら賄賂を握らせることもあった。国外移住には何かと金が入用だった。クララにはまだドレスナー銀行とドイツ銀行に有価証券があったけれど自由に処分することが許されず、ユダヤ人の財産は差し押さえになっていた。

　ユダヤ人は存在そのものが「民族と国家の敵」、帝国の敵とみなされた。だからこそ、一九三三年五月二六日付け「共産主義者の財産の没収に関する法律」を盾にとって、ユダヤ人の財産をドイツ帝国の国庫に入れることが可能になっていたのだ。クララがドイツ銀行に寄託していた四〇〇〇ライヒスマルクの有価証券とドレスナー銀行の預金にも、この手が使われた。一九四三年にこの二つの口座は解約され、上級財務管理局へ全額が送金されている。

ベルリンのアパート

マルタ、クララ、ベルタが人生最後の日々を送った住居が、現在、わたしの自宅になっている。夫、子どもたち、それにわたしで一九九一年にベルリンへ引っ越してきたとき以来だ。一九〇〇年代に建てられたこの五階建てのアパートは、ドイツ再統一の時期に屋根裏の一部を改装して五つ目の階層にした建物で、バイエルン広場のすぐ近くに位置している。バイエルン広場は昔はこの地区の中心地であり、当時はどの通りもここへ放射状に集まっていた。かつては大きな噴水、丹念に刈り込まれた広葉樹、雪のように白いベンチのある手入れの行きとどいた広場だったが、現在の姿はといえば、冴えないイミテーションでしかない。現在、ここをわが物顔に駆け回っているのは犬、カササギ、カラスだ。

かつて、ゲオルク・ハーバーラントというユダヤ人の不動産投資家が父親の設立したベルリン地所会社を率いて、それまであまり例のない先進的な水準の都市開発をここで進めていった。一九〇〇年以降、まだ都市権を与えられたばかりで沼地だらけの郊外地だったシェーネベルクを巨大な建設現場にして、幅の広い道路、ユーゲントシュティールや泡沫会社乱立時代《グリュンダーツァイト》〔一九世紀後半の工業化が進んだ好景気時代〕の様式の家屋、泉や噴水のある公園、劇場、カフェ、商店、種々の娯楽施設などを一堂に集めた。一九〇八年に五カ所で地下鉄駅の建設にもとりかかっており、いずれの駅もいまなお現役だ。

バイエルン地区

この「ユダヤ人のスイス」に住居を構えることは、その資力がある人ならだれにとっても特別な憧れだった。当時としては類をみない快適な住宅設備が整っていたからだ。温水、各戸にある浴室、高層階の部屋、天井の漆喰、オーク材の寄木張りの床、使用人用の階段、建物全体のセントラルヒーティング、さらに、わたしの住むアパートのようにエレベーター付きのところまであった。この区画の街路には——例の投資家の個人的な好みで——みなバイエルン地方の名称がついていて、そこから「バイエルン地区」という呼び名になった。

ここに居を構えたのは多くが成功したユダヤ系のリベラルな中間層で、ハーバーラント本人もそうだったように、ドイツ帝国の急激な経済的勃興（一九一四年の開戦まで）で身を立て、ドイツにすっかり同化した人たちだった。宣伝相ヨーゼフ・ゲッベルスの目からするとこの区画は「ユダヤ人のパラダイス」だったが、その一方で多くのユダヤ系住民にとっては、自分がユダヤ人であることの意味は薄れていて、「ドイツ人」、「愛国者」を自認していた。ドイツ社会への統合が大きく進み、長らく感じてきた周囲からの敵視されるような圧力は、かれらの目にはむしろ弱くなっていた。ワイマール共和国からも、市民としての完全に同等の権利が約束されており、ユダヤ人としての集団的アイデンティティにこだわる理由はなくなっていた。

わたしのアパートから歩いてすぐの場所にあったユダヤ教正統派の流れをくむシェーネベルク・

シナゴーグ協会は、かつてミュンヒナー通り三七番地のシナゴーグの建設を発注した協会でもあるが、共同体の構成員数が減りつづけるという問題に長いあいだ悩まされていた。だが逆風が強まる時代になって、ようやく共同体にまた人が集まるようになった。前出の女流詩人ゲルトルート・コルマーは一九四〇年五月に妹のヒルデに宛てて、父親が「最近になって」日曜の夕べにシナゴーグに足を運ぶようになり、昔の知り合いに会ったり、若き日の思い出話に花を咲かせたりしている、そこで「幼いころ耳にした音、雰囲気」に再び出会ったようだと書き送っている。娘にはそれが気に入らず、人間性の解放の逆行につながるのでは、と不信感を抱いたようだ。「お父さんが、まるで筋金入りのユダヤ教徒みたいな話をするのを聞いているのは、気持ちの良いものではありません。宗教的な束縛とはずっと無縁だったお父さんが、わたしには少し――言い方が悪かったらごめんなさい、でもふさわしい言葉が見つからなくて――無節操に思えます」。国家社会主義者《ナチ》の政権のもとで社会から締め出され、権利を奪われ、屈辱を味わい、孤立することが増えるばかりの状況で、多くのユダヤ人男女がまたユダヤ精神に拠りどころを求めた。逃亡中に、亡命先で、そして第二次世界大戦の終結後も、物心両面でユダヤ人援助組織との連帯に支えられた者もあったし、それなしには生き延びられなかったであろう人も少なくなかった。

助かった者のうち、かつて命をつけ狙われた国へ戻った人はほとんどいない。一九五六年にシナゴーグも取り壊された。役割を終えたため、とされている。共同体を形成しようにも、そもそもユダヤ人がどこにもいなかった。

あのころ、近代の揺籃期を担ったこのバイエルン地区にはさまざまな夢と希望が交錯していた。

実業家、芸術家、研究者など、改革とリスクをいとわない特異な才能がこの地に参集した。この勢いがしぼむことはないはずだ、人口四〇〇万を超えるベルリンにはどんなチャンスでも転がっている、そんな感覚がみなを結びつけていた。時代は自分たちのものになるはず。だが、時代は違う方向に動いていった。

土地登記所での出会い

ベルヒテスガーデナー通り三七番地のアパートの持ち主だったジークフリート・クルト・ヤーコプもそうだが、第一次世界大戦でドイツ帝国のために戦ったのち、活気あふれる大都会ベルリンに住みついて家を買い、事業を始め、会社や共同事務所を開いたというユダヤ人は多かった。このアパートを設計したユダヤ人建築家アルフォンス・アンカーもその一人だ。だが、あれほど希望に満ちていたこの人の未来も、一九三三年に断ち切られた。

一九三三年五月一日、アンカーが共同事務所を営んでいた非ユダヤ人の同僚、ハンス・ルックハルトとヴァッシーリ・ルックハルトの兄弟が国家社会主義ドイツ労働者党（NSDAP）に入党した。事務所は解散となり、ナチ党員になったことで兄弟にはいっそう実入りのよい依頼がきた。対照的にアンカーは受注の交渉さえままならなくなり、ついには職業禁止の対象になった。イギリスに逃げようとしたが果たせず、一九三九年、娘のいるスウェーデンへようやく逃避することができた。

数カ月前のことだが、土地登記所でこのアパートの資料を調べていたところ、特大の用紙に描かれたなんとも美しい建築図面がわたしの眼前に広がった。建物の外観と、各階の住居の見取り図が描かれている。それはアルフォンス・アンカーが優雅な筆致で文字をかきこんだ芸術作品であり、薄い羊皮紙に手を触れることさえためらわれた。何十年も前にジークフリート・クルト・ヤーコプもいまのわたしと同様、建物を購入するにあたってこの大判の紙を広げ、子細に点検したに違いない。

アンカーがこの建物と各部屋に与えた構造は、いまもその姿をとどめている。表通りに面した建物部分は南西向きで五部屋半の間取りの住居があり、広い中庭に面して、二部屋半の間取りの二棟の側翼が付設されている。建物の玄関扉の左右に石灰石の彫像が埋め込まれ、広々としたエントランスには大理石、鏡張りの壁、それに、数年前に盗まれた床暖房器具の置き場を仕切る銅板が残っていて、華やかなりし時代の名残を感じさせる。当時はそこに管理人の女性か、家屋管理人のウルリヒが専用の守衛室にひかえて建物の出入りを見張っており、守衛室の小窓から玄関の扉がすぐに見えるようになっていた。階段ののぼり口にあるステンドグラスの窓は、第二次世界大戦の爆撃の衝撃で何枚か割れたが、逆に、すり減ったはちみつ色のオーク材の階段は、このアパートで何十年も昔に演じられたに違いない数々のドラマの生き証人となっている。

アルフォンス・アンカーがわたしたちの住居に設計してくれた明快な間取りも、歳月を越えて保たれている。玄関の間から、「ベルリン部屋」〔ベルリン独特の間取りで、中庭に面して側翼につながる部屋〕、居間、別の二つの部屋、さらに台所へと分かれ、ベルリン部屋を横切れば女中部屋、トイレ、食料貯蔵庫付きの広い台所がある。そこには当時、「使用人」が住んで働いていた。うちではかつての「使用人部分」を改装して、現在はそこにウクライナの婦人が住んでいる。

何もかも元どおりにしておくこともできたのだが、二つの前側の部屋をつなぐ広い廊下が壁でふさがれていたので、この壁だけは外して、一家の生活でいちばんよく使う台所をいちばん広い空間であるベルリン部屋へ移した。

このベルリン部屋は、マルタ・コーエンが複数人の「転借人」を強制入居で受け入れていた時代、マルタとその家政婦マリー・ヴィーバッハ、クララ・マルクス、ベルタ・シュテルンソンの四人の女性がよく一緒に過ごす空間だったのではないかという気がする。財産申告書をみると、伸縮テーブルと四脚の椅子がまだマルタのもとに残っていた。そのうちの一脚にかけていたのが、自ら望んだわけではないこの女性共同住居から最後に移送された人、ベルタ・シュテルンソンだった。

最後のひとり──ベルタ・シュテルンソン

ベルタ・シュテルンソンは、一九四二年一二月一一日前後に〈ユダヤ文化協会〉から通知を受け取ったようだ。「一九四二年一二月一四日月曜日に貴殿の移転が当局から命じられております。（……）手荷物があれば、一九四二年一二月一一日金曜日の九時から一三時まで、レヴェツォウ通り七／八番地の中継宿泊所へ運び込むことができます」。これだけ読めば手荷物の事前預かりのようだが、実際にはトランクをゲシュタポが隅々まで検査し、有価物が入っていれば没収していた。時計、万年筆、小銭入れ、懐中時計など、手荷物から巻きあげた獲物は前線の兵士に手頃な値段で売りださ れ、上等な靴や衣類は「民族ドイツ人の入植者」の手に渡った。収益はドイツ帝国の国庫に収まった。

死に向かう旅の途上、プートリッツ通りのモアビット駅が、ベルタにとってベルリンで最後の駅になったかもしれない。もしも運が良ければ、そこでユダヤ婦人連盟のボランティアから温かいスープ、パン一切れ、いくばくかの水も受けとったことだろう。

同じころ、夫のジーモン・ジークムント・シュテルンソンは上海に渡ってすでに何年かが経過していた。

ベルタ・シュテルンソンはおそらく一九三九年にマルタ・コーエンのところへ強制入居になっているが、そのころ夫ジーモンはナポリに向かう途上にあり、港から上海行きの船に乗る予定で船室を予約していた。

ジーモン・シュテルンソンは一九三二年に姓の表記をSchternsonからSternsonに変えるとともに、ジークムントという二つ目のファーストネームを加えている。東方ユダヤ系の名前の特徴をカモフラージュし、ドイツ人であるという自己認識をアピールするためかと推察される。

一九一一年四月に三歳年下の夫と結婚したベルタは、一九一二年に誕生した息子ハインツ・フリードリヒ・ジークフリートと、その十年後に生まれた娘マリオンというふたりの子どもをもうけたが、娘のほうは一九三七年に病院で亡くなり、ベルリン・ヴァイセンゼー地区にあるユダヤ人墓地に埋葬されている。

ベルタ・シュテルンソンはケルンからベルリンに移ってきた人で、結婚証明書をみると「倉庫管理人」という職業名が記載されている。それに対して、ベルタが泊まっていた住居の「一次賃借人」であるマルタ・コーエンは、芸術を愛好する大市民の境遇に生まれた。二人目の「転借人」となるクララ・マルクスも同様だ。ナチに強要された同じ烙印《スティグマ》のゆえに、こうした大きな社会的格差を越えた連帯が可能だったのだろうと思われる。

男たちは逃げた

ベルタの息子ハインツは早々に脱出していた。一九三六年八月一一日にニューヨークに着いた「スキタイ号」の三等船室に、大西洋を横断してきたハインツの姿があった。息子から三年あまり遅れてジーモン・ジークムントもドイツを離れた。のちに賠償手続で述べているところでは、当初は妻ベルタも伴って上海経由でアメリカにいる息子ハインツのところまで行くつもりだった。だが、ビザの手続に予想よりはるかに手間がかかり、難しいことがわかった。ジーモン・シュテルンソンは待てなくなったのか、待つつもりがなかったのか、いずれにしても単独で旅立ち、妻のほうは引き続き書類を揃えることにした。そのためにジーモンは五〇〇〇マルクの現金と、国外移住手続に必要な種々の書類をベルリンの妻に残している。

自分をひとり残して夫が出ていくことにベルタがなぜ反対しなかったのか、わたしには不可解だ。これ以上ない脅威が迫っている状況で、妻を置いていくことに夫がどうやって踏ん切りをつけたのか、ますますもってわからない。ベルリンにまだ係累がいたのだろうか？　だがそのような形跡はない。娘はベルリン・ヴァイセンゼー墓地に眠っているし、息子ハインツも父親以前に家を離れている。アメリカへ合法的に入国するためのビザを取得することに、ベルタがこだわったのだろうか？　上海という中国の港町に行くのが気味悪く思えて拒否したのだろうか？　それとも、ジーモンの身の危険が一刻も猶予ならなかったのか？　妻にかなりの金銭を残しているところをみると、一九三八年四月に「ユダヤ人の財産の申告」が命じられたときに届け出たのは、保有する全額のごく僅かだったと考えられる。

上海へはビザが必要なかった。手持ちの資金が底をついて、他国への移住費用を払えなかったり、申請が受理されなかったりした人の多くが、日本が支配統治するこの中国の港町に逃げ込んだ。

一九三七年、日本は中国との戦争でこの街を爆撃し、上海の大部分を焼け野原にしていた。追放されたヨーロッパ人が到着したとき、この街はすでに中国人の難民であふれていた。

両極端の街、上海

飛行機と鉄道ですでにナポリに着いていたジーモンは、一九三九年五月一〇日、日本船「鹿島丸」の一等船室に乗りこんだ。乗船料が九七八マルクの船室で、一四五マルクの「船内通貨」が加わった。そうした上流の生活水準に慣れていたものと推測される。「クレイたばこ工場」社の単独責任支配人と代理取締役を兼ねていて、収入は豊かだった。入社から数年で同社の販売責任者と「宣伝部長」に抜擢され、給与に加えて役職のボーナス支給があった。同社の社員だったオットー・シュピッツ、ゲルハルト・ノイマンという人たちが、補償局との手紙のやり取りでニューヨークからそう証言している。

ジーモンは仕事に関してつねに貪欲で、上昇志向だったようだ。学業を終えてから数カ月をイギリスとアメリカで過ごしたのちに営業の研修教育を修め、続けて商業学校に入り、決算書や簿記の夜間講座にいくつも通った。ところが一九三九年四月一日付けをもって職業活動ができなくなり、クレイ社も強制アーリア化の一環として「清算」されている。有力な〈ベルリン商工業者協会〉(VBKI)がドイツ経済界の「人種の耕地整理」に乗り出し、商工会議所もこれに倣った。すでにその時点でユダヤ人はほぼ全員が職業を禁じられ、年金、恩給、生命保険を求める請求権も無効宣告されて、「アーリア化収益」が帝国の国庫に流れ込んでいた。ユダヤ人迫害で国が金儲けをしたのだ。

一九三九年六月二一日、ジーモンは六週間の旅程をへて上海に到着。ジーモンをはじめ、そこに一時避難した一万八〇〇〇人のユダヤ人の眼前に広がっていたのは、さぞかし五感を圧倒するような光景だったに違いない。道にひしめき合う人の群れ、走り抜けていく人力車、雑踏を縫うように進んでいく年季の入ったトラック、どこにでもいる物乞い、耐えがたい熱気、排泄物、害虫、強烈な湿気、頭の痛くなりそうな騒音。中欧の国からきた者ならそうした不協和音や混沌から、反射的に逃げ出したくなるに違いない。上海は両極端の街だった。

この港湾都市にはすでに二カ所にユダヤ人の共同体ができていた。難民たちはユダヤ人支援組織のメンバーに迎えられ、能力や資格があるかどうかを尋ねる調査票を渡された。できる限りすみやかに仕事を仲介できるようにするためだった。以前の仕事で何をしていたか、ここではそんなことにだれも興味をもたない。何ができるか、ただそれだけ。ジーモンは調査票にどう書いたのだろう？そんな生活状況でも英語の知識がきっと役立ったはずだ。だが、上海で仕事に就いたのかどうか、後年になって補償局で陳述したなかでは何も語っていない。

ヨーロッパの難民たちは、街の最貧層が暮らす荒廃した地区にあった宿泊設備で男女別々の共同寝室に、ときには百人を超える同居者とともにまず寝泊まりし、そこからみすぼらしいバラック小屋へと移っていく。

ところがジーモン・シュテルンソンは違った。苦難を共にする多くの仲間とは違ってかなりの現金がまだ懐にあり、はじめの四年間は上海市内で暮らしていた。ほんの一握りの者にしかできないことだ。しかし一九四三年五月、ジーモンも含めたユダヤ人全員が日本軍の命令で虹口区のゲットーに移った。そこで入居したのは「うらぶれた汚い中国人の家屋」で「害虫がはびこって」おり、各家族に一部屋しか割り振られなかった。「大小のネズミがいて退治しきれない」、家の様子をジーモンはそう表現している。そこでは赤痢を患ったり、厳しい冬にリウマチ疾患や副鼻腔炎にもかかり、生涯にわたって病院通いを余儀なくされることになる。

この時点で金銭はほとんど手もとに残っていなかったらしく、食料の不足と質の悪さを嘆いている。上海を逃避先としたユダヤ人のだれもがそうだったように、ジーモンも再移住を夢見ていたことだろう。いまはヘンリーを名乗る息子、ハインツがいるアメリカに行ければ、それに越したことはないのだが。しかし資金も権利もない難民という存在は、ひたすら待つ、ということをいやでも学ばされる。たとえジーモンに、そんな素質がなかろうとも。

占領国日本が降伏してから二年後の一九四七年一月、ようやくジーモンは八年間つづいた上海の亡命生活を終え、ついにアメリカへの移住を果たした。そこにはすでに根をおろしている親戚もいたし、息子ヘンリーがシカゴで事務職員として新たな生活基盤を築き、結婚もしていた。ヘンリーがアメリカ国籍を取得したのは、母親がリガのゲットーに入り、そこから一九四三年にアウシュヴィッツへ移送される二カ月ほど前の一九四二年一〇月のことだった。

シドニーの年金

アメリカではシドニーを名乗ったジーモン・ジークムント・シュテルンソンは、ニューヨークのブルックリン区に落ち着き、看護師の女性と再婚もした。一九五二年、妻ベルタの分も合わせて賠償請求を行い、息子のヘンリーは、母親の遺産にもとづく請求権を父に譲った。当初、ベルタ・シュテルンソンにかかわる賠償手続はいっこうに前に進まなかった。死亡証明書の提示を求められていたが、シドニーもヘンリーも調達できなかったからだ。死亡証明書を手に入れようと、国際赤十字、国際追跡サービス、その他の機関にも問い合わせた。それがないと賠償請求をしても相手にしてもらえないことを、二人は思いしらされた。

シドニーは、一九四八年に設立された〈連合返還機関〉（ＵＲＯ）から支援をうけた。補償を扱うドイツ官庁とのやり取りで、この機関が力を貸してくれた。とくにアメリカ占領軍は補償問題に関して、奪われたものは返されなくてはならない、という一点の曇りもない立場だったからだ。

ただ、この問題で連合国側としての統一見解をだすにはついに至らず、補償問題で足並みをそろえることはできなかった。そこでアメリカは、他国に先んじて一九四七年に軍政府法五九号を公布し、これにより「国家社会主義の抑圧措置の被害者に対する認定可能な財産物の償還」を拘束力をもって命じた。二年後にはイギリス、さらにその少し後にフランスもこれに同調する。一九五二年にドイツ条約が締結されたことで、ドイツ連邦共和国は、一九五三年一〇月一日以降の補償について規定をする適切な連邦法を公布する義務を負うことになった。

〈連合返還機関〉はシドニー・シュテルンソンの「職業能力の展開に関わる損害」について、六二六・三七ドイツマルクの年金を勝ち取った。この年金では、「国外移住」後の「逸失年数」に対する四万ドイツマルク近くの後払いが行われたうえ、将来的にも適正な年金増額が年々つけ加わることになっていた。ユダヤの星をつけたことで発生した「自由に関わる損害」についてもシドニーは賠償をうけ、さらに、上海からアメリカへの「再移住費」（一二〇〇ドイツマルク）も弁済されているほか、財産賠償支払・生業賠償支払も給付されている。〈連合返還機関〉は、シドニーの請求権が司法で実際に認められる以前から、これらの金額の前払金の支払をかなりの額で行わせるという成果も挙げた。それは、わたしの住むアパートの持ち主だったが終戦後は一文無しになったジークフリート・クルト・ヤーコプなども果たせない懸案事項だった。アメリカとイギリスの占領軍の後ろ盾があったからドイツの官庁も申請を「呑んだ」のだ、当時の人はそう思ったことだろう。だから、〈連合返還機関〉（ＵＲＯ）にさばききれないほどの依頼者が殺到したのも無理はない。ここで扱う賠償請求《クレーム》の件数は、一九六〇年代ですでに四五万件にのぼっていた。

手続で述べているようにシドニーはアメリカでは無職で、老人ホームの簡単な補助業務で月に五〇〜六〇ドルを稼ぐだけだったため、リウマチや副鼻腔炎の痛みを療養で和らげるための金銭を至急必要とした。

そこでアリアンツ社に生命保険を主張してみたが、思いどおりにはいかなかった。「戦争の影響」で書類が破棄されたため、支払がなされていないかどうか確認ができないとの返答だった。わたしは請求権を証明することができません、最重要の書類を入れたトランクを逃亡中に失くしてしまったのです、シドニーはそう訴えている。ところが数カ月してアリアンツ社から書状が届き、やはり払い戻しは行われていたという。とすると、書類が残らず破棄されたわけではなかったらしい。ジーモンは逃亡計画の一環として生命保険を解約していたのだ。

補償の過程で裁判係争になることもあり、国家社会主義者《ナチ》の迫害の多くの被害者と同じく、シドニー・シュテルンソンの場合にもそれが長引いた。一九七四年、訴訟手続で最終判決が言い渡された。シドニーは勝訴したが、すでにその六年前、この世を去っていた。一九六八年九月にフロリダ州フォート・ローダデールで死去している。

一九四二年一二月一四日

一九四二年一二月一四日、ベルヒテスガーデナー通り三七番地のこのアパートの五階の住居がまたもゲシュタポの急襲をうけた。ベルタ・シュテルンソンはとうに予期していたことだろう。

マルタが強制移送まで住んでいた二つの部屋は、強制移送後すぐに管理人が封鎖していた。ベルタ自身は間借り人だったから、ベルヒテスガーデナー通り三七番地のアパートの「空き部屋」へ越してきたときの持ち物はわずかで、テーブル、プラッシュ張りのソファー、肘掛け椅子、下着類の箪笥、鏡。以上が、所有する家財のすべてだった。夫のジーモン・ジークムントが残していこうとした五〇〇〇マルクがあったはずだが、少なくとも財産申告書をみる限り跡形もない。

数週間前までマルタ・コーエン、クララ・マルクスと一緒に伸縮テーブルについていたが、いまではマルタの家政婦マリー・ヴィーバッハが傍にいるだけ。マルタは移送される前、信頼するマリーに楽譜をひそかに託していたので、二人はそれをめくりながら、ピアノ好きのマルタがロベルト・シューマンの楽曲『見知らぬ国と人々について』をもう一度弾いているような気がしたかもしれない。昔の生活の切ない思い出を、あますところなく表現していると感じられる楽曲だ。スタインウェイのグランドピアノそのものは、マルタが「連行」されて幾日もたたぬうちにヘンツェル社へ売却のため引き渡されていた。当局が差し向けた裁判所執行官がつけた見積額は、一五〇〇ライヒスマルク。

一〇月に入って二人の女性は解約予告をうけ、別の住居を探すよう通告された。マリー・ヴィーバッハはこれに異議を申し立て、アーリア人に対する「賃借人保護」を盾に取った。ベルタ・シュテルンソンについてはユダヤ人共同体の住居相談所が、別のユダヤ人の一次賃借人を見つけるべく尽力しているとして延期を嘆願した。

ベルタには、きっと通告の意味がわかっていただろう。マルタ・コーエンは九月初め、そこに間借りしていたクララ・マルクスも八月初め、それぞれ「保護区への移住」と称して連れていかれた。いまではベルタがこの共同住居の最後のひとりになっている。その住居も解約告知で退去させられ、「ユダヤ人が一掃」されることになる。次の避難先を見つけることは自分にはとうていできないから、それは強制移送が近いことを意味する。一二月一四日の早朝、ベルタは連行されてアウシュヴィッツに送られた。

マリー・ヴィーバッハは一二月二九日に、担当の家屋管理者ヘルマン・ブラックから別の部屋の割当てをうけた。一九四三年一月一日、この住居の「退去が完了した」という届けが出されている。

総統の建築家

一九三九年一月、〈帝国ユダヤ人移住中央本部〉が設置され、本部長はラインハルト・ハイドリヒだったが、実務の執行責任者は一九三九年一〇月からアドルフ・アイヒマンになった。この中央本部は、可能なかぎり多くのユダヤ人を国内から追い出すことを目的とした。「総統は全員の国外退去を望んでおられる」、ヨーゼフ・ゲッベルスは小躍りするかのように日記に書いている。が、そこには宣伝相ゲッベルスの思い違いがあった。権力掌握から六周年の記念日となる一月三〇日のスピーチで、「総統」は「ユダヤ種族の絶滅」という言葉をすでに使っている。このときには強制移送へとつながる道筋がついていた。

ちょうどその二年前にあたる日、首相就任四周年の記念日でもある一九三七年一月三〇日に、アドルフ・ヒトラーはゲッベルスに推挙されて、建築家アルベルト・シュペーアを「帝国首都建設総監」に任命した。一九三七年三月の《ベルリナー・モルゲンポスト》紙は、「国家社会主義者として、芸術家として、己の作品におのずと語らしめる」この男に「途方もない重責を担う職務」が託された、と報じている。

赤い装丁

あの大嫌いだった赤い装丁のことは、もう思い出すこともなくなっていた。お客さんから「プレゼント用に包んでください」と頼まれて、百冊以上も包装しただろうか。ヒトラーお気に入りの建築家で、のちに軍需相となったアルベルト・シュペーアが一九六九年に刊行した自伝『ナチス軍需相の証言——シュペーア回想録』（品田豊治訳、中公文庫、二〇二〇年）のことだ。世界的なベストセラーになった。わたしは当時、ハンブルク大学で歴史の勉強をはじめたばかりで、故郷のシュレースヴィヒ・ホルシュタイン州の書店で週に何度かアルバイトをして、本を「つけ払い」で買わせてもらっていた。書店主さんの母上はそのたびに渋い表情で、眉根を寄せていたけれど。未払分がかさんで、かなりの額の借金状態に陥り、学年が進むにつれて雪だるま式に膨らんでいった。勉学のために書店主さんをパトロンにしてしまったようなものだ。

そこから遡ること何年か前、その書店にはじめて入ったときにとても赤面したことがあって、それから何週間かは学校の帰り道、ショーウィンドウの前にくると身をかがめるようにして、ウィンドウ越しにだれからも見られませんようにと念じながらこっそり通っていた。当時わたしは一四歳、ヴェルナー・ケラー『歴史としての聖書』（山本七平訳、山本書店、一九八四年）やセーレン・キルケゴールを何冊か読み、人生でいちばんの蛮勇をふるって知的な啓蒙書の世界に飛び込んだころだった。

あるとき書店のショーウィンドウの一冊に目がとまった。そのころ父を失っていた身としては、目を引いた理由がタイトルにあったことは想像に難くない。『父《ファーター》なき社会への途上で』〔邦訳は『父親なき社会　社会心理学的思考』(小見山実訳、新泉社、一九八八年)」というアレクサンダー・ミッチャーリヒの著作で、のちに読んでわかったのだが、かつてのドイツ連邦共和国の社会における社会心理学的な欠落や、克服されないままのナチの過去を論じた一冊だ。

そもそもタイトルがどういう意味なのかも、わからなかった。アレクサンダー・ミッチャーリヒという名前も聞いたことがない。わたしの実家はシュレースヴィヒ・ホルシュタイン州の田舎で、詩人クルト・ドラヴェルトが揶揄しているように「金のなる乳牛」の州だ。そんな名前の著者を知る者はおらず、タイトルの用語も謎めいていて、そんなことを言ったり考えたりする人は「地元」にはいない。そのせいか、わたしはすっかり勘違いして「祖国《ファーターラント》なき社会への途上で」を下さい、と言ってしまった。書店主さんは笑っていたが、わたしに恥をかかせないよう、だれの耳にも入らない小声で訂正して、ミッチャーリヒの本をわたしの手に押しつけてくれた。それがかけがえのない交流の芽生えとなった。書店主さんとの交流、そして本の世界との交流。

それ以来、わたしはミッチャーリヒの「中毒」みたいになった。著者が書いていることや、分析していることの多くはまださっぱり理解できなかったけれど。「エディプスコンプレックスによる対抗関係」だの、「欲動解離」だの、「先入見服従」だの言われても、年端もいかぬ子どもの手に負える代物ではない。どれもまったくの異世界、とうてい近づきがたい世界の用語だったが、なんだか挑戦してみたい気持ちにもなった。未知の言葉たちに食らいついてみよう、そう心に決め、数限りなくある意味ありげな不明個所を抜き出した。そして単語帳を買ってきて新しい言葉を書き留め、いつの日か、少しでも的確に操れるようになりたいと思った。

何年かたってその書店の常連客になったが、本の買い物中毒とでも言うしかない状態を持ちこたえる運転資金はなかった。借金の一部を相殺してもらえませんか、と書店主さんに相談してみたところ、わかった、クリスマスの時期はとくに人手が足りないんだよ、と言ってくださった。こうして赤い装丁の本が、包装のためにわたしの手元にくることになったのだ。戦後ドイツで人気を博した元ナチ、アルベルト・シュペーアの名前とともに。そして本書執筆の調査をすすめるなかで、その男と再び出会うことになる。

ユダヤ人との賃貸関係

シュペーアは、建設総監として職務を遂行するための包括的な代理権を確約され、帝国宰相個人にのみ責任を負うこととされ、後年には、建築関係の措置を担当する市の機関すべてに対して決定権をふるうようになった。

一九三九年四月三〇日、「ユダヤ人の賃貸関係に関する法律」が発効し、それ以降、「理由を通知することなく、かつ告知期間を遵守することなく」ユダヤ人との契約解除ができるようになった。その三週間後の一九三九年五月二五日付け《ベルリン地方新聞》は、「ユダヤ人の所有でない家屋に住む一切のユダヤ人の賃借人は、近々住居の明け渡しを求められるものと覚悟せざるを得ない」と警告を発している。早々に次の居場所を探すほうがよい、さもないとどこかへ強制入居ということになる。ただし「ポツダム通り、リュッツォプラッツ、ティアーガルテン地区、ハンザ地区、クライスト通り、タウエンツィエン通り、クアフュルステンダム、バイエルン地区などの市街地」はそうした「転居」には避けるべきで、建設総監がご自身とその計画のために必要としておられる、と報じている。ゲッベルスは、「ユダヤ人のパラダイスという性格を、われわれはベルリンから奪い取る」と記した。この目標は野心家シュペーアも共有していて、市の「脱ユダヤ化」はシュペーアをもって住宅政策上の戦略となった。

一九三七年一〇月の「ドイツの都市の再編成に関する」法律により、不動産所有権を接収するための法的基盤はすでに整っていた。シュペーアがもくろんでいた政権内での権力、主導権の演出にとっても、行く手を阻むものはこれでなくなった。何万戸もの住居が、「帝国首都の再編成」というシュペーアの野望の犠牲となった。市営の住宅建設組合を統合してつくられた〈ベルリン団地・住宅建設公益組合〉が、すでに一九三八年四月に市内の居住空間の不足に警鐘を鳴らし、住居の不足数を一九万と算定していたにもかかわらず、である。

そうした住居不足の状況も、建設総監を押しとどめることはできなかった。シュペーアは、「ユダヤ人によって空いた部屋数の把握と補充」をする配下の官庁に「ユダヤ人住居」課を新設し、詳細な「ユダヤ人地図」を作成させた。ユダヤ人賃借人の強制退去で空いた住居は、シュペーアの計画のあおりで住居をすでに失っている、もしくはこれから失うことになる「アーリア人」の該当者に優先して与えることとされた。就任からまだ一年もたたない一九三七年、シュペーアは一万七〇〇〇世帯分の住居取り壊しを命じている。その一方で、別の場所では「ユダヤ人の強制退去」をすることで住居を空けさせ、取り壊しで「立ち退きになった者」を、ベルリン在住ユダヤ人の大邸宅や家屋に住まわせることにしていた。

わたしの住むベルヒテスガーデナー通りの建物がそうだ。ユダヤ人弁護士・公証人のジークフリート・クルト・ヤーコプが一九二七年／一九二八年に、この建物をマックス・ローゼンベルガーという人から買い取った。それに伴ってユダヤ人の所有になったために「ユダヤ人の家」とみなされ、行き場のなくなったユダヤ人賃借人を、ユダヤ人宗教共同体がここへ入居させることができるようになったのだ。そのように暴力的に退去になったベルリンのユダヤ人は、公式にはベルリン住所録で把握されなくなり、最後の「居住地」がようやく現れるのは強制移送リストか、その直前に提出すべき財産申告書ということになる。ユダヤ人の「一次賃借人」の住居に割り振られ、そこに「二次賃借人」としてとどまるのはあくまで暫定的なことにすぎない。そうした間借り人は捨て駒であり、「家屋を取り壊されたドイツ血統の賃借人」や、ナチ幹部、軍人、軍需産業の従業員を入居させる場所をいっとき埋めていたにすぎない。

「世界都市」ベルリン

建設総監シュペーアには空きスペースが必要である、遠大な構想を練っており、ベルリンを「一流の世界都市」へと変貌させようとしている、高揚したゲッベルスは日記にこう記した。その中核には「南から北に延びる巨大ストリート」があり、東西の幹線道路がこれを横断する。そのためにシュペーアは、既存の建築物があるところに広大な建設用地を切り開き、市の一画をまるごと更地にしてしまおうと考えた。そうやって、収容人員一万八千人という「国民ホール」や、第三帝国の「勝利の並木道」の起点となる高さ一二〇メートル近くの凱旋門を建てるための空間をつくり、その周辺を囲むように主要な省庁、役場、ドイツの大企業を配し、さらには劇場、新たなフィルハーモニーホール、帝国オペラ劇場、高級ホテル、グルメ・レストランなどの彩りを都会風に添える構想をたてた。「国民ホール」を建てようとすればシュプレー川の一部を地底に通さなくてはならなかったが、野望にとりつかれたシュペーアは、それさえも総統から点数を稼ぐチャレンジととらえていたふしがある。

ヒトラー五〇歳の誕生日を祝って、シュペーアはとりあえず高さ四メートルの凱旋門の模型を、敬愛する「総統」に披露した。贈られた閣下が「圧倒」されていた、と前掲の自伝で言い張っている。だが、まだ模型だからとあなどるわけにもいかない。「ベルリンで最高級のお屋敷がいっせいに取り払われるに違いない。新しく壮麗な建築物を欲しがるアドルフの欲望を満たすためだけに」、著述家ベラ・フロムは日記のなかでそう痛罵している。デンマーク公使が打ち明けてくれたところでは、シュプレー川計画で居宅が消えることになる大使はみな大盤振る舞いの埋め合わせをうけ、新居もむろん用意されるそうだ。ヒトラーはそこに幅百メートルを超える軍事用の自動車道を通すのだと、公使は思っていたという。むしろヒトラーが欲していたのは、「世界首都」の威容を示すモニュメントだったろう。

シュペーアの壮大な「アベニュー」はさいわい陽の目を見ることはなく、試掘の段階でついえた。シュペーアは、バイエルン地区にほど近いコロネンブリュッケで市民菜園の土地を地ならしさせ、コンクリートでできた円筒形の巨大構造物を、フランス人の強制労働者に設置させた。計画されていた記念建造物の重みに、地盤が耐えられるかどうか試すためのものだった。戦後、この歴史の汚点を撤去しようとする動きがあったがことごとく頓挫し、現在ではベルリン市民に「ナチの丸太」と呼ばれながら、文化遺産として保存されている。

「脱ユダヤ化」

ベルリンには公営の住宅建設組合がいくつかあり、何千戸もの住居を貸していたが、建設総監シュペーアにとっては恐れるに足りぬ相手だった。どの組合もシュペーアの政策に率先して協力者となったばかりか、その意向を忖度することで、既存住居を「脱ユダヤ化」していく急先鋒にさえなった。早くも一九三五年、入居希望者に「アーリア人の家系」かどうかを尋ねる設問に答えることを義務化し、ユダヤ人の応募者には賃貸を断るようになり、それを「当然のこと」であると言い放っている。長年賃借しているユダヤ人に対しては、「国民同胞」を巧妙に動員して圧力をかけた。「複数のアーリア人の賃借人が党またはその系列で勤務していたり、国民同胞が管理人も含めて一致団結しているならば、経験上、ユダヤ人は住居を自分から引き払うものである」、団地・住宅建設公益組合は一九三七年の報告書でそう述べている。さらに、「ユダヤ人住居」の明け渡しを求める要請が「賃借人の集団」から出されれば、ユダヤ人の賃借人とのあいだで「合意」を結び、「住居を探しているドイツ人夫婦」のために住居から退去させるとも記していた。

というのもアーリア人の「国民同胞」でさえ、シュペーアの広範囲の取り壊し計画の犠牲になりかねなかったからだ。その多くは、明け渡し要請を受けても住居を離れるのを嫌がった。そうした人に向けては、反発を抑えて「銃後」への忠誠心を養おうと、可及的速やかに代替住居を提供することになっていた。とはいえ代替住居を見つけるのが一苦労だ。十分な新築物件を建てて住居問題を緩和することに国家社会主義者《ナチ》は成功しておらず、資源の不足から新築は年に一万戸以下にとどまり、現代でもそうだが、当時からベルリンのような都市にそれだけの増設では足りなかった。

戦争で問題はいっそう深刻化した。アウトバーンや西部要塞線といった軍事上の大規模計画に建築予算がつぎ込まれ、資材や熟練工は目に見えて不足していった。が、それしきのことで引き下がる建設総監ではない。マウトハウゼン強制収容所を視察したおりには、親衛隊全国指導者ハインリヒ・ヒムラーのやり方にまで横やりを入れた。いわく、親衛隊の建設計画はわたくしの目には「寛大の域を超える」ように映ります、抑留者向けには「原始的工法」へとただちに転換し、資金投入を抑えるべきであります。

それでも、シュペーアに立ちふさがる住居不足は解消されるどころか、切迫していった。

一九四〇年一一月、都市建築局長は部外秘の通知として、住居二万戸が過少供給だとしている。ユダヤ人が暮らす住居を提供させる以外に、事態を打開するものはなさそうだった。そこで、主に大都市で家屋や住居が体系的に「脱ユダヤ化」されていき、ユダヤ人共同体の幼稚園、学校、老人ホームの差し押さえも始まった。そのために建設総監シュペーアは、就任から間もなく〈帝国首都再編成執行局〉を設置している。この部局が、ベルリンの「ユダヤ人住居」の接収を進めるオペレーションセンターとなった。

一九四〇年九月一〇日付け「ユダヤ人との賃貸関係に関する改正と補充に係る命令」により、わたしのアパートがそうだったような混合型の集合住宅の解消が可能となった。「ドイツ血統の」賃借人を、そうした住宅から転出させようとする動きはずっと以前からあり、ユダヤ人とひとつ屋根の下に暮らすのを良しとしない「健全なる民族感情」への訴えかけが行われていた。わたしのアパートにいた非ユダヤ人の居住者が、そうした訴えにとくべつ心を動かされたとは思われず、一同の動揺はごく僅かなものだった。この住居は水準が高くて魅力的なのに、どこに手放す理由がある？ それに、なんといっても混合型の集合住宅で、ユダヤ人の賃借人と何年も暮らしてきたんだ、出ていく理由がどこにある？

明け渡し、転居、取り壊し

それでも後年の見積もりによると、まだ強制移送が始まる前から三万戸以上が明け渡されている。建設総監シュペーアにしてみればまだ足りないと思っていたろう。五万戸以上を取り壊すつもりだったから、二〇万人ほどのベルリン市民が路頭に迷うことになる。わたしがいま住むアパートも、国威発揚の建築物に取って代わられるはずだった。

だが、そうはならなかった。戦争で、人手にしても資材にしても、資源の窮乏がいっそう進んで工事が遅れたのだ。ただ、ストップすることはなく、ベルリンが空襲されるようになってからもシュペーアは取り壊しの続行を命じた。配下の部局にとって空爆は敵国からの思わぬ恩恵となり、なにより「家屋を取り壊された賃借人」への煩雑な対応や、明け渡し期限の延長を求めて何千通も提出される申請の処理から解放されることになった。

ユダヤ人が所有する住居への圧力は強まる一方で、官庁が肥大化したことや、軍需産業の労働力需要が増えたこともその一因となった。建設総監シュペーアは一九四〇年一一月、ラインハルト・ハイドリヒとゲシュタポが主導する国家保安本部との協議のすえ、明け渡された「ユダヤ人住居」を主として国家社会主義《ナチ》機関の職員や、軍需工場の幹部職員に与えることで合意した。こうしたカテゴリーに入る者であれば立地、広さ、部屋数の希望を出すことができ、ときには身の丈に合う住居が実際に手に入ることもあった。バイエルン地区にある住居は、ナチ幹部を含めてだれからも、そしてむろんのこと軍部からも、羨望が集まった。クララ・ブラットはモッツ通りにあった住居を一晩のうちに明け渡し、衣類、食器、ナイフとフォーク、カーペット、毛皮のコートなど、一切合切を置き去りにする羽目になっているが、それも、空軍の某少佐からその住居に目をつけられたせいだった。

建設総監として住居を用意するべき対象者も増える一方だった。空襲や爆撃の被害者、「功績をあげた前線の兵士」などがそうで、配下の部局にも嘆願の手紙がきたが、要望どおりの居住空間には調達のペースが追いつかず、提供できなければ苦情が寄せられた。加えて、敵国の爆撃で民間居住区がつぎつぎに灰燼に帰していくと、「行き場を失った国民同胞」のために住居一千戸を、と帝国宰相ヒトラーからも再三要求があった。花形建築家シュペーアといえど、いつでも住居を確保できるとは限らない。その一方で、ユダヤ人が明け渡し要請をうけるピッチはますます上がっていった。

一九四一年一一月末、ユダヤ人住居からの追い出し作戦、第三弾がスタートした。ミンスク、リガ、カナウス、ウッチなど「東方」に向かう移送列車がすでに運行していたころだ。配下の部局で作成されていた編年記録を読んでみると、シュペーアの肝いりで七万五〇〇〇人以上が「転居」していたことがわかる。

推進されていた既存住居の「脱ユダヤ化」が、強制移送やその後の絶滅収容所への再移送の前触れだとは、当初のうちだれも思わなかった。「脱ユダヤ化」がどれほど残虐な結末になるか、想像できた者もまずいなかったろう。だが、一九四二年一月二〇日にヴァンゼー会議で決まった東方への集団移送が始まってわずか数カ月後には、ユダヤ人虐殺の組織化が検討されていた。とはいえ会議を招集したラインハルト・ハイドリヒが言うように、「住居問題の理由による」強制移送のほうがまだ優先されていた。

この問題を所管するのが建設総監アルベルト・シュペーアだった。かつてシュペーアをヒトラーに推挙し、それによってこの建築家の出世を決定づける後押しをしたヨーゼフ・ゲッベルスは、この男に同類の匂いを嗅ぎとっていた。建設総監シュペーアも、「ベルクホーフの総統グループ」の揺るぎない一員となった。そのメンバーはお互いが運命共同体であることを自覚し、「歴史的な年月をともに体験した」ことから、「生涯を通じて互いに結ばれていた」(妻マルガレーテ・シュペーア)。

クリスマスツリーとシュペーア

羊の皮をかぶったこの戦争犯罪人、シュペーアの自伝はまたたくまに世界的ベストセラーへと駆けあがった。ほかならぬその本が、自分の手で可愛らしく包装紙にくるまれてリボンをかけられ、何千本ものクリスマスツリーの下でプレゼントになったという事実には、当時まだアルベルト・シュペーアのことを満足に知らなかったとはいえ、忸怩たる思いがする。アドルフ・ヒトラーに仕える軍需相であり、有罪判決をうけて収監されたというだけでも、その男の自伝など指先でつまんで扱うに足りると思うようになっていった。沈黙したままの犯罪者にうんざりし、「過去の克服」を求める、わたしはそういう部類のひとりだった。

　大学で歴史学を学び始めたばかりのころ、わたしは学生組織委員に立候補し、それ以来、当時の教授連中の汚れた記録資料を調べたり、セミナーの講師が自著の「ナチ関連出版物」や自分の「認識関心」〔関心のあり方によって認識の内容が左右されること〕についての議論から逃げようとすれば、そのセミナーを「クラッシュ」させる行動に必ず加わった。システム・クラッシャーたるわたしたちが実践したのは烏合の衆の対話ではなく、強硬な、ときには強硬すぎるほどの対話だった。一九三三年から一九四五年の時代を振りかえる偽りの視点を正すこと、それを目指していた。だが、知性による闘争が身体への攻撃に変じていったとき、わたしは学生組織委員から身を引いた。

　アルベルト・シュペーアはシュパンダウ戦犯刑務所を釈放されたのちに時代の証言者としてもてはやされ、この男の登場と前掲の自伝とによって確立されたモデルは、ドイツ連邦共和国の戦後社会があまりにも無邪気に身にまとう標準服となり、心理的な重荷をおろすのに決定的に貢献した。自分はナイーブで非政治的な技術者にすぎない、ニュルンベルク裁判で共に裁かれた被告人たちとは違って悔恨を示し、罪を償った身なのだ、シュペーアは世間をそう信じ込ませるのに成功した。かつて仲間に引きこまれはしたが、野卑でサディスティックなナチの暴徒に通ずるところは一切なく、礼儀作法をわきまえ、何百万ものユダヤ人虐殺のことはなにも知らなかった、というわけだ。

自画像を美化して、被害者の像を仕立てあげる犯罪者。まるでナチとは反対の立場だったかのように。

そんなジェントルマン・ナチのおとぎ話を安易に受け入れ、過去の想起から逃げたり、都合よく書き換えたりして、犯罪者が実は犠牲者だったと言いくるめようとする態度がいかに蔓延していたかを思うと、怒りがこみあげてくる。根絶しがたい作り話のひとつだ。

国家社会主義者《ナチ》の手で追い散らされたユダヤ人、あるいは政権に反対するために活動したヴィリー・ブラント、マレーネ・ディートリヒ、トーマス・マンは、戦後十数年のあいだ中傷の標的になっていた。戦時中に国防精神指導将校となり、その後にキリスト教社会同盟（CSU）の党首もつとめたフランツ・ヨーゼフ・シュトラウスなどは、ブラントに対して「あなたは一二年間も国外で何をしておられたのか」、自分はソ連侵攻をうけて弾丸が耳元をかすめていったというのに、と問いかけた。まるでブラントがノルウェーの亡命先のスキー小屋で、日向ぼっこでもしていたかのような言い草だ。国家社会主義者《ナチ》から求められた部隊の慰問を断ったマレーネ・ディートリヒも「祖国の裏切り者」と呼ばれ、ドイツ連邦共和国の国民やマスコミの一部から指弾された。アメリカ国籍を取得していたトーマス・マンは、一九四九年にフランクフルト市のゲーテ賞を受賞するにあたって戦後はじめてドイツ訪問を果たしたが、そのときには警察の警護がついた。「承知しております」とマンは受賞スピーチで述べている。「亡命者がドイツではあまり重んじられないことも、政治的山師に引っかき回された国で亡命者がさして重んじられたためしがないことも」。

「ユダヤ人の家」

ベルヒテスガーデナーのアパートの住人は、ユダヤ人であろうが非ユダヤ人であろうが、長年にわたってひとつ屋根の下でともに暮らしてきた。強制入居が増える以前にも、このアパートにはユダヤ人家族が入居していた。地所の持ち主だったヤーコプ夫婦と息子のハンス・シュテファン・ギュンター、繊維工場主のルイス・カイザーと妻のエミー、その子どもたちフリッツとゲルダ、毛皮加工職人ヘルマン・ブラットと妻クララ、繊維製品の代理商クルト・バロンと妻マルタ、マックスとヨハンナのレヴィン夫妻に三人の子どもエルナ、エルゼ、ヘルマン、モーリッツ・カルマンとマルタ・カルマンの夫婦、オスカー・メンデルスゾーンとエルナ・メンデルスゾーンの夫婦、洋裁師のヘートヴィヒ・シュタイナーとその子リリー、ゲラルト。

国家社会主義者《ナチ》の政策がこの共同体を破壊した。ジークフリート・クルト・ヤーコプのアパートを「ユダヤ人の家」にしてしまい、ユダヤ人の「隣人」を「民族共同体」から締め出した。そしておそらくは家屋共同体からも。少なくともクルト・バロンは戦後になって、他の住人からの「やむことのない嫌がらせ」を訴えている。「ユダヤ人住居」は扉に黒色の星が描かれていたから、一目で見分けがついた。だれが見てもわかる烙印《スティグマ》をユダヤ人に負わせようとする数々の措置のひとつだ。

そうすることで、どの扉の向こうにユダヤ人が住んでいるか、アパートの住人にはすぐにわかった。

星を背負う者

ずっと後になってからだが、調査を進めるなかでクルト・バロンがユダヤ人入居者だったことを突き止め、この人物の写真もようやくのことで手に入れた。戦後まもなく写したものと思われる。当時クルトは五三歳、眼差しにあまり生気がなく、希望にあふれているようにはとても見えない。目に飛び込んでくるのは打ちひしがれた男の姿だ。ジークフリート・クルト・ヤーコプやヘルマン・ブラットには表情に決然としたところがあり、不敵な顔つきをしているのだが、それとは違う。過ぎ去った歳月の体験が、自信というものをクルトから奪い去ったことが見てとれる。

わたしの住むアパートの「裏屋」（側翼）にあったクルトの二部屋の住居に、サラ・イーレンフェルトが強制入居していた。このアパートからまっ先に強制移送されたのが、このサラとヘルタ・グリュックスマンだ。「輸送」された先は、ルブリン・マイダネク絶滅収容所に近いトラブニキで、さらにそこから一二キロ離れたピアスキ・ゲットーに送られた。ここはすでに完全な過密状態になっていて、コレラ、チフスが猖獗をきわめた。

「販売員」の職にあったサラ・イーレンフェルトは既婚者だが、夫の痕跡は見つけることができなかった。移送者リストをみるとサラには財産があったことがわかるのだが、例によって国家社会主義者《ナチ》の国庫に収奪された。一九四一年一一月二五日以降、「帝国市民法第一一次施行令」により、ユダヤ人は帝国領土から離れるとドイツ国籍を喪失し、その財産はドイツ帝国のものになった。当初想定されていたのは国外に居住するドイツ系ユダヤ人だったが、それからはサラ・イーレンフェルトのような強制移送者にも適用されることとなり、官庁の用語法でいえば「帝国国境を越えた時点で住所または通常の滞在場所を国外へ」移したものとみなされた。それによりドイツ帝国は労せずして財産を没収できた。

　クルト・バロンは一九三五年、妻のマルタ、旧姓レーザーとともにベルヒテスガーデナー通り三七番地に転居しているが、どの強制移送者リストにも名前が見つからない。この人は「完全ユダヤ人」〔祖父母のうち三人以上がユダヤ人とみなされる人を指すナチの法律用語〕だったに違いない。そうでなければ、サラ・イーレンフェルトをこの人のところに強制入居させるはずがない。クルトは迫害の時代に地下に潜ったのだろうか？生き延びたことはわかっている。一九五〇年のベルリン電話帳を調べて、同じベルヒテスガーデナー通り三七番地の住所に名前が載っているのを発見したからだ。

　一九四七年に作成されたユダヤ人共同体の名簿のリストⅡがアローゼン・アーカイブズに残っていて、これを見ると謎が氷解する。「ユダヤの星をつける義務」を負っていても、「アーリア人配偶者がいることに鑑みて」、婚姻者に子がない場合または子が非ユダヤ人に保育されている場合に限って強制移送が免除された者が、このリストには残らず記録されている。クルト・バロンの名前もこのリストにあった。

　つまり、クルトはいわゆる「優遇される」混合婚で暮らしていた。妻マルタはプロテスタントであり、ユダヤ教に改宗したことがなかった。「ユダヤ人」の夫とは別れたほうがよいと説得されたこともあるかもしれないが、マルタは応じず、それが夫の命を救うことになったのだ。一九四五年からは混合婚のユダヤ人も強制移送になったが、最後の輸送人員がベルリンを発ったのは一九四五年一月五日のことで、「千年王国」が終焉を迎えるまであと少ししか残っていなかった。

一九四七年一月一日に住所届の登録が再開された。すでにそのとき、事業がアーリア化されるまではネクタイ、ワイシャツ、ベッド用布類、その他の繊維製品を販売していた「独立の代理商」クルトの名前が、わたしの住むアパートの住所でまた登録されている。かつては得意先を何軒もかかえ、仕事は活況を呈していたようだ。国家社会主義者《ナチ》が政権を掌握する前の三年間、平均の年収は五四〇〇ライヒスマルクだったと賠償手続で陳述している。その後の書簡では所得を八四〇〇ライヒスマルクに上方修正しており、総額と手取り額を間違えていたと述べている。そうした誤りは他のケースでもあったことが知られているが、この金額は受け取れる年金の査定の決め手になるので、この問題をめぐる補償局との交渉は長引いた。

ベルヒテスガーデナー通りへ引っ越す前はヴィルマースドルフ地区にある三部屋の住居に住んでいた、とクルトは賠償手続で述べている。そこを明け渡さなくてはならず、「中流家庭らしい」内装品を「投げ売り」せざるを得なくなり、一九三八年には生業まで奪われた、とも述べている。すでにそれ以前、ユダヤ人であるためにそもそも商品を入手するのにも苦労していた。一九三八年には収入がなくなり、妻が会計係の仕事につき、クルトは一九三九年一月から強制労働者となった。

一九四五年四月三〇日まで、ベルリンのさまざまな事業所で「過酷な強制労働」に従事させられた。弾薬工場の機械作業員・搬送作業員として、また建設作業員として、そしてベルナウ近郊のランケにあった会社の土木作業員として。一九四三年三月二七日には「工場作戦」〔「一斉検挙」の項を参照〕で拘束されて「機械から離れ」た。そのときまだベルリンにいた強制労働者は、早めに地下に潜行していた者を除いて、ひとり残らず同じ目にあった。ただ、クルトは三月半ばに釈放された。ほんの一握りの人だけが手にした幸運だった。

強制労働のあいだに数々の健康被害をうけたため、一九五二年以降は思うように就労すらできなくなった、クルトはそうも述べている。補償局は療養の必要を認めたものの、健康問題を「迫害に由来する」と認定することは拒んだ。それでもあきらめずに奮闘し、「上級公務員」のランクの年金受給だけは確保することができた。

その死後には、妻マルタが夫の闘いを受け継いだ。寡婦年金の額についても、迫害に由来する夫の健康被害が認定されることが決め手になる。しかし、クルト・バロンが亡くなるまで治療をうけていたシュテーグリッツ病院と赤十字社が下した診断は、「自然死」以外の何物でもなかったようだ。

「入れ子細工の家」

一九三九年以降、わたしのアパートの住人の数は飛躍的に増え、シュペーアの一派はその様子を隠語で「入れ子細工の家」と呼んでいた。四月からは、理由も告知期間もなしにユダヤ人賃借人に住居の即時明け渡しを求めることが可能になったため、シェーネベルク、ヴィルマースドルフ、シャルロッテンブルクなど、どの地区でも要求を突きつけられるユダヤ人が増えている。「ユダヤ人問題」で緊密に連携をとっていたヨーゼフ・ゲッベルスとアルベルト・シュペーアのコンビは、ベルリンを「ユダヤ人住居退去作戦」の先駆けにしようと企てていた。

そのためシュペーア配下の部局では、「空室にされるべき」住居のリストを持っているゲシュタポと手を組む必要があった。ゲシュタポのほうでも、〈ユダヤ文化協会〉を脅迫して明け渡しに協力させるとともに（「貴殿の住居を明け渡すべきことが決定しましたので、当局の命令により通知いたします」）、住む場所を「集約」することで「退去者」の次の居場所をつくらせた。〈ユダヤ文化協会〉は一九四一年二月から一九四二年八月までの期間中、ベルリンのユダヤ人が「引き払った」一万五〇〇〇戸の住居を報告している。ベルリンのティアガルテン地区にあったシミオンという一家のアパートもそのひとつで、ここはマルタ・コーエンとアルフレート・ローゼンバウムがベルヒテスガーデナー通り三七番地へ「転居」してくる前に住んでいたところだ。ここでは一五世帯が住居を明け渡さざるを得なくなり、建物は陸軍総司令部に引き渡されたが、戦争で跡形もなくなっている。

家主のルイーゼ・シミオンという女性は医師の家系に生まれ、父親と衛生功労医ドクトル・アルフレート・ローゼンバウムが旧知の仲だった。ルイーゼの息子フリッツは早めにイギリスに脱出していたが、対照的に、ポツダマー通り六六番地に住んでいた娘のフリーダ・ブラットは、同じくシミオン一家が所有していた家屋で一九四三年三月に自殺している。強制労働者になっていたものと思われ、強制移送になる順番は最後だった。「自分の手で命を終わらせたい、そう考える人がいたこともよくわかる」、ジャーナリストのベラ・フロムはそう記している。

退去後にベルヒテスガーデナー通り三七番地へやって来たのは、いずれも自宅の強制明け渡しの対象になった人たちだが、本書で取り上げている以外にも、そうした「退去者」がいた可能性は捨てきれない。エーディト・ザロモンが姉ベティ・レヒニッツの賠償手続で証言しているところでは、レヒニッツ夫妻がこのアパートへ強制入居した後、狭い二部屋を四人もの当事者と共有しなくてはならなかったという。だとすれば、このアパートへ強制移送されてきた全員をまだ探し出せてはいない、という推測も容易に成り立つ。

強制居住共同体

ヤーコプ一家の住居は、エーディトがイギリスへ脱出してからは空き家になっていた。夫のジークフリート・クルト・ヤーコプはかなり以前から妻と暮らしておらず、ヴェディング地区のミュラー通りの家に住み、自分の弁護士事務所もそこに開いていた。夫婦の息子ハンス・シュテファン・ギュンターも、一九三九年一月末から母エーディトと同じくイギリスに渡っていた。妻が夫を伴わずに出国するというのはあまり聞いたことのないケースで、その何年も前から別々に暮らしていたことからしても、夫婦関係はすでに形だけだったのだろうと推測される。

衛生功労医ドクトル・アルフレート・ローゼンバウムは、エーディトが逃避する計画を知らされていたのかもしれない。ローゼンバウムはヤーコプのクライアントだった。戦後も弁護士ジークフリート・クルト・ヤーコプは賠償手続で、殺害されたローゼンバウムの代理人を務めている。アルフレート・ローゼンバウムとマルタ・コーエンは、ティアガルテン地区のシミオンのアパートの住居を明け渡さなくてはならなくなったとき、新しい住まいをどこで見つけようかと二人で相談したに違いない。バイエルン広場周辺の一帯ならば、マルタも夫とともにルイトポルト通りに住んでいたころから親しんでいたし、ベルヒテスガーデナー通りの明るく広々とした住居も気に入ったことだろう。なんと言ってもエレベーターが五階まで通じており、マルタは入居したとき六九歳、当時としては最先端の技術成果がとてもありがたかったはずだ。

ほどなくしてマルタ・コーエンの住居に、ベルタ・シュテルンソンとクララ・マルクスが強制入居になった。イーダ・ヴォレ、ベルガー夫妻、ブランドゥス夫妻は、ヘルタ・グリュックスマンとシャルロッテ・グリュックスマンの部屋で寝起きし、アリス・ハインリヒスドルフはヘルツフェルト一家とともにヘートヴィヒ・シュタイナーとその息子の部屋に入り、ルイス・カイザーとエミー・カイザーのところへはパウラ・ズランスキーが、夫と親交のあるマックス・マルクスとともに入った。そこへはカイザーの息子フリッツと娘ゲルダも一時いたかと思われる。「ユダヤ人住居」に強制入居者がこれほど溢れているのをみれば（しかも、これでもまだ網羅しきれていないのだ）、「入れ子細工」の意味するところは一目瞭然だろう。

ヘルマン・ブラットは数週間前に妻とともにポーランドへ国外退去となっていたので、クララ・ゼルディスはその後釜に入った可能性がある。クルト・バロンとその妻マルタの部屋には、サラ・イーレンフェルトが暮らしていた。マックス・レヴィンとその妻ヨハンナ、ヘルマン・ザロモン・ヒルシュ・クリス、ヘルマン・カッツがアパートのどこに入居していたかは確定できなかった。

虐げられてひどい目にあってきた人ばかりだが、もめごとが絶えないという状況ではなかったろう。空間的に狭く、互いに相手を知らないのだから、たいへんな忍耐が全員に要求されただろう。そんな条件のもとでは、プライベートな空間などどこにもなかった。強制労働に狩りだされていた前出の女流詩人ゲルトルート・コルマーはスイスにいる姉妹ヒルデに宛てて、早朝に働きに出かけるほうが住居にいるよりはるかに気が楽だと書き送っている。「だって住居には、間借りをしている人たちがいるの。知らない人が、わたしの持ち物を自分のものにしていて、わたしの物はみんなの物、わたしだけの物は何もない。自分の部屋だけは違うかもしれないけど、それも皆が外出しているときだけ。在宅しているときはいつもみんな台所に集まって、楽しいお喋りも決して嫌いではなさそうだけど、あのお決まりの話題も嫌ではないみたい。そう、行く末がどうなるかっていうこと……。ドアを閉じていても、そんな話し声がわたしの部屋まで入ってきて、平安とか静寂とか尊厳とか沈黙する力とか、心にしまって大切にしたいと思ってるものが無残に吹き飛びます」。

サラ、イスラエル、埋葬委員

商人オスカー・メンデルスゾーンは、一九三八年三月に妻エルナを伴い、側翼の三階にある二部屋の住居に引っ越してきた。その一年後、エルナは循環器不全、心臓衰弱のためユダヤ人病院で死去した。

死亡証明書に記されたエルナの名前は、すでにエルナ・サラ・メンデルスゾーンとなっている。夫の名はオスカー・イスラエル・メンデルスゾーン。他のどのユダヤ人夫婦もそうだったが、夫婦の結婚証明書にも欄外に次のような注記がある。「姓名の変更に関する法律の施行に係る一九三八年八月一七日付け第二次施行令に基づき、掲記の夫婦はイスラエル、サラの名を追加して名乗る」。横には帝国鷲紋章の印が押してある。該当者は登録を自分で手配しなくてはならなかった。名を追加させたのは、ユダヤ人であることがアイデンティティの中核なのだ、何より優先される特徴なのだという自覚を、ユダヤ人男女にくまなく行き渡らせるためだった。戦後になって連合軍の共同管理委員会はこの法律を廃止し、ユダヤ人夫婦の結婚証明書にもその旨をいちいち付記しなくてはならなかった。たとえ、当人がすでに亡くなっていようとも。

エルナの死亡については、数街路をへだてたシュタルンベルガー通りに妻エラと住むゲオルク・レートリヒという人物が証人になっている。ゲオルク・レートリヒはもともと代理商だったが、その本来の仕事はできなくなっていた。ユダヤ人が営む事業所の「アーリア化」が、すでにかなりのところまで進んでいた。ユダヤ人の代理商など、いまさらだれが必要としたろう。レートリヒのような人間には、極貧に陥りたくないなら、ユダヤ人の共同体か組織で職にありつくくらいしかなかった。

一九三五年以降のユダヤ人市民の死亡証明書をみると、レートリヒの名前が「埋葬委員」として記されていることがある。レートリヒは葬儀の手配をすることで、ささやかな収入を確保していたのだ。とはいえ、その仕事も強制移送からは守ってくれず、ユダヤ人共同体にしても延期を働きかけるのが精一杯だった。一九四二年一〇月には猶予期間も終わってゲオルク・レートリヒは連行され、妻のエラも一九四三年三月二日、それに続いた。二〇歳の息子ハインツも、両親より早い一九四二年四月に強制移送されている。レートリヒの娘アリスだけがアメリカに逃れた。

妻を亡くしたオスカー・メンデルスゾーンは、レートリヒが輸送された八日後の一九四二年一一月四日に「保護区への移住」と称して連行され、テレージエンシュタットのゲットーを数カ月のあいだ生き延びたが、一九四三年二月二五日、ブロックEⅦの一七号室で死亡が確認された。「地面」に倒れていたという。

母と娘

ブランドゥス夫妻やイーダ・ヴォレと住居を共有しなくてはならなかったヘルタ・グリュックスマンは、サラ・イーレンフェルトよりも八歳年下で、ゲシュタポに連行された日は一緒だったのだが迫害を生き延びた。ベルリン州アーカイブにある「一九四七年七月一日現在」のユダヤ人共同体の会員名簿を見ていてそれを知ったとき、わたしは思わず頬が緩んだ。人が亡くなる話にばかり接していると、結末が明るい話に文字どおり飢えたようになる。

ヘルタの母シャルロッテも生存していた。この母娘は一九四五年にベルリン・ハーレンゼー地区のシツェロー通り六二番地の住所を届け出ていて、ユダヤ人共同体の名簿では二人ともアルファベットのbが付され、この記号は「非合法に生存した者を表す」となっている。ヘルタが地下に潜伏していた？　わたしにはどうも信じられなかった。

母シャルロッテ・グリュックスマンについては、確かにどこを探しても強制移送になった形跡がみつからないが、娘ヘルタの名前は、三月二八日のトラヴニキ収容所への輸送人員リストに載っている。ヘルタが強制移送に振り分けられた後に「輸送」を免除されたというのは、とてもありそうにない。ヘルタにも「非合法に生存」の記号がついているのは、ユダヤ人共同体になにか手違いがあったとも考えられるが、確実にこうだという究明は難しいだろう。

一九四五年以後、二人の女性がどのような生活を送っていたのかもはっきりしない。ヘルタのほうはオーストラリアで没したらしく、いずれにしても名前と経歴を刻んだ墓石が同地にある。母のシャルロッテは、シツェロー通りの住宅の管理人がのちに記録しているところでは、行先は不明ながら転居したという。ただ、自殺を図ったという可能性も捨てきれない。少なくともアメリカ軍はそう推測している。あの歳月に力を使い果たし、憔悴していたのかもしれず、あとは死ぬだけと覚悟していたのかもしれない。死はいやというほど身近にあった。

シャルロッテの夫、弁護士のヒューゴ・グリュックスマンは何年も前に亡くなっていた。未亡人になったシャルロッテが、夫の共同経営者だったダゴベルト・ダーヴィト・マイケルソンと結婚してまもなく、一三歳の娘グレーテが世を去る。そして一九三九年には二人目の夫も亡くなった。その一報をうけたのは、とかく噂のあったノイルピーン州立病院からだった。ダーヴィト・マイケルソンが患者として入っていたところで、当時の呼び方でいえば一九世紀に開設された「脳病院」だ。死亡証明書をみると、死因として脳卒中という医師の診断があるが、疑ってかかったほうがよさそうだ。国家社会主義者《ナチ》の立場からすれば、そうした病院に入るのは「生きるに値しない生命」の証左であり、患者には強制断種が行われていた。この州立病院は、二四〇〇件のケースで一種の「中間施設」になっており、すなわち、絶滅収容所へ輸送される前の最終段階になっていた。

「アーリア人の」アパート住人

ベルヒテスガーデナー通り三七番地のアパートをどのようにイメージしたらよいだろう？　住人

たちの行動がどうだったのか、それを示す証拠はない。ユダヤ人が住んでいる住居に目印をつけるよう強制されたことで、ドアの向こうにだれが住んでいるのか住人全員が知るようになって以来、ほかの住人の「嫌がらせ」を我慢しなくてはならなかった、というクルト・バロンの言葉が残っているだけだ。クルト・バロンが実例を挙げていないのが残念でならない。

一九三九年から続々とこのアパートへ移ってきたユダヤ人の新入居者は、ほかの住人たちからどのように迎えられたのだろう？　新来者がこれほど目立って多いことに、どんな理由があると考えていたのか？　「ユダヤ人」のことを陰でどのように噂していたのだろう？　廊下ですれ違うときには、気づかないふりをしていたのか？　ユダヤ人もエレベーターを使うことができたのか、それとも、あえて乗る勇気はなかっただろうか？　ユダヤ人入居者が非道に扱われているとき、ほかの住人は目をそらしていたのだろうか？

すでに一九三八年から、このアパートではユダヤ人住民の姿が消えはじめていた。初期にはまだ国外退去か逃亡だったが、後期になると強制移送だ。アパート内でもそんな話題はでたのだろうか？　ヘルマン・ブラットがある日いなくなり、その妻クララも翌年いなくなったことや、リリー・シュタイナーがパレスチナへ行方をくらましたことを、アーリア人の隣人たちは知っていたろうか？　肩をすくめてやり過ごしただけか？　眉をひそめていただろうか？　それとも、あえて抑圧される側にたつ「正しい人」もいただろうか？　そんな人がいたことを、かれらのために――そしてわたしのためにも――心から願う。ユダヤ人入居者が襲われたに違いない孤立無援の暗闇にさす、一筋の光明になったはずだ。とはいえ、それだけを当てにするわけにもいかない。「アーリア人」と「ユダヤ人」の二極化を巧妙につくりあげたのはナチだが、虎の威を借りたり、傍観していた者も同罪だ。もしも身を潜める集団がなければ、自分に許すはずがなかったような振る舞いに及んでいたのだから。

ユダヤ人入居者への横暴をいっそう強く国から求められるなか、アパートの非ユダヤ人の住民がどのような反応を示していたのか、実際のところをどうしても知りたい。いつの間にかピアノの音色がアパートに響かなくなっていたことに、気づいた人はいたろうか？ それをどう思っただろう？ そのなかに、ユダヤ人入居者に代わって買い物をしてあげた人はいただろうか？ 他人への差別、権利剝奪、追放をすぐに「当たり前」と感じるようになったり、それればかりか利益をせしめた者もいたのではないか？ アパートにこれ以上ユダヤ人を強制入居させないでほしいと、上級財務長官に手紙を出したりしたのではないか？ そうした手紙は頻々と届いていて、「アーリア人の賃借人としましては、ユダヤ人に建物から出て行ってもらえればどれほど嬉しいことか」としたうえで、「建物が純粋にアーリア人だけに賃貸されるようご高配を賜りたい」などと書いてあったのだ。

開戦の一九三九年、ユダヤ人がおかれた状況はだれの目にも一段と悪化した。夜間の外出禁止が課せられ、買い物も特定の時間帯に特別な「ユダヤ人の店」でしかできなかった。「星を負う者」〔服に黄色い星をつけることがユダヤ人に義務づけられていた〕クルト・バロンも、規定の買い物時間を遵守していないとして警察から警告をうけたことがあった。入居者の何者かが警察に訴えたという可能性もある。

基本的な食品がどれも強制配給制になっていく過程で、ユダヤ人には手に入らない食べ物が増えていき、文字どおりの「飢餓状態」におかれた。魚、肉、白パン、果物、バター、チョコレート、クッキー、紅茶、コーヒー、リンゴ、トマトなど、一九四二年までに全食料品の大部分が禁じられていった。アパートの他の住人たちは、手元にあるものを分けてあげただろうか？

アパートの「アーリア人」たちにはわかっていた。ユダヤ人の隣人が買い物もできなくなっていること、イスラエルとサラの名をつけるよう強いられていること、一九四一年九月から黄色い星をつけなければならなくなったこと、まるでハンセン病患者のように扱われていること、特定の時間帯に外出禁止になっていること、電話もラジオも持っていないこと、新聞をとれないこと、石鹸を買えないこと、自転車を持てないこと、貸本屋も映画館もコンサートホールにも入れないこと、そして、強制明け渡しになれば残った乏しい持ち物さえほとんど失うことになることを。それをどういう風に思っていたのだろう？

アパートに古くからいる住人に尋ねてみたが、残念ながら解明の手がかりになるような話はなにもなかった。聞けたのは噂話やまた聞きばかりで、どれも確証がない。回りにいる現在の住人で、一九六〇年以前にこのアパートに入っていた方はいない。わずかに、うちのすぐ隣に住んでおられるローゼ氏が「イギリス人」の消息を伝えてくれた。そう呼んでおられたのは、このアパートの持ち主だったジークフリート・クルト・ヤーコプの息子ハンス・シュテファン・ギュンターのことで、イギリスに渡り、戦後はハワード・スティーヴン・グラントを名乗っていた。あの若者は、相続したこの建物をすぐに売却したのだとローゼ氏は教えてくれた。その母親もおそらくイギリスに脱出していたが、そこでドイツ軍戦闘機の爆撃にあって亡くなったということだった。

第三帝国の時代、ユダヤ人がはやく「消えて」くれればいい、ここへ二度と入ってこないでほしいという住人が、このアパートにもいた。その一方で、姿を消した人がどうなったのか考えて不安にかられる人もいただろう。反ユダヤ主義の措置に対しては賛成も反対も、中立もあったことだろう。無関心というのも、犯人との共犯のひとつの形態にすぎない。

非ユダヤ人の居住者の過半が見て見ぬふりをしており、排除される者との接触をいっさい避け、変に目立たないように隠れ蓑をかぶっていただろう。だが、そんなふうに無理に気づかないふりを続けることが、いつまでできただろう？　一九四二年に入ってアパートから毎月のように人が追い出され、連行されていったというのに。

しばらくすると、連行された人たちが中継地点に集められて立っている光景がみられた。外套や上着や背広に黄色い星をつけ、トランクを手にしている。そのトランクがもうすぐ用済みになることを、当人たちはまだ知らない。

門戸が閉じる

ドイツ国防軍が進軍して勝利を重ねれば重ねるほど、多くの国がユダヤ人難民の流入に強く歯止めをかけるようになっていった。その国際協力が、かれらの生死を分けた。開戦以来、各国が次々に移民を制限し、割当を引き下げたり、ユダヤ人難民の受け入れを全面停止したため、まだ門戸を開いている国を探すのに避難希望者はいよいよ躍起になった。大半の者が「避難港」として夢見たのがアメリカで、ヨーロッパのユダヤ人からすると、かねてそういう国だったからだが、そのアメリカですら一九四一年十二月の参戦までに受け入れたヨーロッパからの避難民は十五万五千人にすぎず、入国料も一万五千米ドルに引き上げていた。

ヒトラーの「電撃戦」が成功したことで、一九三三年以来避難民に人気の行先だった近隣国のオランダ、ベルギー、フランスは避難先から外れた。ポルトガル政府も受け入れ許可を全面撤回した。ドイツ国防軍の進軍（「西方戦役」）で、避難民の群れがポルトガルに押し寄せたためだ。ポルトガルには外洋港が多く最大級のトランジット国だったが、一九四〇年五月以降、海外の国のビザを提示できる者にしかトランジットビザが交付されなくなった。パナマやパラグアイをはじめとする国々は、依頼をうければ、安定した通貨であるドルと引き換えに必要書類を発行する一方で、「ジョイント」と呼ばれる〈アメリカ・ユダヤ人共同配給委員会《ジョイント》〉からは、その書類を滞在目的には利用しないとの確約をとりつけていた。

競争の激しい入植地で、暑さや寒さ、厳しい諸条件と物資の欠乏に耐え、多くのものを捨てることができるという自信がある者は、当時イギリスの委任統治領だったパレスチナを目指した。移住するにはイギリスの証明書が必要で、しかるべき資産や、需要のある職業への適性など、一定の割当条件を満たさなくてはならなかった。アラブ人の蜂起が何度もあって政府がユダヤ人の入植をいっそう厳しく制限していくなか、多くのユダヤ人が不法入国を企てた。難民船は寄港地を探すのに何週間もかかることが多く、あげくにイギリスから退去を命じられた。

だれもユダヤ人を受け入れようとしない。国家社会主義者《ナチ》の思惑どおりだった。

逃げた者は故郷を失う

マグデブルクを出自とするブランドゥス一族のあいだでは、脱出、国外移住といった問題が早くから議論されていたと思われ、おそらくは真っ向から対立する白熱した議論が、一族や親族のあいだで交わされていたに違いない。形勢としては、多くのユダヤ人一族の場合と同じく女性のほうが亡命の賛成派に回り、せめて子どもを亡命させて、迫害から守ろうとしただろうと推測される。男たちには、不確実な未来、いまよりも暗い未来への不安のほうがどうしても先に立つ。地位を失うかもしれないという恐れだ。

ブランドゥス一族のうちベルリンへ移ってきた人はほぼ全員がシェーネベルクか、これに隣接するヴィルマースドルフ地区に住んでおり、ベルリン語でいえば同じ町内《キーツ》にあたる。ヴェルナー・ブランドゥスとマックス・ブランドゥスはメラナー通りに住み、わずか数軒を隔てて叔母のパウリーネ・ザンダーが息子ヴァルターのもとにいた。ヴェルナーとマックスのおじにあたるマルティン・ブランドゥスはルイトポルト通りに住み、ヘヴァルト通りにはパウリーネの姉妹ナニー、これに接するシュタイナッハー通りには、弁護士ジェイムス・ブランドゥスの義兄弟エルンスト・ブランドゥスが自宅を構えていた。国家社会主義者《ナチ》が権力を掌握して以来、自分たちの生命が最大の危機に立たされているという意識は、この大きな一族のだれもが共有していたようだ。その証拠に、いずれも子どもだけは亡命させている。

一九三七年、ジェイムス・ブランドゥスとエルスベート・ブランドゥスの息子で、両名とも弁護士だったヴェルナー・ブランドゥスとマックス・ブランドゥスが、アメリカへの亡命に成功した。これと同じ年、ドイツからすでに一九三三年二月に脱出していたベルトルト・ブレヒトは亡命先のパリでこう記している。「わたしは亡命者《エミグラント》という呼称をずっと誤解していた」。この言葉は「自由意志で決めた」決断であるかのように装っているが、自分も他の多くの人も国家社会主義者《ナチ》に脅されたのであって、そんな決断は少しもしていない、むしろ「われわれは逃げたのだ／われわれは追放者、流刑者なのだ」。ブレヒトはいくつもの街と国を流浪し、ついに一九四一年にアメリカへ渡る。だが、そのアメリカも「故郷ではなく亡命先」だったと詩のなかで語っている。ドイツに帰国したのは一九四八年だった。

亡命とは「異郷の地に寄留すること」であって、この言葉は定住の場所があることを約束するものではない。しかし迫害の被害者は、抑圧者がいた本国には二度と戻りたくないという人がほとんどだった。ヴェルナー・ブランドゥスがミュンヘンへと向かったのは一九七二年、死の間際になってからだった。ブルガリアの街ソフィアでホロコーストを生き延びた著述家アンゲーリカ・シュロプスドルフも、八八歳のときにベルリンで迎えた死の直前、「母国語に囲まれて死ぬほうが楽なのです」と心境を語っている。

亡命をすることは喪失に結びつくが、迫害から逃れた者がみなそれに耐えられるわけではない。自由は手にしたが、自由のせいで孤独にもなり、心のよりどころも失う。どこへ行っても異邦人であり「お客さん」であることは、「始原の本当の自己を含めた、生得のアイデンティティのうちの」いくらかが「永遠に破壊されたままになる」ことに通じる、シュテファン・ツヴァイクはその自伝『昨日の世界』(みすず書房、原田義人訳、一九九九年)でそう書いている。この本が一九四二年に刊行されたとき、著者はすでにこの世にいなかった。ブラジルの亡命先で自ら命を絶っていた。

「僕がどれほどの孤独感のなかで暮らしているか、君にはきっと想像もつかないだろう」、ベルリンの美術収集家・出版業者ブルーノ・カッシーラーはイギリスの亡命先から自社の編集者に宛ててこう書き送っている。「まるで根っこが何本も断ち切られて、生命力の流入が止まったみたいだ」。暴虐な迫害から救われたことに、本来ならば感謝しなくてはならない。「それなのにとても不幸だ(……)悔しいが忘れることができない。いつもの街路を歩いたり乗り物で通ったりしたこと、同じ芸術を愛したこと、部屋のドアに近づいてくる足音を聞き分けたこと、そして、ずっと一緒にいたのに会えなくなったみんなのことが、つい先日のことのように感じられて、そんな追憶のなかの生活が、いまの生活をたえず落ち着かなくさせる」。

隣にいた殺戮者とサフェド

逃げる、とは何だろう？　避難をする人たちの映像がニュースで連日流れている。戦争難民、気候難民、貧困難民。今日ほど、大勢の人間が逃げている時代はこれまでにない。

逃げる、とは何だろう？　自分のことでさえなければ、何気なく口にしてしまう言葉だ。逃げた経験は、消すことのできないタトゥーのように体と心に焼きつき、生涯にわたって逃げた者に刻印を残す。ボランティアとしてお世話をした多くの避難民に、わたしはそんな傷跡を見てきた。逃げるとは、両親から、妻や夫や子どもから、母国語から、慣れ親しんだ文化と環境から、さらには多くの場合に財産や地位から、断絶されることを意味するだけではない。逃げるとは、失われた昨日と不確かな明日のことであり、自分が歓迎されないよそ者だという意識と結びつきやすい現在のことだ。

サフェドの「生命力の流入」も途絶えてしまっていた。一九九〇年代、わたしたちがサフェドとエドゥイナの夫婦、それにまだ小さかった息子さんのサンディ、ヴェダドと知り合ったころのことだ。ビハチ近郊の村出身のボスニア人家族で、われわれが数年間その支援にあたった。一家が難民になったのは、ボスニアに住むセルビア人が、指導者のラドヴァン・カラジッチ、ラトコ・ムラディッチの命をうけて一九九二年にムスリムへの砲撃を始めたときだ。ユーゴスラビアでの殺戮戦争のさなか、赤十字の輸送隊がサフェド一家を救助し、それ以来、ベルリンのヴァイセンゼー地区に設けられた味気ないコンテナハウスで暮らしていた。サフェドはウナ川の絵を何枚も描いた。それはビハチを流れている川で、早瀬や滝のあるこの川をサフェドはこよなく愛し、できた絵でコンテナの壁を飾っていたが、故郷を失ったという思い、孤立感から解き放たれることはなかった。

すべてが変わってしまった夜のことを話せるようになるまで、何年もかかった。セルビア人が襲ってきて、サフェドの家をはじめ、村のボスニア人の家に残らず火をつけた。ボスニア人の家の扉には――わたしのアパートにいたユダヤ人入居者の部屋の扉と同じように――目印がつけられていた。放火をしたのは村の外からきた連中だったが、村のセルビア人もみな連絡をうけていた。命の危険にさらされたサフェド一家を助けようとか、狼藉を止めようとして指一本でも動かす者は、ひとりとしていなかった。

サフェドとエドゥイナは何が起きているのか、わけがわからなかった。それまでの生活でずっとセルビア人と親しく近所づきあいをしていたし、村の広場にある窯でパンを共に焼いたり、あちこちの家の屋根を修理したり、子どもも一緒に遊んでいた。みなユーゴスラビアの国民だった。それなのになぜ？　何が変わったというんだ？　どうして、いきなり村から追い立てられたんだ、セルビア人、クロアチア人、ムスリムが何百年も共に暮らしてきた村なのに？　犯罪の常習者でもない近所の人たちが、なぜモンスターみたいな拷問をはじめたんだ？　どこから殺人の衝動がわいて出た？

イタリアの化学博士プリーモ・レーヴィはアウシュヴィッツでの抑留生活の初期、まだ「抑留者であること」に慣れなければならなかったころ、喉の渇きに耐えかねて、屋根のひさしからつららを折ったことがあるという。だが次の瞬間、「大柄ないかつい男」につららを奪いとられた。「なぜだ？」と尋ねるレヴィ。「なぜ、なんていう言葉、ここにはねえんだ」と怒鳴り返された。しばらくして古株の抑留者仲間が、ブリキの食事皿の底に刻んだ言葉を見せてくれた。"Ne pas chercher à compredre!"（ヌ・パ・シェルシェ・ア・コンプランドル）――理解しよう、そんな気は起こさぬこと！

サフェド一家はその地を逃れ、四人は生き延びた。そして一九九〇年代の終わりにボスニアへ帰還した。ベルリンの生活には満たされなかったのだ。かつて従業員二〇〇人の繊維工場の工場長まで務めたサフェドは、ドイツに来てからの数カ月間、失意の人だった。仕事ができないこと、自分の力で家族を養えないことがサフェドを腐らせ、国家福祉のやっかいになっていることで無為を強いられた。失われた尊厳を取り戻そうと、ひそかに不法就労をはじめてレストランで皿洗いをした。長時間労働のあげく賃金をまきあげられたり、雀の涙ほどの労賃で追い払われることが度重なった。同僚や上司に足元を見られていた。サフェドは無気力に襲われ、みるみる口数が減っていった。

ボスニアへ帰ってから、ともかくもサフェドの状況だけは好転した。何年か後にわたしたちが夫妻を訪ねたときには、楽しそうに甥とサッカーで遊んでいた。エドゥイナのほうは、まだ記憶がわきあがってくると発作的に涙がでるのだが、サフェドは話を聞いてくれないという。

以前住んでいた家には戻れなかった。ふたりの息子サンディとヴェダドはサラエボに残り、そこで仕事をみつけた。けれども本当の故郷、くつろいで安らぎを感じられるわが家、そういったものは家族のだれからも失われた。

ウィンストン・チャーチルと敵性外国人

エルンスト・ブランドゥスは、ブランドゥス一族のなかでもドイツを離れることを決意した最初の人だった。それに先立つ一九三五年、ナニー・ネイサンの息子フランツを養子に迎えている。フランツはヒトラーが帝国宰相になる一週間前に結婚していたが、その二カ月後、「法学博士」だったために、この由緒ある一族の多くの法律家と同じく職業禁止を命じられた。両親から鉄鋼・金属業を受け継いでいた工場主エルンスト・ブランドゥスにとって、イギリスへ移住するのはさほど大変なことではなかった。能力が高いうえに財産もあるエルンストのような人物を、イギリス政府は新規移住者として歓迎した。

養子縁組をしたのは、甥のフランツがイギリスへ入国しやすくするためだった。当時、イギリスはユダヤ人難民を国内に入れるのをしだいに渋るようになっていた。人数が増えすぎて、国の負担が増えるのを危惧したためだ。そのため、資金のない亡命者はイギリス政府から拒絶されたが、ユダヤ人組織か家族のだれかが、生活費を保証するのならば話は別だった。

フランツはイギリスに渡ることができた。ただ、わたしがそれを知ることができたのは、その末路が悲劇的だったからにすぎない。

イギリスには、その当時すでにドイツ語圏からの避難民およそ八万人が暮らしていた。戦争の勃発以来、イギリス政府はこれを潜在的な敵性外国人ととらえ、ドイツ帝国から国内に送り込まれたスパイの可能性もあると考えた。そのため地図、カメラ、ラジオ受信機などは所持を許さなかった。戦争が始まると忠誠心が正式に検査され、Aランクに判定されれば安全リスクが高いとされ、Bランクは「疑わしい」、Cランクは「安全」とされた。フランツ・ネイサンは、ナチ政府から逃れてきた多くの者と同じく当初はカテゴリーBだった。

一九四〇年五月、ウィンストン・チャーチルが首相に選ばれたのは、ちょうどドイツ国防軍がオランダとベルギーへ攻め込んでいたころだ。ドイツ帝国と戦争状態になったことで、チャーチルは安全保障政策の強化が必要と考え、一九四〇年六月二日、敵性国家の国籍をもつ一六歳から七〇歳までの成年男性を残らず抑留した。ドイツから脱出していたユダヤ人のほとんどが該当したため、このときから「国家の敵」ということになった。キンダートランスポートで国家社会主義者《ナチ》の迫害から逃れてきた青年でさえ、年長者であればこれに含まれることがあった。

男性八千名、女性四千名が抑留された。フランツも数週間のあいだ、マン島の収容所に入っていたことが十分に考えられる。一九四〇年の夏、そこから数百人がリバプールに送られ、さらに英連邦の他の国に向かう船に乗せられた。抑留者の一部をイギリスから引き取ってくれるよう、チャーチルはこうした国々に要請していた。カナダがその意思があることを表明し、こうしてフランツも一九四〇年六月三〇日か七月二日のどちらかに(記録によって日付が違う)、開戦でイギリスから「敵性外国人」を宣告された一二〇〇名の同乗者とともにアランドラ・スター号に乗船した。出港からわずか一日後に、ドイツ軍Uボートの魚雷が命中。乗員七〇〇名が命を落とし、そのなかの一人がフランツだった。

ドイツに残っていたブランドゥス一族で、その一報を受けた人はいただろうか? エルンスト・ブランドゥスなら、知らせを届ける手立てがあったかもしれない。チャーチルによる敵性外国人への措置はイギリスの世論にも賛否があり、マスコミでも激しい論争になっていた。アランドラ・スター号の惨事を隠しとおすことはできなかった。

永遠の別れ

フランツだけではない。ブランドゥス一族の若い世代には、そのほかにもドイツを去った人たちがいる。ヴァルター・ザンダーはイギリスへ渡り、ナニーの孫ロルフとハンス・ギュンターはチリの首都サンティアゴへと向かった。ジェイムスとエルスベートの二人の息子ヴェルナーとマックスも亡命を考えていた。弁護士の資格を失えば将来の設計が水の泡になるが、この国にいたとしても仕事で何をなし得よう。ただ、出ていくという決断は当初の予定よりもいっそう自然な形で、短期間のうちに現実のものとなったらしい。一九三七年に、両親がわざわざマグデブルクからベルリンに越してきているのだ。

夫婦は息子たちのすぐ近く、エアフルター通り二番地に住居を借りた。七〇歳になる夫とその四歳下の妻が、なんの理由もなくこのような転居に踏み切ったとは思えない。ヴェルナーとマックスがアメリカへ脱出してしまう前に別れを告げようとして引っ越したか、あるいは、夫のジェイムス・ブランドゥスがマグデブルクのユダヤ人共同体の理事だったことから、政府の反ユダヤ主義的な措置に動員されるのを危惧したのか。一九三三年一月八日、ジェイムスは共同体の副理事長に選任されている。その三週間後に帝国大統領ヒンデンブルクがアドルフ・ヒトラーを首相に任命し、自分や一族全体の生活が激変するとはまだ予想もしていなかった。

ブランドゥス一族は、地元のマグデブルクに古くからつづく名望ある一族だったが、社会的名声を身を粉にして勝ち取ったのがジェイムス・ブランドゥスだった。父親を早くに亡くし、兄弟も姉妹も他界したが、それに打ちのめされることなく一八九一年に博士号を取った。一八九八年三月三〇日、マグデブルク地方裁判所に弁護士として登録され、その年にいとこのエルスベートと結婚。一九一九年には区裁判所に公証人として登録され、一九二六年に「法律顧問官」の称号を授与された。そのまま上り坂がずっと続くかに見えた。

息子のヴェルナー・グスタフとマックス・ルドルフも父親と同じく法学を学んだ。ヴェルナーは一九二六年に弁護士としてベルリンに移り、マックスは大学を出て博士号を取得した後、父親のマグデブルク弁護士事務所に入ったが、しばらくして兄のあとを追った。二人が部屋を借りたのは、広大な「市立公園《シュタットパーク》」に面するメラナー通りで一九三一年に開発された新興住宅地だった。この公園は現在、正式には「ルードルフ・ヴィルデ・パーク」だが、ベルリン市民のあいだでは単に「市民公園《フォルクスパーク》」の呼び名で通っている。この住宅地には、独身男性向けの家具付きアパートメントや、地下ガレージ二〇〇台分が整備されていた。

一九三三年以降、ヴェルナーとマックスも職業禁止の対象になり、一九三三年四月七日に公布された「職業官吏再建法」によって生活基盤を奪われた。区裁判所や地方裁判所の弁護士、公証人の名簿から、名前が抹消されたのだ。ドイツでは職業のキャリアを積む道が断たれ、生活も脅かされた。一九三七年、二人はニューヨーク行きの船便を予約した。そこにはおじのグスタフ・ブランドゥスが住んでいて、保証人を引き受けてくれた。

ヴェルナーとマックスはアメリカ国民になった。ヴェルナーは一九七二年、一時期離れ離れになっていた妻マリアンネに看取られてミュンヘンで死去したが、そのころのヴェルナーはもう暮らしがあまり楽ではなかったように見うけられ、アメリカ当局が発行した死亡証明書には、「社会保障支払《ソーシャル・セキュリティ・ペイメンツ》」を受けていたとある。

追憶のなかの生活

ジェイムス・ブランドゥスはさらに何年間か、ドイツ帝国で弁護士活動をしていたらしい。帝国大統領パウル・フォン・ヒンデンブルクが法案を通過させた「老年弁護士」の特別規定に該当していた。この規定は、一九一四年以前から職務に就いていた者、または第一次世界大戦で「ドイツ帝国のために前線で戦った者」が対象となる。ブランドゥスはすでに一九三三年に公証人の資格を失っていたものの、老年弁護士として一九三七年までは弁護士名簿から削除されていなかった。まだ何年か弁護士職をつづけられたことが、亡命を考えるのを先延ばしにする誘因になったのだろうか？　それとも資金が足りなかったのか？　エルスベートとジェイムスの夫婦がなぜ残ったのか、その理由についてはは想像をめぐらすほかない。

息子たちが脱出する資金をつくるため、現金化できるものはとうに売却し尽くしていたという可能性も捨てきれない。ジェイムス・ブランドゥスは職業禁止で仕事上の収入がなくなり、息子のヴェルナーとマックスの後を追う旅費が手もとになかったとも考えられる。ニューヨークにいるグスタフ・ブランドゥスならばきっと夫婦の身元保証をしてくれただろうが、国外移住の手はずを整えるには、「入国金」や要求される「呈示金」を支払うための「流動資産」が欠かせなかった。ジェイムス・ブランドゥスが現金を銀行口座に残しているか、有価証券を預けていたとしても、それを引き出すのは至難になっていた。

息子二人が無事に着いたことを聞いて、ジェイムス・ブランドゥスとエルスベート・ブランドゥスの夫妻は胸をなでおろしたことだろう。息子だけは助かった。夫婦はエアフルター通りの住居を明け渡さなくてはならなくなり、ベルヒテスガーデナー通りのヘルタ・グリュックスマンのところへ強制入居になった。この住居の部屋を分け合っていたヘルタ、イーダ・ヴォレ、それにベルガー夫妻が強制移送されたとき、ジェイムスとエルスベートも、どのような運命が待ち受けているかを悟った。ここにまた戻ってこられた入居者は一人としていない。そのことをお互いに話しただろうか？　励まし合おうとしただろうか？　それとも、この話題はタブーだっただろうか？

わたしはときどき、「ルドルフ・ヴィルデ・パーク」にある地下鉄のシェーネベルク区庁舎駅に行き、そこからガラスの壁を通して活気あふれる公園を眺めることがある。はしゃぎ回る子ども、ボール遊び、テニス、ジョギングをする人がいる。そして、ジェイムス・ブランドゥスとエルスベート・ブランドゥスの夫妻が、駅のすぐそばにある鴨池のほとりの階段に立っているのが見える。ユダヤ人が公園に立ち入るのは禁じられているはず。だが、住居から外に出ることが許される時間、ジェイムスとエルスベートはこの市民公園を一周する歩きなれた道をたどり、息子たちを連れて散歩したことを思い出していたかもしれない。前出の出版業者ブルーノ・カッシーラーが自分について書き送ったのと同じように、この二人もいまは「追憶の生活」を過ごしている。息子のヴェルナーとマックスには二度と会えないかもしれず、いまでは共にした経験のなかにいるだけ、かつて一緒にいた場所にいるだけだ。

その数年前、息子ふたりと別れるときは互いに慰めあい、すぐにまた会えるさ、と希望を語りあったに違いない。いつの日か「ナチの悪夢」も過ぎ去って、あの二人もベルリンに戻ってくるさ。だが、そんな日はやってこない。それも二人にはわかっていた。

逃げない者は殺される

ヴェルナーとマックスのブランドゥス兄弟は身の危険こそなかったものの、かなりの重荷が肩にかかっていた。両親を呼び寄せる希望はあったにしても、望みは年々薄れていくばかりだった。とりわけ一九三八年一一月九日のポグロムが起こってからは、両親のジェイムスとエルスベートのことを大いに心配したはずだが、連絡の手段すら日に日に枯渇していった。手紙は検閲され、郵便物のやり取りもたびたび禁止された。ベルヒテスガーデナー通り三七番地にあった、ユダヤ人名義になっている個人の電話接続は一九三九年に遮断され、公衆電話ボックスの使用もユダヤ人には禁じられた。一九四一年一〇月には大量移送が始まっている。ハインリヒ・ヒムラーが、ユダヤ人に対する出国禁止を（密かに）発令した月のことだ。

加えて、ヴェルナーとマックスは異国で生活基盤を固めなければならず、この時期にはそれも必ずしも順調ではなかったようだ。命を守ることができたとはいえ、前出のブルーノ・カッシーラーが自宅に送った手紙で言っているように、家族、友人、言葉、文化など「人生に必要なものをあまりに多く失って」いた。大学で受けた教育があっても、この新しい国では役に立たなかった。兄弟は職業をまた一からやり始めるほかなかった。それも慣れない言葉を使いながら。オックスフォードを経てニューヨークへ、さらに後年にはロサンゼルスへと逃れた哲学者テオドール・W・アドルノは、言語を本来の仕事の道具とする自分が英語を使うことで、どれほど物事を単純化し、ときには差別化を諦めざるを得なかったかをのちに嘆いている。避難民のなかでも自然科学者であれば、新天地でキャリアを積むのが楽だったというケースが多い。研究対象が軍需関連であればなおさらだ。

「振り出しからやり直すというのはとても難しい。生存の闘いを一からやり直そうと、人びとが意志や気力を振り絞っているさまを見るにつけ、驚嘆することが少なくない」。ウルシュタイン出版社の女性ジャーナリスト、ベラ・フロムはドイツを永遠に去る前の日記にこう記している。だがその当人にも、この言葉はそのまま当てはまる。なにしろジャーナリズムの仕事に復帰できるようになるまで、アメリカの手袋工場で働き、コック、家の管理人、速記タイピストもした女性なのだ。

ブランドゥス一族で比較的若かった人のなかには、異国で新生活を築いた者もいた。一方、その両親たちの生活は無残な終末をとげており、旧世代に属する者はほぼ全員がショアの犠牲となっている。パウリーネ・ザンダー、旧姓ブランドゥスがその第一号となり、一九四一年一一月一日、七二歳のときメラナー通りからウッチ・ゲットーへ強制移送された。ナニー・ネイサン、旧姓ブランドゥス、そしてジェイムス・ブランドゥスとエルスベートの夫妻も一九四二年九月二一日にゲシュタポに連行され、四日後にテレージエンシュタットに着いた。ゲットーに到着して六週間後にエルスベート・ブランドゥスが亡くなり、次いで一九四三年三月には、夫の法律顧問官ドクトル・ジェイムス・ブランドゥスも世を去った。

一九四二年九月五日にゼクシッシェ通り七二番地から連行されたマルティン・ブランドゥスとエヴァ・ブランドゥスの夫妻がいつまで生存していたのか、公式の記録からははっきりしない。〈戦争被害者記録事務所〉が一九四九年八月三日付けで二人の死亡を宣告している。その記録によると、夫婦はリガのゲットーで亡くなったことになっているのだが、そこはすでに一九四三年から一九四四年に解体されたはずだ。

書物に対する戦争

一九三三年は、ナチが教養に対する戦闘を宣言した年だった。五月一〇日、フンボルト大学のすぐ向かいにあったベルリンのオペラ広場で焚書が行われ、教授や学生、一般の見物人から大歓声があがるなか、ユダヤ人や「非ドイツ的な」作者の著作が火にくべられた。この事件の演出を主導したのは、ナチの反ユダヤ主義の戦列にがっちり組み込まれていた「ドイツ学生団」だった。学界からの抗議はほぼ起こらなかった。

焚書だけにとどまらない。ユダヤ人は書物に触れることからも、体系的に締め出されていった。ユダヤ人の書籍商や出版社も廃業するか、ドイツ人の所有に移ってアーリア化されるほかなかった。一九三八年からは公共の図書館に入れなくなり、一九四一年には商業的な貸本業も閉鎖された。これをヴィクトル・クレンペラーは「いちばん身近にある地獄圏」と呼んでいる。〈ドイツ民衆図書館連盟〉は早くも一九三三年、「ユダヤ人の文学」の貸出禁止を決めた。〈ドイツ書籍商組合〉では一九三三年四月、「国の調査」への協力を「率先して行う意思」を表明し、さっそくその言葉を実証してみせた。「ユダヤ人」マルティン・ブランドゥスから会員資格を剥奪したのだ。その二年後に帝国著作院〔ナチ党が設立した文化統制機構のひとつ〕もこれに追随。これをもって、マルティンは職業活動を閉ざされる瀬戸際に立たされた。

かつてマルティンはライプツィヒ、ロンドン、パリでの修業時代を経たのち、一九〇四年、ブランドゥス出版社をたちあげて一本立ちし、手間のかかる芸術的な図版印刷を得意とした。その手腕で同社はシナリオ通りに事業を広げていき、雑誌、旅行記、教科書なども手がけ、そのために他の出版社の買収もした。

そうした成長が一九三五年に暴力的に断ち切られ、自分の会社をただちに清算するか、さもなくば「アーリア人」に売却するか迫られた。それは強制売却を意味し、売却額も相場をはるかに下回ったが、従わなければ差し押さえが待っている。マルティンがやむなく売却をした際にはまだいくばくかのライヒスマルクの利益もあったが、後年には、こうしたアーリア化は帝国の国庫を潤す国家ぐるみの組織的収奪となっていく。

書物に対する戦争が一九三三年で終わったとはとうてい言えない。特攻隊を標榜する学生が「非ドイツ的精神に対抗する」浄化作戦と称して大学図書館や貸出文庫を練り歩き、そうした「文学の娼婦宿」から禁書指定の著作を抜き出しては、新たなタイトルを追加して「ブラックリスト」を作成していった。個人の蔵書であろうがおかまいなしに、あらゆる「非ドイツ的な」著作物を選り分け、「荘厳な」燃えさかる火にくべよと叫んだのだった。「第三帝国」の一二年間、国家社会主義者《ナチ》が支配した国々では一億冊をはるかに超える図書が灰燼に帰したと研究者は推定する。

紙部隊

一九二五年、ジークムント・フロイトやアルバート・アインシュタインも名を連ねる錚々たる欧州系ユダヤ人の知識人が、ベルリンと、現在のリトアニアのヴィリニュスにイディッシュ科学研究所（ＹＩＶＯ）を設立した。ユダヤ人の生活にかかわる情報を集め、ユダヤ人共同体のポスター、図書、書簡を蒐集するのが目的である。一九四一年、国防軍がこのヴィリニュスに侵攻した。東部占領地域大臣となったアルフレート・ローゼンベルクの指図でＹＩＶＯのコレクションが押収され、処分前に金目のものがないか鑑定することになった。

そのためにローゼンベルクは強制労働者を登用したが、それは主として「紙部隊」を自称するユダヤ知識人だった。ＹＩＶＯや街の名高い図書館を略奪するにあたってドイツ占領軍に進言、支援をするのが役目だった。ヴィリニュスには、ヨーロッパでの八〇〇年に及ぶユダヤ人の生活の記録となる貴重な収蔵品があり、歴史遺産の宝庫といわれていた。そうした歴史の証言がナチの手で抹殺されるのではないか、というユダヤ人の不安は大きかった。そこで、紙部隊のメンバーは書物をたびたびゲットーへひそかに運び込んでは、金属容器に入れて土に埋めた。そうやってユダヤ人の歴史の重要な資料を救うことができ、現在はニューヨークのＹＩＶＯ研究所に収められている。

文化や歴史にとって代えがたい意義がある書物をユダヤ人から奪うのは、アイデンティティ抹殺の企てだった。ユダヤ教の律法を記した「書物」であるトーラは何百年ものあいだ、ディアスポラで追い散らされたユダヤ人共同体をひとつにまとめていた。

国家社会主義者《ナチ》には自分たちのしたことへの自覚があった。その信奉者も同じだ。絵画、彫刻、記念碑、書物といった文化財の放埒な破壊は、いつの時代にも民族の文化的アイデンティティへの攻撃であり、戦略的に狙いを定めた襲撃なのだ。

サラエボの廃墟

ボスニアに住むセルビア人も、一九九二年にサラエボを砲撃したときにこの戦法を使った。戦闘が始まって四週間ほどで、百万冊を超える書籍や、オスマン帝国時代、中世、オーストリア・ハンガリー二重帝国の時代に作成された文書数百点のかけがえのない原本など、国立図書館の収蔵品の八〇パーセント近くが燃え、黒焦げの紙片となって宙に舞った。何世紀にもわたるボスニアの歴史を物語る唯一無二の資料もあったが、永遠に失われた。

その四年後、わたしはこの国立図書館の廃墟を、足元を気にしつつ歩いたことがある。同行者とわたしがその地へ出向いたのは図書展示会を開催するためであり、少しでも早く本の発行を再開しようとしていたボスニアの出版業者を支援するためだった。クロアチアの都市スプリトから、舗装のない滑りやすい砂利道の山道をドライブするのはスリル満点だった。橋は破壊され、道路は寸断されている。四年間つづいて何千人もの犠牲者をだしたサラエボ包囲は、その六週間前に終結が宣言されたばかりで、街はまだ深刻なトラウマを抱えたままだった。

招待してくれた人の話では、ミリャツカ川の対岸にある丘陵では手柄を狙うスナイパーが何年も前から活動していて、本一冊、古文書一巻たりとも救いだすことができないという。世界に名だたる図書館の破壊は、たんに巻き添えをうけただけの被害ではない。ムスリム、正教徒、カトリック、ユダヤ人が何世紀にもわたって共に暮らしてきた共同体の文明の絆を断ち切ろうとする企てだった。図書館はそのシンボルであり、所蔵資料は、分かちあってきた歴史を物語るものだった。それを消し去ろうとしたのだ。

だが、書物を奪い去るのは放埒な破壊だけとは限らない。

ムタボール——別の生き物に変身する

一七歳だったころ、フランソワ・トリュフォーの『定本映画術　ヒッチコック／トリュフォー』（山田宏一、蓮實重彦訳、晶文社、一九九〇年）を読んだ。それ以来、トリュフォーの映画作品は何十本と見た。『終電車』、『突然炎のごとく』、『大人は判ってくれない』、『日曜日が待ち遠しい！』といったタイトルが並び、わたしは熱烈なファンになった。なかでも感銘を受けたのが『華氏４５１』。本が禁止されて焼却される世界の話だが、トリュフォーは森に隠れて住む男女を歩き回らせ、そのつぶやきを聞くうちに、各自がそれぞれ一冊の本を暗記していることがわかるようにしている。映画の結末もやりきれないような、それでいて希望を感じさせる終わり方で、その後のことは想像にまかされている。

どんな未来が待っているのか？　本が「ニッチ製品」になるのか？　ごく限られた人向けになる？　書店はなくなる？　わたしの姪や甥は本を読むのが好きだが、文章を作るのがチャットボットであろうが、生きた著者であろうが気にしない。本はアマゾンで注文し、書店へ買いに行くのは面倒だという。わたしには、良い書店は良いカフェと同じように充実した生活に欠かせない一部であり、チャットボットは余計なばかりか、社会文化的に気味が悪いように感じられ、アマゾンは立入禁止区域のように思っているが、甥や姪にいわせればいずれも「時代遅れ」であり、昔気質《オールドスクール》でしかないだろう。

そう考える人たちが少数派でなくなって久しい。購入した本を置くスペースを空けようと思って図書館に問い合わせてみるが、どうしても蔵書を引き取ってくれない。支援機関のオックスファムや古書店に持っていくにしても、冊数は毎回限られる。年少の親戚に書籍を贈っても、「ページをめくる手がとまらない」ような類の本じゃなかった、と不満をもらされることが多い。わが家では、好きな本を持ち帰ってもらおうと玄関ホールに並べているが、出ていくのは推理小説か手軽な健康本ばかり、のこりは屑籠行きになる。

当時の一七歳のわたしなら、そんなことは想像もできなかったろう。春と秋に出る出版社の新刊を待ちかねたものだ。いま、書物など大切ではないという人が増えつづけているようにわたしには見える。「読書をしない人には感情移入できません」、フランスの作家アニー・エルノーはそう記している。わたしも同感だ。いつもそばには本がある。無価値な紙でしかないと考える現代人が増えつづけたせいで、本が姿を消していくのを見るにつけ、背筋に冷たいものが走るのを覚える。語られる物語がなければ、人生を理解することなど到底できないはずだ。物語がはじめてカオスに形を与える。それは体験したこと、聞いたこと、見たことを、原因と結果に分けて整理することだ。わたしなら、物語なしに自分自身を理解することなど思いもよらない。

子どものころ、身の回りにある本はさして多くなかったが、おとぎ話の本はもちろんあった。なかでもヴィルヘルム・ハウフ作の『こうのとりになったカリフの話』(高橋健二訳、岩波文庫、一九七七年）というお話に夢中になった。ムタボールという魔法の呪文があって、カリフがこれを唱えるとコウノトリに変身したり、人間に戻ったりすることができる。「ムタボール」、よく口にしてみたものだ。昔も今も、わたしにとって本は魔法の世界であり、目の前の現実からしばしのあいだ解き放ってくれる。変身させてくれる。

　リビングルームにあったわが家の本棚の品ぞろえは、子どもの目にはさほど魅力的に映らなかった。お絵描き歌の絵本『点、点、コンマ、ダッシュ Punkt, Punkt, Komma Strich』、漫画の探偵ニック・クナッタートンの冒険、一九二三年に帝国全土で国家社会主義ドイツ労働者党（NSDAP）の活動を禁止したハンス・フォン・ゼークト将軍の伝記。それから、アルベルト・ケッセルリンク空軍元帥の回顧録（『最後の日まで兵士だった Soldat bis zum letzten Tag』）。この人は戦争犯罪者として有罪判決をうけたが、一九五〇年代の連邦共和国では、「清廉」を自称する国防軍を代表する人物として高い人気があった。

　わたしに幸運の女神がほほ笑んだのは、一番上の姉が大学入学資格試験《アビトゥア》の追試験に合格してからだった。薄黄色の表紙の小さなレクラム文庫が次々と棚に並ぶようになり、『ドン・カルロス』、『黒い蜘蛛』（山崎章甫訳、岩波文庫、一九九五年）、『エフィ・ブリースト Effi Briest』、『白馬の騎手』（高橋文子訳、論創社、二〇〇七年）、『雀横丁年代記』（伊藤武雄訳、岩波文庫、一九三七年）など、好きなのを読みなさいと姉は言ってくれた。当時一〇歳か一一歳だったわたしが、目の前で繰り広げられるこうした小説のドラマをことごとく理解できるはずもなかったが、そんなことは気にならなかった。黒色の活字が頭のなかで映像へ、においへ、物音へ、人の声へと変わっていき、共感し、共鳴した。そうやって、いつも騒々しい家庭から一歩退き、自分だけの世界をつくることができた。

そうはいっても、だれにも邪魔されない場所などそもそも実家にはない。子ども部屋は六人で分けあっていた。母はその時期には本への関心があまりなく、子どもに読み聞かせてやる暇もなかった。母は八人の子どもをかかえ、庭付きの大所帯をかかえ、仕事はするがスープを温めようとすらしない父をかかえていた。スープの温めなら子どもが家に何人もいるじゃないか、父はそういう考えだった。

これには母も同調していて、わたしが寸暇を惜しんで読書していると決まって飛んでくる言葉があった。「何かすることはないのかい?」それで、わたしは本を読むときは白樺の木に登ることにした。わが家の中庭には白樺が四本あったが、晩秋になると落ち葉を大量にまき散らすというので、いつも母の不興を買っていた。白樺の木も安泰ではなさそうだ。でも幸いなことに、しばらくすると行きつけの書店ができた。

言葉――それは武器

書き記されたものは武器になる、歴史を変えることができる。そう気づいたのはずっと後のことだ。チェコスロバキア大統領に選ばれたばかりのヴァーツラフ・ハヴェルを訪問したことがある。アウシュヴィッツ、ブーヘンヴァルト、テレージエンシュタットを生き延びた驚嘆すべき友人のひとり、トマーシュ・コスタがこの訪問をとりもってくれた。

わたしはハヴェルと一緒にプライベートな家族アルバムをめくりながら、彼の伝記にどれを使うか選んでいた。市民階級らしい両親の家の写真にうつっているのは、泡沫会社乱立時代《グリュンダーツァイト》に作られた家具を配したインテリア、ライティングデスク、寝椅子、ユーゲントシュティール様式のランプ、ヴァセクという愛称で呼ばれていた幼少期の玩具、弟のイワン。ボーデン湖畔にあったわたしの祖父母の自宅の写真だと言われても、何の不思議もないような写真だった。ファシズムとスターリニズムで暴虐に踏みにじられる以前、いかに緻密な網の目が、いかに多くの文化の糸が、かつてヨーロッパの東と西をつなぎ合わせていたことか、その日はじめて感覚的にわかった気がした。

ハヴェルは、魚好きのわたしにプラハの名物料理をお出ししましょうと言ってくれた。モルダウ川に係留した小舟のうえで、豪華にしつらえられた食卓が待っていた。胸がはずんだが、残念なことに、供されたコイは厚さ一センチもあろうかというチーズをのせて焼いてあり、それが冷えきって固くなっているので飲み込むのに苦労した。北海とバルト海にはさまれて育ち、魚に舌が肥えているわたしのような人間には、毒杯をあおっている気がする代物だった。

ただ、わたしは実家にいたときから、招待者からまずい食事を出されてもけっして表情を変えてはいけないと叩き込まれていた。そのおかげで、一四歳のときに旧東ドイツに滞在した四週間のあいだ、毎朝でてくる脱脂乳《バターミルク》を乗り切ったことがある。わたしが毎回バターミルクを一息に飲み干すのを見て、受け入れ先のファミリーは、それをバターミルクへの愛情表現と勘違いしていたようだ。

そして今度はコイとチーズ！　それでも記憶に残る一日になった。ハヴェルは、ルドヴィーク・ヴァツリークをエスプレッソに招いていた。この名前に聞き覚えがないという人も多いだろう。だが、わたしにとって一九六八年のキーワードは学生運動だけでなく、チェコスロバキアの改革への希望、「プラハの春」でもあった。そしてルドヴィーク・ヴァツリークは、わたしの敬愛する「二千語宣言」の起草者なのだ。それはプラハの春の鍵を握る文章であり、全体主義による権力行使の分析であり、支配下から逃がすまいとする共産党への正面攻撃だった。チェコスロバキアの国境をはるかに越えて、共産党の権力機構はこれを読んで震撼し、五カ国からなる外国軍隊を深夜に国内へ侵攻させた。難解な宣言であり（あるいは翻訳文のせいか?）、ところどころ難渋な文章構造もあるが、鋭い洞察にみちていて大きな波紋をなげかけた。それゆえヴァツリークは一九八九年の政変まで、公安機関に追われる身となっている。

歴史を自分たちで決める権利をめぐる闘争で、言葉が武器になり得ることをわたしはヴァツリークの宣言から学んだ。一九六八年にソビエトがしたように、いくら戦車で蹴散らそうが踏みならそうが、最後にどちらが勝利の凱歌をあげるかはいささかも揺るがない。

イタリアへの逃避行

ヘルマン・ブラットが生まれた一九一〇年、出身地のプシェミシルはオーストリア・ハンガリー二重帝国に属する街で、人口五万四〇〇〇人のうち三〇パーセント以上がユダヤ人だった。ヘルマンが生まれて六カ月のとき、両親がベルリンに移り住んだ。そこはヨーロッパの大都会であり、すでに大勢のユダヤ人が根をおろし、同化し、近代都市を花開かせていた。

一九三一年、ヘルマンがシェーネベルクのベルヒテスガーデナー通り三七番地で賃借人になったときには、第一次世界大戦後に国境線が変更されていたため、出生地はとうにポーランドということになっていた。数年後、そのことがヘルマンをはじめとするポーランド系ユダヤ人にとって苦い結果を招くことになろうとは、想像もできなかった。

二〇二二年二月、ポーランドとウクライナの国境に位置する街プシェミシルに数えきれないほどの避難民が押し寄せた。子ども連れの母親、老人、ひとり身の女性など、いずれもプーチンのロシアが隣国ウクライナに仕掛けた西側に対する殺戮戦争から逃れてきた人たちだ。ウクライナの男性は祖国にとどまって軍務につかなくてはならず、妻子と別れざるをえない。また会うことができるのか、だれにも分からない。会えたとしても、元の親密さを取り戻せるかどうか。

逃避行をすることで人生は引き裂かれてしまう。それ以前とそれ以後へ、残留者として残される者と新参者として異邦人になる者へ、馴染んだ地と見知らぬ地へ。そして往々にして、この二つの世界をつなぐ扉はない。あとに残るのは、据わりの悪いどっちつかずの生き方だけ。

逃避行が強いた別離の年月をこえて、アラシュとその母、姉妹、弟がいつかまた分かり合える日が来るのか、わたしにはわからない。互いを探し当てることはできたものの、よく知っていたはずの相手が別人になっていることを痛感させられていた。

引き離された兄弟

七年前、アフガニスタンのスルタンが自分の「朋友」だと言って、アラシュを連れてきた。わたしは当時、ある大規模な難民収容施設にボランティアのドイツ語教師に申し込んでいた。新来者が増えていけば、そうした人たちの統合という難問がこの社会にのしかかると考えたからだ。

それから毎朝、朝食の時間になると食堂へ行き、部屋から出ていくだれかれをつかまえては、わたしの授業に定期的に出てみない、と声をかけてまわった。その先がまた大変で、すべし・すべからずがはびこるジャングルのようなわが国の官僚主義をかきわけて進む、水先案内人になった気がしたものだ。とくに力を入れたのは、学校教育をあまり受けていない若い男性で、言葉が話せず、規範もわからず、家族の支えもない社会にいるというだけでも、とくに危険があるようにわたしの目には映った。そんなときやって来たのがアラシュだった。

アラシュがドイツに来たのは一七歳のときだが、正規の書類を提示できなかったため、ベルリンのソーシャルワーカーが見た目で「成年」に区分していた。お役所としてはそのほうが都合がよく、難民収容施設に入居させることができた。アラシュには七歳の弟ミラドがいて、こちらは未成年者として共同住居で養育を受けているが、それに比べればはるかにコストがかからない。アラシュもそちらに入るのが本当なのに。

兄弟は引き離され、事情を知ったアラシュは血相を変えた。とはいえ、一緒に逃げてきた小さな弟への責任もある。なぜミラドが自分から取りあげられるのか理解できず、ドイツ語もわからず、この国の「規則」も命令も知らず、何かしら説明してくれる人さえいない。「ミラドの後見人」を名乗る男性がいて、それが何のことかアラシュにはさっぱりわからないのだが、この人が、ミラドの社会統合を遅らせるだけだと言って弟との面会をいっさい認めなかった。そのころ、わたしは難民収容施設でボランティアとして働いていたが、こうした経緯を聞いたときには、兄弟の別離がすでに正式に確定したあとだった。

アラシュは母、ミラド、それに二人の姉妹アミラ、アリーヤとともに二〇一五年にイランから逃れてきた。祖国をタリバンが武力支配するようになって以来、何百万という他のアフガン人と同様、一家もイランに不法滞在していた。アラシュの父は、妻のファテームと当時二歳だったアラシュをそこで安全に匿い、自分はアフガニスタンで警察官を務め、戦闘のつづく国内にとどまった。父は二カ月に一度やってきて家族に金銭をわたし、そうしているうちにアミラとアリーヤが生まれた。ファテームがミラドを身ごもっていた二〇〇八年、父がタリバンに殺害された。それからはアラシュが母とともに家族五人を養うほかなかった。それが一〇歳のとき。学校に通ったかって？ そんな贅沢をしていたら、とても家族が暮らしていけないよ。

ファテームはひそかにイランに居心地の悪さを感じていた。自分と子どもは二級市民で、滞在許可がないから警官がいつも高圧的な態度をとってくる。父の殺害から七年後、家具、食器、衣類など家財一切を売り払ってヨーロッパを目指そうと決意。ブローカーが家族をイランとトルコの国境まで送りとどけ、男性と少年を先に出発させて、女性は待機する手はずになっていた。そのときイラン警察の急襲があり、女性を殴打して何人かを拘束したが、そのなかにファテームと娘二人もいた。アラシュとミラドはその成り行きをトルコ側から呆然と見ていたが、ブローカーに急き立てられて前に進んだ。女性たちの消息は何もわからないまま、年月がすぎた。

ミラドは母を恋しがった。アラシュも深い孤立を感じる瞬間を思い知ったが、打たれっぱなしではいなかった。わたしが知り合ったころ、アラシュは読み書きこそできなかったが、それ以外はほぼ何でもこなしていた。洗濯機を修理し、ズボン、外套、ジャケットを仕立て、タイルを張り、遊具を設計し、タイヤを交換し、家具をつくり、やすりをかけ、鋸をひき、とびきりのピラフを調理した。いずれの作業にも子どものころに経験があった。

わたしから読み書きと計算を教わり、異郷での生活とも折り合いをつけていった。弟の後見人への怒りも抑えていたので、面会という形でなら、ミラドとまた顔を合わせることが可能になった。アラシュは暇さえあれば一分でも惜しんで弟と過ごしたが、ミラドが思春期になると、幼かった弟が手の届かないところにいることを悟った。アラシュが必ずしも完璧なドイツ語を話せないのを茶化し、兄からあれこれ指図されるのを嫌がるようになった。携帯電話を使っていいのは何時間まで、テレビを見ていいのは何時間までといったことだ。挙句に、これからは夏休みもアラシュとは過ごさないと言った。アラシュは肩を落とした。そして怒りに震えた。生きていく気力さえいつのまにか失い、クスリに溺れた。ただ、薬物の知識に疎いのがかえって幸いした。

アラシュは立ち直り、学校を卒業して板金工の職業訓練をはじめたが、それも途中でやめた。下水を扱うのが嫌で、意地の悪い同僚にはなおのこと我慢ならなかった。次に目指したのはコックで、いつの日かママにまた会えたら、アフガニスタン料理の店を開くのを手伝ってもらうんだと言っていた。ホテルの厨房で見習いになったが、パンデミックが起こってホテルは休業。そのまま閉館した。

アラシュは失業し、家でコンピュータの前にいることが増え、フェイスブックやインスタグラムをうろつくようになった。ある晩のこと、勢いこんで電話をかけてきて、フェイスブックで母の写真をみつけて連絡がとれたという。母と娘二人は五年のあいだトルコを転々としてイラン側の裏をかき、ついにはヨーロッパへと向かって、ギリシャのレスボス島にたどり着いていた。

同地でボランティアとして働いているオックスフォードの女性ジャーナリストが、兄弟の訴訟手続を引き受けてくれた団体と連携してアラシュに手を差し伸べ、次から次に引き延ばしの口実を並べては一家を再会させるのを何カ月も拒んでいたドイツ連邦共和国を提訴した。判決は、母娘をドイツへ連れてくるよう国に命じるものだった。ようやく、このときを迎えることができた。

ところが、そのころには兄と弟もそれぞれの人生を歩んでいた。アラシュはアフガニスタン出身の「朋友」と小ぢんまりした二部屋のアパートメントに住み、またも一家全員の責任が自分の肩にのしかかるに違いないと不安にかられていた。ミラドも母、妹と暮らすつもりはなく、愛してくれる養父のもとで幸せだった。やっと父親ができたのだ。人生で初めての父親が。

この一家にかつてあったもの、それがいまは何もない。これからも二度とないだろう。消しがたい疎外感に打ちひしがれることもあるが、戻る道はないと全員がわかっている。そんなふうに親密な関係を失ったことを自分で認めるのは、とても大変なことだ。

「ポーランド作戦」

一九三八年一〇月二八日の早朝、ひとりの警察署員がヘルマン・ブラットの部屋のドアを叩いて旅券を提示するよう求め、これに一瞥をくれると、親衛隊全国指導者の命によりドイツ帝国から国外へ即時退去するようにとの通告書を差し出した。

その少し前にポーランド政府が、ある法律を制定していた。ポーランド国籍をもつ者のうち、五年またはそれ以上前から中断なくポーランド国外に住み、「ポーランド国家との関係を喪失」している者すべてから市民権を剥奪することを定める法律だった。ポーランドとしては、オーストリアがドイツに併合《アンシュルス》された後に、そこで暮らすポーランド国籍のユダヤ人およそ二万人が国家社会主義者《ナチ》の迫害を逃れようとポーランドに戻ってくることを警戒していた。そうした帰還をポーランドは望んでいなかった。一〇月三〇日までに、国外に住むポーランド系ユダヤ人は旅券を延長することとされ、それをしなければパスポートの無効宣告をうけて、保有者は無国籍になる。だが無国籍者になれば、ドイツとしては国際法により国外退去させることができなくなる。

一九三三年には、オーストリア併合前の版図である「旧ドイツ帝国《アルトライヒ》」におよそ五〇万人のユダヤ人が住んでいたが、その五分の一近くがドイツ国民ではなく、東欧の国々からの移住民が多数を占めていた。ポーランドで新たに布告されたこの法律に、ナチ官庁はただちに反応した。国家保安本部でラインハルト・ハイドリヒの代理を務めるヴェルナー・ベストが緊急通達と呼ばれる警察への命令書に署名し、「有効な旅券を保有しているポーランド系ユダヤ人すべてを……遅滞なくポーランド国境に向けて集団輸送で送還」せよ、「該当者については帝国領域への滞在禁止」を適用すると通達したうえで、この作戦は最高レベルの緊急性を要するとして、「一九三八年一〇月二九日が経過する以前にポーランド国境を越えて引き渡しを行えるよう、集団輸送を遂行すること」とした。これを受けて、ポーランド出身のユダヤ人一万七〇〇〇人がドイツ帝国で数日のうちに拘束され、ポーランド国境へと送られた。

ヘルマン・ブラットはポーランド生まれとはいえ、一九一〇年に両親とドイツへ来たのがわずか生後六カ月のときだった。この地で学校に通い、毛皮加工の職業教育を受けた。一九三二年、二二歳になったばかりで独立したが仕事は順調だったようだ。その六年後には堅実な毛皮売買のかたわら、現在のベルリン・ミッテ区に一時は従業員六名をかかえる毛皮加工工場を営んだ。のちの賠償手続で自身がそう記している。

一九三四年にクララ・フレックマンと結婚し、――本人の陳述によると――シェーネベルクのモッツ通り四三番地にあった三・五部屋の住居にふたりで転居した。そこでの届け出はしておらず、ベルリン住所録は一九三一年以来、住所をずっとベルヒテスガーデナー通り三七番地としている。この矛盾をどう解釈したらよいのか、わたしにはわからない。考えられるのは、一方の住居にヘルマンの両親、ザロモン・ブラットとシーマ・ブラットが住んでいたということだ。あるいは、妻クララのほうの両親だったかもしれない。クララは賠償手続でこのモッツ通りの住居について、婚姻にあたって自分が持参した所有物だったと申し立てている。

国外退去

一九三八年一〇月の当日早朝、ヘルマン・ブラットは急いで身支度をして警察署員についていくほかなく、クララだけが残された。一〇マルクと小型トランクだけが携行を許されたので――それ以上は認められなかった――、トランクに詰める品物を大慌てでかき集めた。だが、どんな理由で拘束されたのか、いつまで家に帰れないのか、かいもく見当もつかないのに何を持っていけばよいだろう。髭剃りブラシは？　万年筆は？　歯ブラシは？　警官はいっさい教えてくれない。警官自身、詳しい説明はうけていないのかもしれない。

ヘルマンは、集合地点であるゾフィー・シャルロッテ広場に着いた。そこで、同じく「ポーランド作戦」で拘束されたマルセル・ライヒと顔を合わせていたかもしれない。のちにライヒ゠ラニツキを名乗り、ドイツ連邦共和国の文芸批評家として随一の影響力をもつといわれた人物だ。マルセルは母や兄弟姉妹とバイエルン地区のギュントツェル通りに住んでいたが、一九三八年には家族がそれぞれ亡命したりワルシャワへ帰ったりしていて、マルセルひとりが、姉のあとを追ってイギリスへ渡る必要書類をまだ集めていた。当時一八歳だったので、ゾフィー・シャルロッテ広場に集められて立っている何百人もの男のなかでも最年少だ。だれもが「非の打ちどころのないドイツ語を話していて、ポーランド語はひとことも聞こえなかった。みなドイツで生まれたか、ごく幼少期にやって来て、この地で学校に通ったのだ」と回想録に記している。

一九三八年一一月七日にパリでドイツ外交官エルンスト・フォム・ラートを暗殺した、ハノーファー生まれのヘルシェル・グリュンシュパンという男も似た境遇にあった。両親や兄弟が被害者になったポーランド系ユダヤ人の国外退去に対する抗議を、ヘルシェルは世に訴えようとしたのだった。ヨーゼフ・ゲッベルスは、このヘルシェルの凶行を口実として利用し、一連のポグロムを演出した。一一月九日に外交官の死亡が伝えられてから数時間後、ナチ突撃隊や暴徒と化した集団がユダヤ人の商店を襲撃し、シナゴーグに火を放ち、金銭や貴重品を奪い、強制収容所にいた何千人もの人びとを殺害、拉致した。その三日後の一九三八年一一月一二日にはユダヤ人に「経済的な贖罪給付」を課し、数十億ライヒスマルクもの支払を強いた。

一九三八年一〇月二八日の午後遅く、ポーランド方面に向かう長い特別列車がシュレージエン駅〔現在のベルリン東駅〕で、ヘルマン・ブラットやマルセル・ライヒ＝ラニツキを待ちうけていた。「凍えそうだった」とライヒ＝ラニツキは書いている。貨車には暖房がなかったからだが、それでも、さらに後期の輸送に比べれば「贅沢といってよい条件」だったという。無人地帯であるドイツとポーランドの国境で無理やり降ろされ、隊列を組まされた。命令や怒号、銃声、耳をつんざく叫び声をライヒ＝ラニツキは伝えている。そのうちにポーランドの列車がやってきて、「ドイツ人の警官に乱暴に押し込められた」。扉が閉じられ、貨車が鉛で封印され、列車が出発した。日が暮れたころ、ヘルマンにも、その他何千人という追放者にも、フランクフルト・オーダーから東へ一〇〇キロほど離れた人口四万人ほどのポーランドの街ズボンシンに入ったことがわかったが、それ以上先には進めなかった。ポーランド当局に阻止されたからだ。ズボンシンは巨大な難民収容所と化し、漂流者となった人びとは軍の厩舎や兵舎で応急的に寝泊まりした。ヘルマンも七カ月間この宿泊地にいた。

そこでヘルマンの身に何があったのだろう。ポーランドは自分が生まれた国だが、右も左もわからない。両親からポーランド語を教わっていただろうか。聞きとりはできたかもしれないが、話すのは苦労しただろう。ただ、同じ苦難にあえぐライヒ＝ラニツキとは違い、手に職があったおかげで食い扶持くらいは稼ぐことができた。

ミラノでの逮捕

一九三九年、ヘルマンは身辺と仕事の用事を片づけるために三週間だけベルリンに戻れたらしい。そのときに何か売却をして収益があったとしたら、ドレスナー銀行の「ポーランド人出国者の清算口座」に入金されたはずだ。

妻のクララも一緒にポーランドへ向かった。ポーランドの旅券をもつ女性や児童も、一九三九年七月三一日までに同じくドイツ帝国から出ていかなくてはならなかった。ヘルマンはポーランドに戻り、ふたたびワルシャワで毛皮加工職人の仕事について、ドイツが一九三九年九月にこの都市を占領するまで続けた。マルセル・ライヒ＝ラニツキのほうは、その後まもなくワルシャワゲットーに入ったが、ヘルマンはクララを連れてクラクフ、ウィーンを経てミラノに逃げた。ブラット一家には、ミラノに取引相手か親戚がいたのかもしれない。

ヘルマンの両親ザロモンとシーマはポーランドにとどまっていたらしく、ヘルマンが最後に受け取った便りはポーランド南東部のサンドミエシュからのもので、そこでも国家社会主義者《ナチ》がユダヤ人をゲットーに押し込んでいた。上に記した逃避行の足取りについては、ユダヤ民族協議会のアングロアメリカン調査委員会に対して一九四六年一月一九日にヘルマンが行った証言によっている。同委員会では国際連合に提出するレポートを作成し、多くの避難民がとどまれる場所を勧告しようと考えており、その目的のためにヨーロッパの難民キャンプも訪れ、ヘルマン・ブラットのような人たちに来歴や将来の見通しを聞き取っていた。ヘルマンはドイツやポーランドに帰還するのは嫌だと言い、(「もしも可能なら《イフ・ポシブル》」)アメリカに行きたい、そこならオハイオ州シンシナティにいる義兄弟ジャック・スピラに力を貸してもらえるから、と答えている。

ムッソリーニの反ユダヤ法

イタリアでも、〝統領《ドゥーチェ》〟ベニート・ムッソリーニのもとでドイツの例に追随し、反ユダヤ法と呼ばれる法律を制定して収容所を設営していた。ヨーロッパの他の独裁政権もこれに類する法律や政令を出し、市民権の剝奪をちらつかせたり、ユダヤ人の権利を制限したりして、生活基盤を徐々に奪っていった。ジャーナリストのベラ・フロムは「世界全体を脅かしつつある害毒」を記事で訴えている。

一九四〇年六月にイタリアがドイツの側に立って戦争に踏み切ると、ヘルマンとクララはミラノで逮捕され、ヘルマンはサン・ビットーレ刑務所に収監、クララは女性刑務所に入った。それから一カ月、ヘルマンはカラブリア州のフェラモンティにあったイタリア最大のユダヤ人捕虜収容所(強制収容所《カンポ・デ・コンチェントラメント》)に収容された。クララのほうは当初のうちカザカレンダ女子強制収容所にいたが、一九四一年以降に同じくフェラモンティへ移った。

ただ、フェラモンティの生活環境は、国家社会主義《ナチ》政府の管理体制が課すものとは比べものにならなかった。そこには絶滅収容所もなければ奴隷労働もない。家族でいっしょに暮らすことが許され、子どもは学校に通い、図書館や三カ所のシナゴーグがあり、近隣の村のイタリア住民も抑留者の生活にいろいろと便宜を図ってくれた。それでもクララは身体のあちこちに不調をきたし、フェラモンティ周辺にはマラリアの汚染地域もあって、それが原因で生涯苦しむことになる。栄養状態の悪さから歯がほとんど抜けて、あごが激しく化膿し、後年、カリフォルニアで暮らし始めてからも強い痛みがあった。

抑留者の写真数枚、学童たちのポートレート、たくさんの招待客が集まったフェラモンティの結婚式を描いた絵などが残っている。わたしは男性たちの顔を子細に見比べて、どこかにヘルマン・ブラットに似た人物がいないだろうかと探してみた。ヘルマンの顔は、リヴォルノ在イギリス領事館が出した証明書に写る、ちっぽけな旅券の写真でしか知らない。収穫はなかった。

収容所から解放されてもクララとヘルマンはその土地を離れることが許されず、一日に二回警察に出頭しなくてはならなかった。クララはあるイタリア農民のもとに身を潜め、ヘルマンは一九四二年、バーリに駐留するイギリス空軍のもとに駆け込んだ。上記の委員会のレポートにはそう記されている。おそらくヘルマンはそのとき一人だった。ダンテ・アリギエーリ通りにあった住まいの住居届をクララが出したのが、一九四四年六月に入ってからなのだ。二人で行動するのは危険すぎると考えたのか、あるいは、妻のことがヘルマンにはすでに他人事になっていたのか。クララが補償局でした宣誓供述では、一九四三年にはすでに自分もバーリに着いていたと言っている。そのころになると夫婦の関係はもう破綻していたようで、その数カ月後にふたりは離婚した。後年、どちらも新しい結婚相手を得た。クララのほうは戦後にカリフォルニアへ移住している。そこでは三人のきょうだいが国家社会主義《ナチ》者の迫害を逃れて避難先に落ち着いていた。

一九四六年九月、ヘルマンはリオデジャネイロに住む兄弟のジークフリート・ブラットを頼ってブラジルに渡ろうとした。IRO（国際難民機関）に支援を申請したものの認められなかった。一九四七年にようやくリオへの移住が叶ったが、義兄弟のいるオハイオへ向かうという当初の計画は離婚後に諦めたようだ。戦後、どちらにどのような賠償をうける権利があるかをめぐり、ヘルマンと元妻のあいだに深い溝ができていたことが理由のひとつだった。

賠償を求める申請

一九五一年、ヘルマン・ブラットはベルリンの補償局に最初の申請を行ったが、何年たっても梨のつぶてだった。一九六三年九月に手紙を書き、以前申請をしたのに「現在に至るまでいかなる賠償もうけておりません」と訴えている。あげくに補償局はファイルを紛失したようだと知らせてきた。

再婚後にガンスと姓が変わったヘルマンの元妻クララも、一九五八年、アメリカ系ドイツ人の弁護士事務所を雇って元夫の後を追うように申請を出した。ふたりともかつての財産、住居設備、職業能力の展開の妨害に対する賠償を要求したが、クララはカリフォルニアから、ヘルマンはリオデジャネイロからと、いずれもドイツ連邦共和国に対して国外から請求権を主張しなくてはならないという問題に直面した。そのために意思疎通が難しく、時間もかかった。ついには、どちらに権利があるかで対立していくことになる。

ヘルマン・ブラットをはじめとする人々の補償資料ファイルを読んでいて、わたしはデジャブにとらわれた。すでに当時からドイツ連邦共和国のお役所は、何か請求をうけたらまず疑ってかかる、認めるにしても時間稼ぎを怠らないという官僚主義のお手本だったのだ。二〇一五年になってもなお、わたしが同道したシリアやアフガニスタンの戦争難民たちは、ドイツに到着してからこれと闘わなくてはならなかった。かれらもヘルマン・ブラットの場合と同様、どのような学校、職業教育の修了資格をうけているか厳密に証明せよ、それが今後の職業の見通しを左右するのだからと言われた。ヘルマン・ブラットの事例でいえば、それが賠償請求権や年金期待権を決めるということだ。だが、戦争や残忍な迫害から逃れてきた者に、履歴書や重要書類を入れたクリアホルダーを収納ファイルにまとめておくような余裕はまずない。さらにヘルマンの場合、イタリアで強制収容所に収容されていたことを役所に疑われたため、フェラモンティ収容所にいた証人を捜し出さなくてはならなかった。一九六三年五月、イェヒエル・レーウィという人がヘルマンの申立を裏づける宣誓供述をしてくれた。

一方のクララは当初のうち元夫よりも順調で、八〇〇〇ドイツマルクを超える補償一時金をスムーズにうけた。それに対し、ヘルマンは九六〇ドイツマルクの提示をうけていたのに、それに甘んじようとしなかった。優秀な弁護士が見つかったからだ。それでも結果は――ドイツ連邦共和国にとって――恥ずべきものだった。四年をかけてヘルマンに認められたのは、発生した「職業能力の展開に関わる損害」につき月額一〇〇ドイツマルクの賠償金にすぎなかった。この金額の査定にあたってはヘルマンを「上級公務員ないしそれ以上の者」と同等とみなした、と補償局は付記している。逸失した会社の暖簾《のれん》に対する賠償を求める申請は、全面的に退けられた。

離婚闘争

こうした手続からくる苛立ちに加えて、元妻とのあいだでも諍いが起こった。なかでもヘルマンが感情を害したのは、クララが「職業上の損害」に対する補償を求め、自分は夫の会社で共同経営にあたっていた、と主張したことだった。「まことに心外であります」とヘルマンは応答した。妻の「職業損害など、考えるのも愚かしいことです」、妻は「もっぱら主婦の仕事をこなしておりました」。せいぜい、「場合によっては」妻が「賃金支払の準備作業」を手伝ったことはありますが、そのときも、従業員に週給を渡す給料袋に何を書くか、一枚ごとにわたしがいちいち指示してやらなくてはならず、クララの算数の力は「経理」にはとても足りておりません。

ヘルマンは、金銭を第一の目的にこうした応酬をしたわけではない。たとえ相手にこの争点が認定されたとしても、自分の請求権が減じるわけではないのだ。元妻の職業上の損害を躍起になって否定しているところをみると、男の威信を傷つけられたように感じていたことがよくわかる。クララは家事を担い、「料理が上手で、趣味のよい女性」であって、「会社とはおよそ縁遠いところにおりました」。

それ以外の点ではこれまで妻に寛大に接してまいりました。財産分与となるモッツ通り四三番地の住居設備についても、賠償請求権をクララに譲っております。ヘルマンはそうも述べている。ところがクララのほうでは、これを寛大な処置とはいっさい認めなかった。住居はもともと自分の所有物です、自分は富裕な家庭の出で、のちに「東方へ」強制移送された父親のアルフレート・フレックマンはベルリン近郊のオラニエンブルクで毛皮商をしていましたが、一九三三年四月一日の国家社会主義《ナチ》者の不買運動（「ユダヤ人の店で買うな！」）のせいで、わたしが簿記をつけていた商店も突撃隊の狼藉でひどい被害をうけたのです、と述べている。ヒトラーが帝国宰相に任命されてから数週間後のボイコット運動が、ユダヤ人を経済界から追いたてる動きの幕開けだったことは誰の目にも明らかで、そうすれば嫌でも国外移住するだろうという狙いがあった。だが父親のアルフレート・フレックマンは、ドイツを離れることを頑として拒んだ。リンデン通りとリッター通りの角に新しい店を開き、一家をあげてベルリンに居を移した。

モッツ通りの住居が嫁入り道具であり、その翌年にクララがヘルマン・ブラットと結婚したという可能性はある。一九三九年三月——そのころヘルマンはまだポーランドにいた——、クララはこの住居を即時明け渡すよう命じられた。ある空軍少佐が住居の請求権を主張したためだった。家財もシーツ類もナイフ・フォーク類も食器類も衣類も、そして毛皮のコート三着も、何もかも残して出ていくほかなかった。クララは住居の損失額を補償局に一万五〇〇〇マルクと算定している。

クララは一九六四年、元夫との「離婚闘争」から撤退し、両親が営んでいた会社だけを職業活動の賠償対象にした。それ以前にヘルマンは補償局に宛てた書簡のなかで、クララの「請求提起」は自身の「意思による行動」というより、むしろ弁護士が「主導」しているのではないかと推測している。

クララが撤退したことには、強制収容所で虐殺された父親——どこの収容所かはわからずじまいだった——への賠償を、きょうだいたちが申請したことも関係していたのかもしれない。共同相続人となったクララときょうだい三人のあいだでは一九六四年に和議が成立したが、ヘルマンはその時点でもなお自らの損害賠償を求めて闘っていた。

ワルシャワゲットーへ

国防軍がワルシャワに進軍してきてまもなく、ヘルマン・ブラットとクララ・ブラットはポーランドから逃げ出した。それが幸いし、ポーランドの首都ワルシャワに住むユダヤ人全員に親衛隊が「ユダヤ人居住区」を指定したときも、二人はそこに入らずにすんだ。三日以内に指定のゲットーへ移るようにとの指示が出た。それ以降、街の特定の区域以外に立ち入ることは許されなくなる。そのため街は大混乱に陥った。どこでもそうだが、その区画にもさまざまな場所が混在していたからだ。ユダヤ人区域と呼ばれるところにも、非ユダヤ人の従業員がいる工場、事業所、事務所が立ち並んでいるのに、ドイツの出先機関はそれを考えに入れていなかった。いきなり労働力を奪われる多くの事業者側を中心に抗議の嵐が巻きおこり、占領軍はこの命令を撤回せざるを得なくなった。

占領官庁のこの無様な見込み違いについて、蜂起が起こるまでワルシャワゲットーで生活したマルセル・ライヒ＝ラニツキが回想録に記している。どうしてそんなことが起こり得たのか、そう自問した末に、いかにもラニツキらしい答えにたどりつく。「……実に単純なことだ。ワルシャワで職務に就いて、強大な代理権を与えられた親衛隊指導者が、教養の貧しい人間だったからだ」。

それから間もなく、ユダヤ人が居住する区域は「疫病封鎖地域」を宣言され、有刺鉄線を張りめぐらせた高さ三メートルの壁で包囲された。一九四〇年一一月からは親衛隊がこのゲットーの入口を閉鎖し、ここをゲットーと呼ぶことも許されなくなり、それ以降は昼夜を問わず見張りが配置された。

一九四二年四月二日にヤーコプ・ベルガーとヘレナ・ベルガーが移送されてきたのは、そんな場所だった。

財産申告と「移送」

ヘレナ・ベルガーとヤーコプ・ベルガーはヘルマン・グリュックスマンの住居で寝起きしていたが、そのグリュックスマンが「移送」されてから二日後の一九四二年三月三〇日、「財産申告書」に署名をしている。財産申告書は、ユダヤ人が強制移送前にユダヤ人共同体に提出しなくてはならないものだった。移送対象者が出頭することになっていた集合宿舎に入ってから、財産申告書を記入することも少なくなかった。財産運用事務所としては財産申告をさせることで、あらかじめ個人の所有物を大まかに把握したり、強制移送者に「封鎖口座」があればこれを召しあげて、ドイツ帝国の金庫に納めることができる。

世帯を共にする妻や子どもであっても、それぞれ別々の申告書を作成しなくてはならなかった。この書類は一六頁にも及び、保有する資産のこまごました内容について「正確な記載」が求められた。住居に温水設備があるか、エレベーターや「蒸気暖房」があるか、ひと月の家賃はいくらか、どの金融機関にどれだけの預金があるか、子どもに自身の財産があるか、さらには年金期待権、保険請求権や相続請求権、供託している担保金、用益権、租税債務や差し押さえ、ランプ、絨毯、ベッドの架台、食器類、ナイフ・フォーク類、ハンカチにまで設問が並んでいる。リストには際限がなく、文字どおり本棚の棚板ひとつ、石炭箱ひとつに至るまで記入させられた。ことユダヤ人への経済的略奪となると、国家社会主義《ナチ》者の官庁の几帳面さは常軌を逸している。

財産申告書に署名をしてから二日後、ヤーコプ・ベルガーとヘレナ・ベルガーは強制移送された。そのころ、ユダヤ人は凍てつく寒さの時期を過ごしていた。薪も石炭も買うことができず、電気毛布、暖炉、アイロン、トースターまで、わずかでも熱を発するものがあれば何であれ供出させられていた。ベルヒテスガーデナー通り三七番地への強制入居者のほうがまだ恵まれていて、建物に備え付けられたセントラルヒーティングで寒さをしのいだ。

ベルガー夫妻は「第一二波」と呼ばれるワルシャワゲットーへの東方輸送に振り分けられた。この二人とともにベルリンからは六四三名のユダヤ人男女、行政区フランクフルト・オーダーから多数名、さらにはベルリン・ヴァイセンゼーの「ユダヤ人精神薄弱者療養施設」の入所者八名が、輸送列車へ押し込まれた。飢えと渇き、寒さに震える人びとを乗せた運行は三日間続いた。

トレブリンカへの「再移住」

一九四二年七月、ドイツはワルシャワゲットーの解体にとりかかり、ゲットーの住民にはこの作戦が「再移住」であると吹聴した。当初のうち、自主的に「転居」を届け出た者にはパンとマーマレードの特別配給が用意されていた。すでに「国外移住」していた家族とまた一緒に暮らせると期待した人たちから、届け出は数百件にのぼった。ところが、絶滅収容所トレブリンカに輸送されて苦悶のうちに落命するらしいとの噂が広まるにつれ、廃墟や地下室や放置された家屋に身を隠す人が相次いだ。住人が出ていった住宅に隠れているユダヤ人がいないか、ポーランド人やウクライナ人の警官がしらみつぶしに捜索してまわった。

ベルガー夫妻は、「集荷場」と呼ばれる悪名高い駅へと追い立てられ、そこで有蓋貨車に押し込まれてトレブリンカへ移送された。さして広くないこの一帯は、かつてはユダヤ人の卸売業者が集まる物資集散地だったのだが、ドイツ占領軍はそこから三万人以上のユダヤ人を死に追いやった。逃げようとすれば銃殺された。

マルセル・ライヒ＝ラニツキと妻のテオフィラ（愛称〝トーシャ〟）は逃亡に踏み切った。果てしない隊列から外れる者があれば、すかさず弾丸が飛んでくる。ふたりにはそれがわかっていた。「盛土をした道には少なからぬ人がいた。だが、その危険を冒さないわけにはいかない」と回想録に記している。二人は逃げきることができ、命をつないだ。

テオフィラとマルセルはまだ若く、それにひきかえヘレナ・ベルガーは六十歳になろうとするところ、夫のヤーコプも七〇歳に近かった。しかも数カ月にわたって身体的、心理的な苦痛をうけたとあっては、逃走に欠かせない気力、勇気が二人にはおそらく残っていなかったろう。

トレブリンカ絶滅収容所で貨車から引きずり降ろされたとき、ふたりはあの看板を目にしたのではなかろうか。国家社会主義を叩き込まれた絶滅収容所の幹部たちが、そこで何が行われているのかほのめかす謎かけの文章をつくろうと、頭をひねっていたのかと思うと呆れるほかない。その看板は、馴れ馴れしい調子でこう呼びかけていた。「いま君たちがいるのは通過収容所だ。ここから労働収容所に再輸送が行われる。疫病予防のため、衣服と手荷物は消毒をするので提出するように。金、貨幣、外貨、装飾品などは受取証と引き換えに金庫に預けること。あとで受取証を提示してもらえれば返却する」

一九四三年四月一九日にワルシャワゲットーで蜂起が起こった。「非人間性に対する、英雄的で勝ち目のない叛乱」、マルセル・ライヒ＝ラニツキはそう書き記している。五月一六日、蜂起はドイツの手で鎮圧された。

ヘレナ・ベルガーとヤーコプ・ベルガーは、それよりかなり以前に虐殺されていたようだ。天井にある配管から、水ではなくディーゼルエンジンのガスが出てくるトレブリンカの「シャワー室」で死亡していた。正確な死亡日はわかっていない。

タワーにて

たしか二〇〇四年か二〇〇五年だったはずだが、文芸評論家マルセル・ライヒ＝ラニツキをこの目で見る機会があった。フランクフルトのコメルツ銀行が、あるレセプションの来賓としてラニツキを招いていた。慎重に選ばれたはずの招待客リストに、どういうわけでわたしの名前が載っていたのか今もわからない。テレビの書評番組『文学カルテット』でのライヒ＝ラニツキの芝居がかった振る舞いを、わたしはあまり好んでいなかった。好きになれないのは、その自己主張の強さだったかもしれない。

当日の夕刻、ラニツキは疲れた様子だった。人生で数々の戦いを重ねてきた、一人の老人にすぎなかった。コメルツバンクタワーの六四階か六五階の安楽椅子に腰かけていたが、そこに大勢が群がってきては誉めそやしたり、問いかけたり、話しかけたり、一緒に写真を撮ろうとしていた。それが見るからに煩わしそうで、おざなりで無愛想な対応をしていた。

華々しく彩られた食卓で夕食がはじまる前に、コメルツ銀行取締役会の当時の代表がわれわれ招待客の小グループに声をかけ、人気建築家ノーマン・フォスターが手がけたこの高さ二六〇メートルの「タワー」をご案内しましょうと誘った。取締役がいかにも自慢げだったのは男性用トイレで、巨大なガラス張りになった正面の手前に黒い御影石の石板が並び、用を足す時間の楽しい集いをどうぞと招いている。そこで放尿していると、はるかにフランクフルトの街並み、マイン川、タウヌスの山並みまで一望のもとに見渡せる。下界をあまねく睥睨できるようになっているのは、十分に計算ずくのようだ。映画でもテレビでもビデオでも、消えた金の行方を追うようなシーンになるといつもこの男性用トイレが画面に映るのも偶然ではないから、ぜひ注意してご覧になるといい。

こんな忘れがたい見学をさせていただいたのですから、次はぜひ女性用トイレも拝見したいですわ。案内されていた一行の女性が、口々にそう言いだしたのも必然だった。結果は予想どおり、ガラス張りの正面もなければ、御影石も、石板もない。細い片開きの窓で申しわけばかりの換気をする、ごくありきたりの女性用トイレだった。

いまのところ取締役会に女性が少ないのです、代表取締役はそう弁解していたが、実際には一人だけ、ということだろう。この高層階で会議をひらくのは銀行の最高幹部だけだった。そんなふうにジェンダー平等をおろそかに考えたり、話したり、振るまうことが、当時はまだ許されていたらしい。

次には晩餐がひかえていたが、もうどうにも食欲がわかなかった。御影石の石板と、細い片開きの窓を頭から追い払うことができない。ワルシャワゲットーも頭から離れなかった。ここは何もかもちぐはぐだ。前菜がすむとわたしは逃げ出した。お偉方のご機嫌うかがいをつとめる人間なら、ほかにいくらでもいる。

ラニツキの回想録『わがユダヤ・ドイツ・ポーランド』(西川賢一訳、柏書房、二〇〇二年)は、友人で著述家のカローラ・シュテルンさんからいただいた。シュテルンとライヒ＝ラニツキ、この二人は互いに認めあい、敬意をいだいていた。両者ともかつてのナチ独裁をくぐり抜けた。ライヒ＝ラニツキは迫害の被害者として、カローラ・シュテルンは「ドイツ少女同盟の忠実な一員」として。そして両人とも終戦後は諜報機関で活動した。ライヒ＝ラニツキはポーランドの対外情報機関にいたことがあり、ラニツキ、というそれまで名乗っていなかった姓を付け加えるよう勧めたのもそこだった。カローラのほうはアメリカの機関にいたが、カローラもシュテルンも実名でないことはアメリカの諜報活動とは関係ない。ナチドイツに対する戦争の後に、そうした役目を断ることはできなかったとライヒ＝ラニツキは記している。かつてカローラ・シュテルンは病気で死期の近い母親にモルヒネを使っており、調達を約束するから、とミスター・ベッカーなる人物に勧誘されてそれに応じたのだった。

シュテルンはこの暗黒時代を自伝で語るのを長くためらっていた。それ以外の点では、ナチドイツでの自分の過去に目をつぶることなどなかったのだが。ライヒ＝ラニツキにもたびたび意見を求めた。ラニツキに迷いは一切なかった。あなたは世間から尊敬をあつめた勇敢な女性であり、積極的に社会参加をすることで、のちの戦後ドイツの基本設計を市民の立場から描くのに欠くことのできない一翼を担いました、多くの人から顰蹙を買うような心配はありませんよ。

その判断はたしかに正しかった。

ヘルベルト・マルクーゼと「外敵防御」

学生運動の精神的な支えとなり、「後期資本主義」や「消費テロ」への世界的な反対運動の精神的支柱ともなった、敬愛するユダヤ系の哲学者ヘルベルト・マルクーゼも、かつて諜報機関で活動していた。

わたしはマルクーゼの著書にほとんど目を通し、かつて執筆した学位論文の一部ともなった。中心に取り組んだのは初期エッセイだが、とくに注目したのは「文化の肯定的性格」で、そこではマルティン・ハイデガーが掲げた、真理発見に対して芸術が負う義務がまだテーマになっていた。台頭する国家社会主義にハイデガーが取り込まれていくのをみて、マルクーゼはこれと袂を分かち、一九三三年五月にドイツ帝国を離れた。ドイツにとどまっていれば、ユダヤ人である彼に学者のキャリアを積むのは不可能だっただろう。

戦時中、マルクーゼはＣＩＡの前身であるアメリカの機関ＯＳＳで活動し、その後はアメリカ外務省の調査・情報局でも活動した。知識人グループに属し、国家社会主義に関する学術研究や、戦後にはソビエト共産主義とその支配下にある衛星国に関わる鑑定書も作成した。戦時中には特別な条件がついていたと、いつか言っていた。条件とは、「君に知的誠実さがまだ残っているうちは、ゲームのルールに従って行動しなさい」だった。

わたしは一九七六年、フライブルク大学で開かれた催しでマルクーゼの知己を得た。話しかけるには、グルーピーたちがつくる人垣を力ずくでかきわけるしかなかった。マルクーゼは背が高く、いくらか腰をかがめて快く耳を傾けてくださった。先生のテクストでいくつか教えていただきたいことがあります、いま書いている学位論文に関わってくるので。すると、それならサンディエゴ大学まで来るとよい、そのほうが意見を交わす時間があるから、と提案していただいた。

それから何カ月かしてラホヤへと向かった。著書にみられる、いろいろな矛盾を説明してもらえると期待していた。人がふたり入れば満員になりそうなごく狭いオフィスで、わたしは入念に準備してきた批判の文書を差し出した。マルクーゼはどうにも信じられぬといった風情で、指摘された文章を書いたのがほんとうに自分なのかと聞き返し、少しも思い出せないと言った。それは回避行動だったのかもしれないし、議論するのを避けたい内容だったのかもしれないが、いずれにせよ気乗り薄のようにみえた。今回の訪問は期待はずれだった、成果のあがらぬまま、もう終わったも同然だと思った。

ところが、わたしがブロクドルフ原子力発電所の反対運動に加わっていると聞いたとたん身をのりだし、根掘り葉掘り尋ねてきて、それから会話がひどく弾むようになった。抗議デモの図像イメージが浮かんだことがあるんだ、という。戦闘服と武器に身を固めた警察官が密集隊列を組み、果てしなく長い列をつくって、霧にかすむヴィルスターの街の野原をデモ隊に向かって行進していたんだ。黒い僧服をまとった聖職者が、黒い天使のごとく両手を広げて進撃を食い止めようとするが、それが無駄だとわかると、僧服の下に隠し持ったボルトカッターをいくつもデモ隊に手渡した。柵を切断し、建設中の原子力発電所がそびえる敷地へ入れるようにするためだったんだ。革命が攻勢に転じる気配を感じたね、マルクーゼはそう話しながら、わたしの質問などすっかり忘れたようだった。

しばらくして、大学の構内から出て「ビーチ」へ行かないかと誘われた。上等のスコッチが飲める場所を知っているという。出かける前に、デスクの引き出しに隠しているものを見せてくれた。シガリロという葉巻が何百本もあった。わたしもときどき嗜む葉巻だったので嬉しくなった。その後、海岸まで迎えにきてくれた奥様のエーリカさんは、シガリロとスコッチの取り合わせをあまり快く思っていないように見うけられた。

マルクーゼの見解は聞けなかったが学位論文は仕上げた。ただ、結局提出はしなかった。担当教授から難詰されたが、自分が紙に書いたことなど、もうどうでもいいように思えてならなかった。本書の執事にあたり、段ボール箱に封をして長年しまっておいた原稿をひっぱり出してみたが、見事に虫食いの餌食になっていた。

姉と妹

一九三〇年二月二〇日、グルーネヴァルト警察署がクルト・シュタイナーの死亡を発表した。遺体はグルーネヴァルトの市民菜園《クラインガルテン》のコロニー、区画一五四で発見されたという。

わたしはその場所を聞いたことがなかったが、ベルリンは広い。この街を知り尽くそうと思ったら何年もかかる。グーグルマップで「ダーチャ」コロニーというのを見つけた。森の中にあり、市民に人気のトイフェルス湖のすぐ近くだ。そこで水浴をして芝生に寝ころがるなら、イノシシの襲撃に気をつけなくてはならない。食べ物ばかりかTシャツ、パソコンまでさらわれる。

用地がきれいに区分けされたそのコロニーは現在もあり、区間一五四には丸太小屋が建っている。シュタイナー／ヘルツフェルトの一族がここに小屋《ラウベ》を保有していたのかもしれない。

グルーネヴァルトでの死

いずれにせよクルト・シュタイナーは人生に幕を閉じようとして、現在もなお市街地から隔絶されたようなこの場所までやって来た。すぐ近隣の区画一三五には「無名墓地」がある。自殺者をキリスト教の墓地に葬ることが禁じられていた一八七八／七九年に建てられたものだ。

クルト・シュタイナーは亡くなったときまだ四二歳だった。一九二九年一〇月二九日、ニューヨーク株式市場が大暴落し、翌日にはヨーロッパ市場をも揺るがして世界恐慌の発端となった。株式仲買人であるクルトにとっては、悪夢だったに違いない。株式相場はとめどなく下落し、それまで築いてきた職業の将来に希望がもてなくなったろう。そのうえ、各地に広がるヘルツフェルト一族の「面目を失う」ことにもなる。縁戚のなかには、銀行業界で活躍する者もいた。

クルト・シュタイナーは妻ヘートヴィヒを、当時一一歳と七歳だった二人の子ども、リリー、ゲラルトとともに実家に帰していた。ヘートヴィヒはせめてもの慰めにと、バイエルン地区から五分もかからない距離に住んでいた五歳年上の姉エルゼ・ヘルツフェルトのもとを訪ねたことだろう。この姉も、一九三四年以来ベルヒテスガーデナー通り三七番地の賃借人となっていた妹のところへ――おそらく一九三九年か一九四〇年に――移っている。エルゼの住所だったザルツブルガー通り一四番地からは一九四二年以降、実に多くのユダヤ人住民が強制移送された。家屋が取り壊された「アーリア人の」賃借人やナチ幹部のために、住居から立ち退かされたことも考えられる。「退去」になった住民は、いろいろな「ユダヤ人の家」や「ユダヤ人住居」に振り分けられた。妹ヘートヴィヒのもとに身を寄せることができたエルゼ・ヘルツフェルトは、運が良かったといっても過言ではないと思う。

エルゼの結婚生活も、幸せとはいえない終わり方をした。一九一九年、ヘートヴィヒから三年遅れて、すでに四七歳になっていたハイマン・ヘルツフェルトと結婚。ハイマンは二度目の結婚であり、前回の相手は従妹のアルマ・ヤーコプゾーンだった。

ハイマンがエルゼと結婚したときの立会人は、教授職にあった兄弟のヨーゼフ・ヘルツフェルトだったが、この人物の結婚相手はマルガレーテ・ラーテナウといい、電機メーカーであるアルゲマイネ・エレクトリツィテーツ・ゲゼルシャフト（AEG）エミール・ラーテナウ社の創立者の姪だった。このヘルツフェルト家とラーテナウ家の夫婦はランズフーター通り二九番地に居住していたが、一九四二年一〇月二日に服毒自殺して、迫りくる強制移送の手から逃れた。一九四三年二月、ランズフーター通り二九番地の「ユダヤ人住居」が「利用可能」になったことをシェーネベルク警察一七三分署が公示している。

強制移送の時代には自死が飛躍的に増え、あらたに「輸送」の日が決まるたびに自殺行為の波が起こったが、その多くがベロナール〔催眠剤バルビタールの商品名〕を使っており、ユダヤ人生存者のヴィクトール・クレンペラーはこのベロナールを「ユダヤ人のドロップ」と呼んでいる。ブラックマーケットで買えば、致死量の三〇錠で最高千ライヒスマルクの値を覚悟しなくてはならなかった。

ヘルツフェルト家とラーテナウ家の夫婦に生まれた娘シャルロッテ・ヘルツフェルトは、間一髪のところで強制移送を免れた。家への帰り道、自宅のある街路でちょうどゲシュタポの車両が停まっているのに気づき、すぐさま来た道を引き返した。地下に潜伏し、長年の友人リーズル・ガンスが隠れ家を次々に探してくれたおかげで生き延びた。非ユダヤ人市民の助けがない限り、非合法下で命をつなぐ手立てはなかった。

ドイツ・アルゼンチン関係

エルゼの夫ハイマンは一九四一年、リスボンからブエノスアイレスへの脱出に成功した。ハイマンが到着したころ、ブエノスアイレスにはすでにクラブ、シナゴーグ、ユダヤ人共同体の学校などの施設が整った地域がいくつかあった。一九世紀末に創設されたユダヤ植民協会が施策としてラテンアメリカの国で広大な土地を取得し、帝政ロシアでの反ユダヤ主義的なポグロムからユダヤ人を守り、安全を確保しようとしていた所産である。ただ、多くの住民はとうに都市部に出てしまっていた。

一九三〇年代初期までアルゼンチンは代表的な移民の国で、なるべく農業経験のある入植者を欲しがっていたが、国家社会主義者《ナチ》の台頭で風向きが変わり、ユダヤ人難民に対する移民政策が厳しさを増した。一九三八年には秘密指令（通達一一）を国の外交官に出し、「好ましからぬ人物」とこの通達が表現するユダヤ人を国内に入れないよう命じている。それ以後、避難先を求めてきた大多数の人にとって、アルゼンチンの土を踏むには領事や政府関係者に袖の下をつかませるか、近隣国から非合法に越境するか、ユダヤ人の出自を隠すかしかなくなった。

政府は国家社会主義者《ナチ》と取引を始めた。ベルリンではアルゼンチン公使館が大使館へと格上げされ、「ティアガルテン通りで一、二を争う壮麗な館の寄贈」をうけた、と女性ジャーナリストのベラ・フロムは日記帳に記して嘆いている。外務省のラテンアメリカ担当官オットー・ライネベックは戦後にアメリカ軍将校から聴取をうけたさい、親衛隊の外国諜報機関と、アルゼンチンの公式の代表者とのあいだに密接な関係があったことを認めている。ドイツにとってはプラチナ、工業用ダイヤモンド、鉄鋼などの軍事資材を調達する相手だった。

戦後になってこうした関係が浮き彫りになった。ナチの戦争犯罪者が、密入国の「ネズミの抜け道《ラットライン》」を通じてラテンアメリカの国へ次々に逃亡したのだ。のちにイスラエルの諜報機関モサドに捕まったアドルフ・アイヒマンが格好の事例だ。悪名高いアウシュヴィッツの「医師」ヨーゼフ・メンゲレも、ここに一時期身を隠していた。

ひょっとするとハイマン・ヘルツフェルトもブエノスアイレスの地で、自分に塗炭の苦しみをなめさせた張本人と道ですれ違ったことがあるかもしれない。

ブエノスアイレスかアウシュヴィッツか

ハイマン・ヘルツフェルトの渡航費用は〈ユダヤ移住事務局〉が負担した。一九四〇年の夏にアメリカで設立された機関で、逃避をするユダヤ人を寄付金で支援していた。ブエノスアイレスでは、夫のオットー・ベーアとともに早期の出国に成功していた娘ケーテが待っていた。縁者に迎え入れてもらえたのは運が良かった。たいていは移民長屋《コンベンティージョス》とも呼ばれるうらぶれた安アパートの部屋に入るほかなく、風呂も台所も、他の難民家族と共同で使わなくてはならなかった。

妻のエルゼ・ヘルツフェルトはドイツ帝国に残った。夫と妻のあいだで、どちらが逃げるか話し合いをしたのだろうか？　エルゼは行かないことにしたのか？　義理の娘のところなど嫌だった？　それとも、ハイマンが先に行って足元を固めてからエルザを連れていくほうが、うまくいく見込みが大きいと考えたのか？　どうもそれはありそうにない。エルゼの夫は脱出したときすでに六〇歳に近かった。そもそも、二人は再会のことなど相談しなかったのではないか？　夫婦関係はすでに破綻していたのだろうか？　あるいは、エルゼは妹のヘートヴィヒをひとり残したくなかったのか？　婦人二人で避難できるような資金はもうなかったと推測される。ヘートヴィヒは娘リリーと息子ゲラルトの脱出に、そしてエルゼは夫の脱出に、資金を使わなくてはならなかった。

エルゼにとって、そこに残ることは死を意味した。一九四二年一二月九日、ベルタ・シュテルンソンの数日前、ベルリン・モアビット地区のプートリッツシュトラーセ貨物駅へと追いたてられ、そこからアウシュヴィッツへ移送されている。

囚人番号九五四四八

妹の洋裁師ヘートヴィヒ・シュタイナーはその数カ月前にすでに連行されていて、一九四二年一月一三日にリガのゲットーへ移送された。このゲットーは当初、三万人のラトヴィアのユダヤ人を入れるために、労働者居住区である「マスカヴァス郊外区」から分断されたところだったが、「帝国ドイツのユダヤ人」を初めて入所させることになって場所を空ける必要がでたため、二万五〇〇〇人を超えるリガのユダヤ人が銃殺された。

ヘートヴィヒはこのゲットーを生き延びたばかりか、付属するリガ・カイザーヴァルト強制収容所でも生き残った。戦争の経過とともに、国防軍にとってリガは東部戦線への補給を確保するための戦略上の要衝になっていたためかと思われる。労働力が必要になったのだ。一九四四年八月以降、それまで生存していたユダヤ人も殺害されるか「再移住」となり、赤軍の足音が近づいてくると強制収容所も放棄を余儀なくされた。

一九四四年一〇月、五五歳の「裁縫人」ヘートヴィヒ・シュタイナーは囚人番号九五四四八としてシュトゥットホーフ強制収容所にいた。ダンツィヒから東におよそ四〇キロのところだ。一九四五年にはこの収容所も解散となり、一万一〇〇〇人の抑留者は凄惨な死の行進に送りだされ、その途上、同行した親衛隊員に四〇〇〇人が殺害された。ヘートヴィヒがそこに含まれていたのかどうかはわからない。

息子ゲラルト、娘リリーとは二度と会えなかった。ゲラルトは一六歳になった一九三九年八月、早めにロンドンへと逃れていた。いったいどうやって？　キンダートランスポートの一人になったのだろうか？　リリーはゲラルトより四つ年上で、一九三七年に一八歳でパレスチナへ移住を果たした。五〇〇英ポンドの財産を呈示すればパレスチナの旅券を申請できた。それができなければ、イギリスと移住割当を毎年交渉していたシオニスト機構から選んでもらうほかなかった。

ヘートヴィヒ・シュタイナーには資産があった。「補償」の手続の過程で補償当局と息子、娘が争った闘いがそのことを物語っている。この資産の一部を、リリーの逃亡に使うことができたのだろうと考えられる。というのもリリーが亡命したころ、ナチ政府はまだシオニズムに基づく国外移住を奨励し、国から「ユダヤ人を一掃」するにはそれが有効だと考えていたからだ。「帝国ポグロムの夜」事件で強制収容所に拘禁された者であっても、パレスチナの有効な移住書類をすでに保有していれば釈放されている。

中高年に達していたドイツの同化ユダヤ人にとって、パレスチナへの移住はとても考えられなかった。「われわれはシオニストではないのでね！」　かつてアメリカの財務長官を務め、ベルリン・

ユダヤ博物館の設立を指揮したミヒャエル・ブルーメンタール〔英名マイケル・ブルーメンソール〕の両親も、そう言って移住を固辞したという。そうした態度は決して珍しくなかった。逆にリリー・シュタイナーのような若者にはシオニズム運動に魅力があり、「父祖の国」パレスチナで祖国を建設することを使命と感じていた。ハクシャラと呼ばれる多くの職業訓練所で移住《アリヤー》について、そして農業、手工業などの労働について、将来の移入者が学びはじめた。シオニスト連合があらゆる年齢層を相手にヘブライ語で授業を行い、『ヘブライ語の単語一五〇〇』という冊子の初版はまたたく間に品切れになった。そうした活動が、見放された存在のように感じて意気消沈しがちな若者の気持ちを引き立てた。

その一方でイギリスとしては、パレスチナへのユダヤ人の移入が増えることは大きな不安材料だった。委任統治領であるパレスチナで、アラブ人とユダヤ人の緊張が高まるのを懸念していた。

死亡日をめぐる闘い

終戦後、リリーとゲラルトは自分自身についても母親についても賠償請求をした。リリーは一九四三年までハイファで家政婦をしてなんとか自活していたが、一九四四年に失業。この時期に関しては何の書類も提出できなかったため、補償局は初めのうち請求を認めようとせず、かつてヘートヴィヒ・シュタイナーの財産からユダヤ人財産税が支払われたという主張や、ベルリン銀行に口座があり装飾品も持っていたという主張も疑ってかかり、「被相続人がこれらの財産を保有していたといういかなる根拠もない」としていた。おそらくこれらの金銭は、ヘートヴィヒの「疎開」――ドイツ連邦共和国の官庁も強制移送を表現するときにこの言葉を実際に使っていた――の後、とうにドイツ帝国の懐に入っていたはずだ。ナチ官庁の冷笑的で欺瞞的な言葉づかいは、「第三帝国」が終焉をむかえてからも過去の遺物とはならなかったようだ。そこにいる役人が、ほんの数年前まで数々の「脱ユダヤ化の利得」の事務処理をしていた、当の役人だったということも多かったのだから。

二人から委任された弁護士とドイツ官庁とのあいだで賠償手続の主な争点となったのは、ヘートヴィヒ・シュタイナーの死亡日をめぐる問題だった。そもそも賠償請求を行えるようにするため、ヘートヴィヒについても官庁のほうで死亡日を擬制するしかなかった。実際にいつ亡くなったのかはだれにもわからないにしても、である。ヘートヴィヒ・シュタイナーについては、手続の過程で一九四二年三月一日が形式上の死亡日と想定された。ゲシュタポに住居から連れ去られてからわずか一カ月半後の日付だ。ヘートヴィヒが生存していたのがこの六週間だと決めたのはなぜなのかは、一切不明だ。

二人の弁護士はこうした恣意的な設定を問題視し、正確な日付が不明である以上、すべての賠償請求は一九四五年五月八日、すなわちドイツ帝国が降伏した終焉の日を基準にすべきだと主張した。もしもそうなれば、請求権に大きな違いがでてくる。最後にはドイツ当局のほうが折れた。証人が現れたからだ。

ヨハンナ・ローゼンタールという女性がカナダのトロントから宣誓供述を行い、ヘートヴィヒ・シュタイナーとともにリガへ移送されたと証言した。二人の婦人は友だちというわけではなく、移送前に知り合っていたわけでもない。ヨハンナ・ローゼンタールの証言によると、一九四二年一月一六日から一九四三年一一月一一日まではリガのゲットーで生き延びて、二人は軍服局で働いていた。それから両人とも一九四四年八月までリガ強制収容所に入り、以降はヘートヴィヒ・シュタイナーを見かけたことはないという。少なくとも想定された一九四二年三月一日という死亡日の後まで、ヘートヴィヒが生存していたことがこうして証明された。一九四四年一〇月一日からはシュトゥットホーフ強制収容所にいた記録があり、それに関してはアーロルゼン・アーカイブズに手書きで記入された登録簿が残っている。そこで殺害された六万人を超える収容者の一人だったのか、それとも死の行進で亡くなったのかはわからない。

補償当局はそれ以降、ヨハンナ・ローゼンタールが証言した日付をヘートヴィヒの死亡日として採用した。一九四五年五月八日まで生存、としたわけではなく、一九四四年八月までしか認めなかった。シュトゥットホーフ強制収容所の記録にはヘートヴィヒの名が記されているのに、当局は黙殺した。

それでも息子と娘は最後までやり遂げた。一九五八年一〇月、ヘートヴィヒの死亡日として一九四五年五月八日の終戦の日が認定されている。

「ドイツ精神」に囚われて

中高年に達していたドイツ系ユダヤ人の多くは、一九三八年一一月九日のポグロムが起こるまで、どうしても逃亡、亡命をしなければとは思っていなかった。以前から暴虐の扱いをうけてはいたが、情熱をそそいでアイデンティティを築いてきたドイツを捨ててまで、不確かな未来に身をゆだねるという考えは受け入れにくかった。「いかに迫害をうけようと、ユダヤ精神はドイツ精神と根っこのところで緊密に結ばれていて、両者は別れようにも別れられなくなっている。われわれが模範とするのはだれだ？　ゲーテでありレッシングであり、カント、ベートーヴェンだ。それを捨て去ろうとは思わない。そんなことをすれば、命の血潮を絞りだすことになる」。一九三三年にドイツを脱出したウルシュタイン出版社のジャーナリスト、モーリッツ・ゴルトシュタインはそう記している。

ドイツを離れる。そんなことを想像するのは、辛苦のすえに築いてきた生活基盤を否定することに思えたに違いない。社会に認められていることを、市民として対等の立場にあることを。「わが民族はドイツ民族、わが故郷はドイツ国」、ユダヤ系の元外相ヴァルター・ラーテナウもそう記しているが、一九二二年に暗殺されてしまった。ナチの迫害をうけた言語学者ヴィクトール・クレンペラーでさえ、「わたしはドイツ精神から逃れられない」と述べている。

のみならず、外の世界で待ちうける未知なるものへの心配もあった。知らない国で生き延びる見通しがたつだろうか？　そこでどんな仕打ちをうけるだろうか？　住民にどんな目で見られるだろう？　行くか残るか、いずれの選択が良いかと悩むところには、疑心暗鬼がついてまわった。

親類や友人が亡命先から送ってくる便りも、不安な心理に拍車をかけた。異郷の地へ行けば「何者でもない存在」へと戻り、保護を乞う請願者となって、何事もまた第一歩から始めなくてはならない。いま現在が恐怖にあふれる時代で、将来を何も見通せなくなっているからこそ、過去にすがろうとする。大市民らしい住まいと順風満帆な職業人生、そういった環境で暮らした生活が捨てがたかった。そうこうしているうちにドイツを離れる決断はいつも先延ばしになり、取り返しがつかなくなっていく。

金銭面や官僚主義からくる出国の難しさがそこに追い打ちをかけ、さらには、受け入れ国と目されていた国が、ユダヤ人難民を国内に迎えるのを嫌がる傾向も強くなった。残った者にはドイツ帝国が死の罠をしかけた。一九三八年一一月九日に起こった一一月ポグロムがその序章となり、歴史学者ダン・ダイナーの言葉を借りれば「ドイツにおけるユダヤ精神の終わりの始まり」を印象づけた。マルタの夫ヘルマン・コーエンがかつてあれほど熱望し、その妻もまた長いあいだ信じてきたドイツ人・ユダヤ人の共生の終わりの始まりだった。

出国禁止

マルタ、アルフレート、オスカー、ベルタ、エルゼをはじめ、だれもが死の脅威を感じとっていたが、「東方への疎開」の先に何が待ちうけているか予感していた者、あるいは知っていた者はいたのだろうか？　その時点でドイツ帝国にとどまっていた人たちは、社会とのかかわりをほぼ完全に断たれ、孤立し、困窮し、大部分が高齢化し、情報を知ることもままならなかった。新聞は禁じられ、ラジオ受信機も取りあげられた。強制移送が虐殺に通じている、そうした噂はいつしか嫌でも耳に入るようになっていたが、多くの人はまともに考えようともしなかった。一九四一年の秋から大量移送が始まり、一九四二年が明けて本格的に展開されるようになったときでさえ、それは想像の域をはるかに超えていた。

パウリーネ・ザンダー（旧姓ブランドゥウス）も犠牲になった、ミンスク、ウッチ、リガに向けた一九四一年の「第一波」は、まだ体系的な絶滅への一歩として計画されたものではなく、むしろユダヤ人を国内から「駆除する」べく行われた放逐であり、そのうちの一人や二人が亡くなろうと、運悪く巻き添えになった被害でしかなかった。

一九四二年が過ぎていくなか、非道な「最終解決」が次第にはっきりとした形をとるようになり、ヒトラーは公の場のスピーチでそれを隠そうともしなかった。一九四二年一月二〇日にヴァンゼー会議があり、その場で国家保安本部の長官ラインハルト・ハイドリヒが「希求される最終解決を遂行するための総合計画」を提出することになっていた。

一九四一年一〇月には、ハインリヒ・ヒムラーの出国禁止令がすでにゲシュタポの全出先機関に行き渡っていた。まだ公表されなかったのは、始まってまもない強制移送に支障をきたさないためにすぎなかった。遅くともこの時点以降、脱出できたのはほんの一握りのユダヤ人にすぎない。クララ・ゼルディスが間に合ったのは、まさに最後の瞬間だった。

一人たりとも逃すまいとして各官庁が緊密な連携体制を敷いていた。手紙の転送届が出されれば、郵便局が警報を発して税務署に知らせ、発送を委託された怪しい荷物があれば、帝国鉄道が関税警察に内通し、引っ越しの予定があれば、運送業者がゲシュタポに通報するといった具合だ。

別離とトラウマ

若い年代を中心としてまだ「国外移住」をすることはできたが、それも、家族が資金を用立てることができ、手遅れにならないうちに国を離れる決断をした場合に限られた。わたしの住むアパートにいたユダヤ人住民たちも事情は変わらない。ヴェルナー・ブランドゥスとマックス・ブランドゥス、ハインツ・マルクス、ハインツ・シュテルンソン、リリー・シュタイナー、クルト・レオポルトとルートヴィヒ・ハインリヒ・ゼルディス、レヴィン家のエルナ、エルゼ、ヘルマンがそれにあたる。一九三九年までに、二四歳未満の若年層の八〇パーセント以上が脱出していた。ハンス・シュテファン・ギュンター・ヤーコプや、ヘートヴィヒ・シュタイナーの息子ゲラルトのような最年少者でさえ、難を逃れた。

その一方で、実際に国外移住が許可されるまでに済まさなくてはならない手続は、官僚主義らしい底意地の悪さに満ちているうえに、支払ができる者がごく限られる高額なものだったため、苦渋に満ちた決断を迫るものとなった。だれを行かせて、だれを残すのか？

こうしてあとに残され、死に追いやられた人たちのなかには、高齢女性がとりわけ多かった。べルヒテスガーデナー通りのアパートでいえばクララ・マルクス、エルゼ・ヘルツフェルト、ベルタ・シュテルンソンなどだ。早くも一九三八年に〈ドイツ系ユダヤ人による慈善協会〉は、亡命者に「顕著な男性偏重」がみられると報告している。一一月ポグロムが起きてからは男性の身に迫る危険が切迫していたため、女房が尻を叩いてひとまず単独で夫を出て行かせ、安全を確保させようとしたことが考えられる。水晶の夜を経たこの時期のドイツ帝国では、大半が「資産あり」と位置づけられる男性を中心とする三万人のユダヤ人が、強制収容所へ連行されている。エーディト・ヤーコプの兄弟にあたる実業家ルートヴィヒ・ハインリヒ・ゼルディスもその一人だった。

あるいは、多くの女性が抱いていた伝統的な役割理解のゆえに、救命逃避にあたって男性を優先させたとも考えられる。ただ、亡命という考えには女性のほうがオープンに向き合っていて、ともすれば異国で地位を喪失する不安にかられる夫より、思い込みにとらわれずに状況を見極めていたことも研究から明らかになっており、少なくともその点からすれば、残った者のうち女性が過半を占めていたというのは理解に苦しむ。

さらには、もともと絆が薄れて脆くなっていた夫婦もかなりあって、逃亡という冒険にふたりで乗り出して、新しい出発をするような力が自分たちにあるとはとても思えなかったということも考えられる。別離前から生活状況が辛かったせいで、すでに夫婦関係の断絶という問題に直面していたケースもあったろう。かつて妻に、あるいは夫に、感じていた愛情だけを信じて、いつまでも生きていけるとは限らない。屈辱をうけて不当に扱われるパートナーの姿を目の当たりにすることに、だれもが耐えられるわけでもない。たしかに何年か前には財産があり、尊敬をあつめ、快活な人となりだったかもしれないが、いまでは見ず知らずの人間の命令に、なすすべもなく服従させられている姿なのだから。

脱出した人たちのなかでも、夫婦が手をたずさえていれば、到着当初に厳しい年月が続いても逃亡生活をまだしも辛抱することができる。物心両面で非常事態になったときの団結は、一定期間であれば持ちこたえる。ところが年数を経ると別離になり、離婚になることも少なくない。とりわけヘルマンとクララのブラット夫妻、クルト・レオポルト・ゼルディスとその二人の妻フリーデルとイルマ、ヴェルナー・ブランドゥスとその妻マリアンネなどがそうだ。男性の多くは亡命によって扶養者、保護者としての自分の役割、セルフイメージが大きく揺るがされるため、妻のほうが他家に入って働き、つつましい生計を支えるといった場合も多くみられ、それがひいては夫のセルフイメージをまた傷つける。そうなると、新天地への「到着」で強いられた変化に二人が対応できなくなりやすい。

そうした成り行きは、いずれも格別珍しいことではない。失意、孤独、悲嘆、将来への不安は、異郷に到着してからますます膨らんでいく。傷つき、根無し草になったことからくる症状だ。新生活にしても、失われた過去と不確かな未来に挟まれた「どっちつかず」が精一杯のところ。そのうえ男性であれば、屈辱感をともなうセルフイメージの喪失が結びつくことが多い。職業、労働、扶養者としての役割を失うことで自信がもてなくなる。それを哲学者ハンナ・アーレントは、「この世界でどんな形にせよ役に立つこと」と表現している。

わたしは二〇一五年から何年間か難民支援にあたったことがあるが、シリアやアフガニスタンの難民にも同じことが起こっていた。片方が伸びやかになり、もう片方は縮こまってしまう。この国に来てから妻たちは自分の自由をみつけ、祖国の文化の伝統的な女性像に縛られることがなくなり、それが夫たちの苛立ちや、攻撃的な態度を招いてしまう。もめごとが絶えなくなり、夫たちのなかには、断固としてヨーロッパに背を向ける決意をする人も少なくない。

「どっちつかず」の生活

カブール出身のアジズとラナは、わたしが難民施設で親しく接したはじめての相手だった。アジズはわたしのドイツ語の授業にいつも顔を出してくれたが、ラナはホームシックでベッドに寝ていることが多く、悲しみに落ち込み、家族を失ったことを受け止めきれなかった。ラナが逃亡するきっかけをつくったのは父親だった。

十八歳のラナは三〇歳年上の男性と結婚することになっていた。男性は見返りに金銭を払っていた。それもたっぷりと。しかし、アジズとラナはすでに互いの存在に気づいていた。遠くから。道のこちら側と向こう側で。目と目を合わせるだけで。ある日、ふたりは思い切ってこっそりと会った。結婚が決まっていることをラナが話すと、アジズはどうか思いとどまってほしい、お父さんだって許してくれるかもしれない、と言った。だが父親は許さなかった。

アジズはふたりで逃げる準備をはじめた。金を借りた。それも大金を、兄弟、父親、近所の人、友人から借りた。ある晩、義理の兄が用意してくれた隠れ家にラナと逃げ込み、そこで若いふたりはイマーム婚［イマームと呼ばれるイスラム教導師のもとで行う宗教婚］をした。一〇〇ユーロを払って、イマームに式を挙げてもらった。ふたりは既成事実をつくろうとしただけで、ヨーロッパへ逃避するなど、そのときはまだ頭になかった。

その日の夜にラナが姉妹に電話してみると、二度と逃げられないように両足を叩き切ってやるとお父さんが息巻いている、あなたを捕まえると言っているわ、と教えてくれた。それでアジズが逃がし屋に連絡をとったのだった。

それから四日後、ふたりは申し合わせていた場所で落ち合い、そこから五カ月のあいだ逃走をつづけた。金を積んで雇った人身売買業者がくるまで何日も待たされたこともある。逃走は一万一〇〇〇ユーロと高くついた。二〇一五年八月にやっとのことでベルリンにたどり着いた。「代親」になってくれたベルリン在住の夫妻に助けてもらい、ラナはすぐにドイツ語を覚えた。学校を卒業したのち、卸売販売員になるための職業訓練を修了すると、期限付きではない常勤職を職業訓練所から紹介された。

そのころになるとアジズが大きく遅れをとっていた。勉学がなかなか進まず、職業訓練も中断したままで、ビルの管理人、ピザの配達、販売業などをしていたが、同国人の仲間とつるんでいる時間も長かった。仲間の目からは、変わっていくラナの様子がどうにも気にくわなかったようだ。

ラナはヒジャブを脱ぎ捨てた。これとはもうおさらばよ、そう言った。アジズのほうは仕方ないな、という表情で笑みを浮かべていた。以前、アジズが何度か話してくれたことがあった。おれはアフガニスタンの他の男連中とは違う、女性が自分の所有物だとか、なんでも命令どおりにしろなんて言わない。でもドイツに来たら正反対だね、そんなセリフを言うのは女性のほうみたいだ。そう言いながら笑って冗談めかしていたが、わたしはその言葉にアジズの不安を聞いたように思った。

はじめのうちアジズも妻のことを信じていられたが、しだいにラナが離れていくのを感じるようになった。ラナのほうが意欲的で、ドイツ語がうまく、仕事も順調で、すっかり自信をつけた。この国でラナは見違えるように生き生きとしていた。ほかの男と会っているだろう、あるときアジズはそう言ってラナを殴打した。それがすべてを変えた。この住まいから出ていってちょうだい、二度とわたしに近づかないで。ラナはそう言ってきかなかった。でも、それからも隠れてラナを見守っているんだ、とアジズは打ち明けてくれた。

ラナには、元の関係にもどる道はなかった。アジズにもなかった。妻を取り戻すこともできず、ドイツの警察からは「要注意人物」として目をつけられ、カブールに帰るわけにもいかない。そこにはとてつもない借金があるうえ、アフガニスタンにいる氏族の目からすれば負け犬が帰ってきたことになる。なにひとつ果たせないどころか、女房すら手なづけられなかった腑抜けじゃないか。

アジズはふさぎ込むようになった。逃げ道もなければ一筋の光明も見えない。進むことも退くこともままならなかった。

根無し草

身体の安全が守られたからといって、自由を手にするにはまだまだ遠い。迫害から逃れられない愛する者を死なせた、共犯者になってしまった。多くの生存者がそんなトラウマと戦後何年も、いや何十年も、闘わなくてはならなかった。万難を排して両親をドイツ帝国から連れ出してほしい、先に逃げた者にはそういう期待がかかったが、戦争が始まって以降の成功例は稀にしかない。二万人ほどのドイツ系ユダヤ人が国外に出られただけだ。そのなかには非合法に国境を越える以外に選択肢がなく、送還されてゲシュタポに引き渡されるリスクを冒した者もかなりあった。

手紙のやり取りがまだ許されていればの話だが、国外ですでに安全圏にいる者には、残っている者が必死の訴えを綴った、ときに相手を難詰するような手紙がきた。有効な入国ビザか身元保証だけでも調達して安全な国外への移住を手配してくれればよいのに、どうしてそれがうまく運ばないのか、残った者には理解できなかった。読んでいると胸が張り裂けそうになる資料だ。逃避できなくなった者は、わが子とすら連絡がとれなくなったり、容赦なく連絡を断ち切られたりした。簡単な知らせだけは赤十字を通じて伝えてもらえたが、それも順調に事が進んだときだけだ。

それでも運が良ければ高齢者を国外に連れだせることもあったが、そんな場合ですら――クララ・ゼルディスのように――、もともと子どもや孫と再会するために行きたかったのとは違う国のビザを取るしかなかったことも多い。こうして迫害は、死によって、暴力によって、あるいは亡命を強いることによって、数多くの人びとを引き裂き、夫婦を離れ離れにし、両親を子どもから引き離し、兄弟や姉妹を別離させた。ベルタ・ジークムントと息子ジーモン・ジークムント・シュテルンソンは二度と会うことがかなわず、エルゼ・ヘルツフェルトは夫ハイマン・ヘルツフェルトと、ブランドゥスの息子たちは両親と再会できず、ハインツ・マルクスは母クララを、リリーとゲラルトは母ヘートヴィヒ・シュタイナーを、いずれも再び腕に抱くことはできなかった。

そのなかでも、一九三八年と一九三九年に一人きりで異国に送り出された子どもたちにとって、生家との別れは強烈なトラウマとなったに違いない。ベルリン駐在のイギリス大使だったネヴィル・ヘンダーソン卿はナチ高官への傾倒をうかがわせるところもある人物だが、一九三八年一一月一五日にロンドンの外務省宛てにこう書き送っている。「国家社会主義者たちが予告しているところでは、〝パリでの非道な殺人事件〟（ユダヤ人のヘルシェル・グリュンシュパンがドイツ外交官エルンスト・フォム・ラートを暗殺したことを指す）が起こったからには、いかなるドイツ人教師にもいかなるドイツ人生徒にも、〝ユダヤ人と同じ教室で席に着かせる〟ことはもはやできない、とのことであります」。イギリスはすぐに動き、一九三八年一二月に最初のキンダートランスポートがイギリスへと渡ることになった。

ハンス・シュテファン・ギュンター・ヤーコプもその一行に交じって、不確かな未来へと運ばれた。先行きが分からないまま別れることになったとき、ハンスは、その両親は、いったいどんな気持ちだっただろう。ハンスはイギリスに着いたとき一二歳だったが、その生命の糸が、たび重なる別れの経験を無傷で乗り越えられたとは思えない。はじめは児童養護施設に入り、それからイギリス人養母のもとで育ち、たびたび転校、転居を繰り返し、母や父とは離れたまま、いつからか英名のハワード・スティーヴン・グラントを名乗ったが、勉学も職業訓練もうまくいかなかった。「会計士」になったが稼ぎの細い仕事で、一旗揚げられる見込みはほぼなかった。賠償申請のため一九六三年一一月に自分で作成した履歴書には悲痛な一文がある。「もしも、ナチ時代の時局に邪魔されない学校教育があったなら、わたしは人生でもっと多くを成し遂げることができたはずだと確信しております」。

ハワード・スティーヴン・グラントは、人生に不可欠なものを吸いあげる根を張ることができなかった。居場所を見つけることができなかった。似た境遇におかれた避難者は、かなりいたことだろう。迫害の歳月にできたひび割れが、癒えることのない傷跡を残した。安全になったからといって癒えるものではない。「人がふるさとの土から引き抜かれるのは、良いことではない」、とベラ・フロムは書いている。「それなのに、ときに人は根こぎにされ、それに対して無力だ」。

だが、ときにはそうした虚脱感に打ち勝つ者もいる。

セナート、一二歳

よくセナートのことが頭に浮かぶ。長身でいくぶん太り気味のセナートは、母のフィクレタ、九歳になる妹セルマとともにわれわれのもとにやって来た、一二歳の少年だった。サフェド一家と同じく、ユーゴスラビア戦争の戦禍から赤十字の手で救出されていた〔「隣にいた殺戮者とサフェド」の項を参照〕。

フィクレタはサフェドのいとこだった。小柄で愛らしかったが、重いトラウマをかかえ、衝撃によるショック状態で固まったまま受け答えも覚束ない。一言も発せず、わたしとも話さず、会っているあいだもおずおずとほほ笑むばかり。夫が無残に殺されるところをセルビア人に無理やり見せられた。子どもたちも一緒に。セルマはどもるようになった。

セナートは父親の役目をごく当然のこととして引きうけた。少なくともそのように見えた。責任が両肩にのしかかってきたが、愚痴ひとつこぼさずそれを担った。自分がリードし、自分が判断し、自分が決める。強く信じている、明日は必ずくる、そんなふうに振るまっていた。彼がほんとうに女性二人よりもたくましかったのか、それとも心を守る応急処置を自分に施したのか、わたしにはわからない。うめき声をあげているのをよく耳にしたが、夏の暑さのせいなのか魂の痛みのせいなのかと、判断しかねることもたびたびだった。

学校の最終学年になると、ドイツからの出国を話題にすることが増えた。わたしたち夫婦に、別れの心構えをさせようとするかのようだった。あなたはとても腕のいい技術者、職人なのだから故国を復興するためにボスニアに戻りなさい、自分の会社を興す設立資本なら用意してあげるから、とわたしたちは説得に努めた。セナートは礼儀正しい青年で、わたしたちには恩義があると思っていたから、なかなかいやだと言えなかったようだ。だが、申し出を断るときは実にあっさりしたものだった。お母さんと妹をつれてアメリカに渡るという。そんなことができるの、とわたしたちは首を傾げた。何も聞いてなかったのだ。

セナートはずいぶん前から、ミネソタ州にあるボスニア人コミュニティとコンタクトをとっていた。そこが保証人になり、住むところを用意し、語学教室の申込手続いっさいをすませ、職探しも手伝うと約束してくれた。コミュニティの代表が三人を迎えにドイツに来たときにわたしも顔を合わせたのだが、どうも胡散臭い。セナートと女性二人に、手にキスをさせている。保護してやる代わりに「上納金」を取り立てる「ドン」の類ではないか、わたしはそう疑った。

わたしたちやドイツに別れを告げてから二カ月後、セナートと妹のセルマが初めてミネソタから楽しげに電話してきた。幸せだ、「ハッピーだ」、とふたりは言った。母親は話ができるようになったし、セルマもしばらく前からどもらなくなった。安心して暮らせるし、初歩の英語もいくつか覚えたところだといって、電話で得意げに発音してみせた。住む家があり、近所にはボスニア人がたくさんいるから故郷の雰囲気も少し感じられる、そのように話すふたりは確信にあふれて未来を見ていた。明日は必ずくる。

よくセナートのことが頭に浮かぶ。電話は途絶えがちで、かかってくるのはこのところクリスマスだけだが。それからもう一回あった。セルマが結婚したとき。そのときセナートが写真を送ってくれた。セルマを背負うセナート。前に立ってふたりを抱きかかえる、フィクレタ。

最後の瞬間

　脱出がどうにか間に合った人のなかに、アパートの元所有者ジークフリート・クルト・ヤーコプの義母にあたるクララ・ゼルディスがいる。〈ドイツ在住ユダヤ人全国連合〉の個人カードファイルには、一九四一年一〇月八日の日付で「ゼルディス、クララ、旧姓ラブス　旧住所　ベルリンW三〇ベルヒテスガーデナー三七」、「行先　エクアドル」と書かれた整理カードがある。

　エクアドル？　おそらく、クララが最初に選んだ地ではなかったはずだ。だが、エクアドルの首都キトにはすでに次男のクルト・レオポルト・ゼルディスがおり、移住してくるようキトから母親に強く促していた。迫りくる「移送」から逃れるどこか安全な場所へ、手遅れにならないうちに一刻も早く、ドイツから出る必要があった。それは時間との競争で、クララに許可が下りたのは、親衛隊全国指導者ハインリヒ・ヒムラーが出国禁止令を出すわずか八日ほど前のことだった。

　ドイツを去るときクララ・ゼルディスは六九歳に達しており、必ずしも異国で一から新しい生活をしたいと志願する年齢ではない。そのうえエクアドルとなると、当時のヨーロッパ人にはさほど知られてもいなかったろう。しかし一九三八年一一月にポグロムが起こり、オーストリアが「併合」されて以来、このラテンアメリカの国は逃亡先として貴重な場所になっており、一九四二年までに四〇〇〇人のヨーロッパ人難民を受け入れていた。ただし、希望者の多いビザが手に入るかどうかは、ヨーロッパ駐在のエクアドル外交官の裁量ひとつで、立場を利用して高額の料金を吹っかけてくる者もいた。

たとえ非合法であろうと手段を選ばず国から出ようとするユダヤ人は後を絶たず、それが〈ドイツ在住ユダヤ人全国連合〉には悩みの種だった。この機関は帝国保安本部に毎日報告をする義務があり、合法的な亡命を終始呼びかけていたが、その支部のなかには態度を変えて、賄賂、偽造したパスポートやビザを使って加盟者の脱出を助けようとするところもあった。ひょっとするとクララ・ゼルディスも、そうやって必要書類を調達したのかもしれない。

クララも他のすべての「亡命者」と同様、出国許可を得るために一万九〇〇〇ライヒスマルクを払わなければならず、引き換えに三三六・五〇ドルの渡航費用が支給された。国家社会主義者《ナチ》はそれを「寄付」と称していた。払った金銭は、表向きテレージエンシュタット・ゲットーの維持に役立てるはずの「ユダヤ人移住特別口座」へ移されたが、一部はベルリン駐在のエクアドル名誉領事にも流れていたと思われる。この名誉領事という人は――エヴィアン会議での政府の確約に反して――、母国へのいかなるユダヤ人の入国も妨害しようとした人物だった。

レマン湖畔にて

世界各国の政府は、そのほとんどがユダヤ人の逃亡経路を断っていた。移住の規定が厳しくなったばかりか資金面でのハードルも高くなり、国家社会主義者《ナチ》から徹底的に収奪をうけた者にとって、脱出の門戸はますます狭まった。

一九三八年七月六日、アメリカ大統領フランクリン・ルーズベルトの呼びかけで、ユダヤ人難民の移民割当と避難手段について議論する会議が、フランスのレマン湖畔の瀟洒な保養地エヴィアン・レ・バンで開催された。苦境に立つ人びとが大きな希望をよせて期待した会議だったが、結果は散々だった。招集をうけても代表者をよこさない国すらあり、参加した三二カ国にしても、もっと大勢の避難民を受け入れたいのはやまやまだが、遺憾なことにどうしようもありませんと弁解するために出席したにすぎない、イスラエルの首相ゴルダ・メイアはのちにそう斬り捨てている。ナチ系の新聞は、瀬戸際にあるユダヤ人を自国に入れようとする国はないに等しいと嘲笑した。イギリス領だったギアナや北ローデシアといった遠隔地に入植の道をひらこうという案も、現地住民からの反対にあってとん挫した。どの国も、窮地のユダヤ人の命を助けたせいで戦争に巻き込まれたくはないはずだ、そう踏んでいたヒトラーは意を強くした。

エクアドルからは公使ガステルー・コンチャが会議に列席した。かつてエクアドルは「ユダヤ人不在の地」として知られ、一九三六年までに登録されたユダヤ人はわずか百人にすぎない。あらたな避難民を主に農業従事者として迎え入れることをお約束するが、ただ「知的労働者の方が増えすぎない」ようお願いしたい、コンチャはそう述べた。わが国では高学歴の方を必要としておりません、農業従事者を求めているのです。こうして、ウィーンの弁護士であろうがベルリンの芸術史家であろうが、鞍替えしてジャガイモの栽培やニワトリの屠畜を覚えるほかなく、オーストリアの法体系もロマン派の芸術史も、そこでは無用の長物となった。

偽造ビザ

クルト・レオポルト・ゼルディスとその妻フリーデルは、一九三九年にベルリンを脱出した。ちょうどクララが義理の息子の家を避難場所として、マルティン・ルター通り四四番地にあった自宅を引き払った矢先のことだ。そこで共に暮らしていた息子たちも出ていき、娘のエーディトと孫の男の子ハンス・シュテファン・ギュンターも去った。

クルトとフリーデルのゼルディス夫婦はボリビアの入国許可を取得していたが、両人とも一九三九年二月にニューヨークで足止めされた。クルト・ゼルディスがアメリカの移住当局に説明しているところでは、本来ならさらにチリまで行きたいのだが、自分と妻は現在ボリビアのビザしか持っていない、ところがボリビアに入国を拒否されたのだという。ふたりが南アメリカへ旅を続けるため渡航を予約しようとしたところ、ボリビアのビザが「無価値」であるとの宣告をうけた。同地の政府による正式な認可のないビザだったからだ。ベルリン駐在のボリビア領事に、偽造ビザを売りつけられたのだった。

ふたりはトランジットビザの「更新」を申請し、一二月までニューヨークに留まることが認められて別の国への入国を探る道がのこされ、ようやくニューヨーク駐在のエクアドル公使がビザを発給してくれた。賄賂を要求されることはなかったが、ほかの領事がそろってどんなことに手を染めていたかを知って、クルトは愕然とした。その後、夫婦はエクアドルのグアヤキル目指して旅をつづけることができた。

コマンダンテ・チェ

ところで、あの男もグアヤキルにいたことがある。司令官《コマンダンテ》・チェ・ゲバラ。あと一歩までできたと信じて革命を追いつづけた男だ。エクアドルは、革命にうってつけの様相を呈していた。政治的にきわめて不安定で、二〇年間に二七の政権ができては潰れた。だが、アルゼンチンの大市民層の家庭に生まれたゲバラは別の決断をして、さらにグアテマラへと向かった。

わが家のキッチンにはエルネスト・〝チェ〟・ゲバラの写真が三枚、それぞれ違った政治活動の時期に写したものがかかっている。勝利を確信した革命家、政治家としての経歴の頂点をきわめたキューバ産業大臣として太い葉巻を手にしているところ、そして、ボリビアのイゲラ村ですでに死の影を顔に宿しているかつてのゲリラ兵。その地でボリビア軍により銃殺されたのが一九六七年だった。

わたしは多感な青春時代にこのカリスマ的な革命家に憧れた。なんといってもゲバラやフィデル・カストロ、その屈強な隊員たちがキューバの独裁者バティスタを倒し、いずれも独裁政権のもとで喘いでいるラテンアメリカ諸国にとって一筋の希望となっていた。だが後年、このコマンダンテが革命法廷や処刑を行っていたことを書物でいろいろ知るにつれ、英雄視をするのはやめた。孫のイリアスもキッチンの写真をまじまじと見つめてはカッコいいなどと評し、先日も指を開いて葉巻を吸うポーズをまねていた。反逆児の影の部分についても教えてあげるときがくるだろう。

親しみをこめてエル・チェとも呼ばれるゲバラが、追われる身となって最後の陰鬱な数カ月を過ごしたのがボリビアだった。わたしと夫は、南アメリカでも貧困者の多いこの国を訪ねたときにA氏と知り合いになった。ある晩のこと、ラパスにあるご自身の仕事部屋にうかがうと、ボリビアの秘密の場所に埋めてあったチェの遺体の一部を（「殉教者にしてはならん！」）、深夜の作戦でキューバへ送り届けた話をしてくださった。

A氏はアルゼンチンの亡命先で何年も過ごした方で、きっと若き日には、いまでもラテンアメリカで敬愛されているゲバラに向かって「さらば永遠に《アスタ・シエンプレ》、コマンダンテよ！」と呼びかけていたに違いない。その後、フィデル・カストロと良好な関係にあったことからコマンダンテ・チェ・ゲバラのためにと労をとり、処刑された国民的英雄ゲバラが国葬と霊廟をもって迎えられるよう手配したのだという。

キューバへ

クララ・ゼルディスがキューバにたどり着いたのは、フィデル・カストロ率いる七月二六日運動が独裁政権の打倒に成功したときより、二〇年近く前のことだった。その地がクララの気に入ったとは思えない。彼女を含む乗員およそ一二〇人のなかに、娘と同名のエーディト・ヤーコプ（こちらのスペルは"k"のJakob）がいた。一行は収容所に入り、チャーターされた貨物船の到着を待たねばならなかった。

クララは義妹と一緒に逃亡していた。鍵のかかった鉄道車両で実に六日間もかけてパリまで行き、そこから列車でバルセロナへ、その八日後に貨物船が到着してハバナに渡った。同行者のなかにはこの強行軍に耐えられない者もおり、それほど一同は衰弱していた。しかしクララは頑張りとおし、カラカスとコロンビアを経てようやくクルトのいるキトまでたどり着いた。苦難に満ちた逃亡劇は三カ月以上にも及んだ。

クララとともに「ユダヤ人不在の地」エクアドルまでやって来た者のうち、大半はまた出ていったがクララはもうそこを離れなかった。ドイツから脱出して二年後、エクアドルの首都キトで亡くなっている。故郷を恋しく思っていただろうか。「恋しさは残り、故郷は遠い」と、同じく逃亡者だったポーランド生まれのユダヤ系詩人マーシャ・カレコは記している。同様の思いを抱いていたヨーロッパ人難民は多い。たとえ戻れないとしても、懐かしい香りとともに、写真とともに、食べ物の好みとともに、何十年たとうが「故郷」は厳然とそこにある。故郷とは、子ども時代の国のことであり、「ビー玉で遊んだところにある」。追放されたベルリンの評論家ハインリヒ・ミューザムはかつてそう書き残した。

ボリビアのビザがまがい物だったことで、むしろクルトは運が良かったと言えるかもしれない。その首都ラパスは住民の大多数を現地民が占めていて、多くのヨーロッパ人には馴染みにくく、暮らし続けるのは難しいところだった。街の標高は四〇〇〇メートルあるので、酸素の薄さも身体にこたえるはずだ。そして国内のドイツ人コロニーには、ヒトラー政権に共鳴する者も多かった。

イリマニ山

自分がいま降り立ったところが地理的にどこにあたるのか、わたしはこれまでの人生でさほど気にしないことが多かった。そこが低沼地のヴィルシュター・マルシュであれ、商都のハンブルク・エッペンドルフであれ、アメリカの中西部であれ、サンタモニカのビーチフロントであれ、同じことだった。だがボリビアだけは違う。いかに索漠としていようと、荒涼としていようと、いまもずっと憧憬の地でありつづけていて、その映像が脳裏に焼きついて離れない。ひょっとすると、それはアルティプラーノと呼ばれる高原地帯の寒々とした月面のような風景のせいだったろうか。切り立った岩山がだしぬけに現れるその一帯を夜行バスで通ったが、あまりにも寒さが酷く、隣のアイマラ族の女性のひざにのった子ヤギがそばにいてくれるのが、何ともありがたい救いに思われたものだ。それとも雪に覆われた峰々のせいだったろうか。初めて目にしたとき、それは青い天空めがけて鋼のように、イリマニ山からあまりにもドラマチックに屹立していた。そんな眺めを前にしていると、自分が卑小な存在に思えてくる。

夫とわたしは数年前、ラパスの貧困地区ビージャ・ファティマにある大規模な学校に勤務していた。ラパスは標高が高いがビージャ・ファティマはさらに若干高く、そこまでいくと途方もなく空気が薄い。加えて、住んでいたアパートメントもとんでもない寒さで、四℃か五℃だというのに暖房もない。テレフェリコと呼ばれるロープウェイで二〇〇〇メートル下って、A氏を訪ねるときだけが一息つけた。一方、地元の生徒の家があるのはそうした低い地域ではない。感心してしまうほど元気な子どもたちで、授業の前、旗を掲げた点呼の列に早朝からならぶ。男子が半ズボン、女子はプリーツスカートに白の短いソックスといういでたち。それが終わると、氷のように冷たいむきだしのコンクリートの校庭で体育の授業がはじまる。

街で面倒をみている犬がそこらじゅうにいて、わたしの住んでいたアパートメントの狭いキッチンの向かいにも毎朝一匹が居座り、二階建ての建物の番をしていた。窓ガラスがあるのは一部屋だけ、ほかの部屋には刺すようなアンデスの風が吹きぬけた。すきま風だらけの各部屋を朝と晩に点検してまわるアイマラ族の人たちは、見るからに誇り高き建設者であり所有者だ。それは、カナダ系イギリス人の作家ダグ・サンダースが著書『アライバル・シティ Arrival City』で描いている情景そのものだった。先住民の家庭から一人、また一人とこの街に移ってくる者が増えた。仕事を見つけようとして、あるいは社会的地位を得ようとして。窓やドアをこしらえて、この地に自分の家を建てていく。こうしてダイナミックな移住社会が機能するようになり、そこに住む人びとはより良い暮らしの探求をはじめていく。

キトに移ったクララには、そうした未来への希望を抱くことができなかった。「より良い暮らし」はもはや自分の前にはなく、後ろにしかなかった。その街での生活を自ら選び取ったわけでもない。命を守るためにそこへ「追放され、流刑され」たのだ、ベルトルト・ブレヒトならそう言うだろう。

しかし少なくとも息子のクルトにとっては、一九五四年に夢がまたひとつ実現した。アメリカ国民になったのだ。アメリカで代理商になったが一九五〇年に失業。六二歳だった一九六四年七月、心臓の病のためテキサス州ダラスで亡くなり、エマニュエル寺院のユダヤ人墓地に埋葬されている。

「もっとも忠実なる敵性外国人」

クルトの兄ルートヴィヒ・ハインリヒは一九三九年にイギリスへ脱出し、それ以後ドイツ名を捨ててレスリー・ヘンリー・セルディスを名乗っていた。ベルリンにいた時期には資産家だった。父親のマックス・ゼルディスが設立したハウスフォークタイプラッツ所在の会社の単独オーナーであり、「婦人用、紳士用、女子学生用のコート」を製造し、国内外に販路を広げていた。弟のクルト・レオポルトと母クララも匿名出資者として扱われている。戦後のどの宣誓供述書を読んでみても、この会社の評判はたいへん良かったようだ。ルートヴィヒとクルトの兄弟は会社の外回りを担当し、売上成績は見事なものだった。

一九三八年、「アーリア化」の強制をうけて、商品在庫をひとつ残らず売却せざるをえなくなった。つけることができた値段は、商品の価値を大幅に下回るものだった。売却をするしかない状況で、ルートヴィヒは買い手に足元を見られていたが、ほかに選択肢はなかった。借金もほとんどが踏み倒され、ゼルディス家の財産損失は巨額なものとなった。

一九三八年一一月一二日、ルートヴィヒはオラニエンブルクに設置されたザクセンハウゼン強制収容所に入った。わたしの住むアパートにいたマックス・マルクスがその数年後に殺害されたところだ。一一月九日の帝国ポグロムの夜〔いわゆる水晶の夜の別称〕のさなか、資産のあるユダヤ人が、突撃隊やゲシュタポの隊員に手荒く逮捕されて強制収容所に次々と連行されたが、ルートヴィヒもその一人だった。国から出ることを誓約して釈放されたが、ゲシュタポがたびたび訪れては出国するよう急き立てた。

イギリスに渡ると、ルートヴィヒも多くのユダヤ人難民と同じく「敵性外国人」と位置づけられたが、どういうわけか一九三九年末にはもう抑留地から解放されている（「抑留を免除された」）。英国陸軍に入隊した時期と一致する。「国王陛下のもっとも忠実なる敵性外国人」に認められたものと思われる。イギリスの側に立って自発的にナチドイツと戦い、国王ジョージ六世への忠誠を誓ったドイツ人やオーストリア人のことだ。

除隊後はイギリスで仕事の足掛かりを築くのに苦労した。弟のクルトと同じように無職になり、一九五四年から賠償手続にとりかかった。ルートヴィヒの生命の糸も修復しがたいほど傷ついていた。むかしの住居も故郷も失い、代わりは手に入らない。イギリスの児童養護施設にいたころ、ルートヴィヒもハンプティ・ダンプティを教わっただろうか？「王様の馬と王様の家来が全部かかっても、ハンプティ・ダンプティを戻せなかった」

雇った弁護士は、帝国逃亡税、ユダヤ人財産申告、移転支出（出国時）を五万五〇〇〇ライヒスマルクと算定したが、ルートヴィヒがこの金額を実際に払ったことを、補償局はなんだかんだ言いながら頑なに認めようとしなかった。ほかの迫害被害者のファイルを読んでいても、よく見かけるパターンだ。唯一、当局からすぐに賠償に値すると認定されたのは、およそ一万二〇〇〇マルクの価額の母親の装飾品だけだった。母クララ・ゼルディスはこの装飾品も含め、銀や金でできた品物を残らずナチの命令で供出させられており、対価として受けとったのは三五〇ライヒスマルクにすぎなかった。

「パラダイスゲットー」にて

ヘルタが連れ去られてから五カ月後、ゲシュタポはまたしてもグリュックスマンの部屋の扉を叩いた。その時点ではまだイーダ・ヴォレ、それにジェイムス・ブランドゥスとエルスベート・ブランドゥスの夫妻が、その住居に住んでいた。秘密国家警察《ゲシュタポ》が来ることを三人とも予期はしていただろうが、それまでの数カ月間はさぞかし不安に満ち、たえず予感に怯えていたことだろう。ヘルタ・グリュックスマンと同じ目に遭うだろう、それがわかっていたに違いない。すなわち強制移送。それでも三人は、生き延びる望みを抱いていただろうか？　ジェイムス・ブランドゥスにはユダヤ人共同体のつてがあったから、強制移送が何を意味するか想像がついたかもしれず、それどころか知り尽くしていたかもしれない。殺戮者が迎えに来ることがわかっているというのは、閉所恐怖症になるような状況に違いない。

イーダ・ヴォレが八月二四日に連行され、その三日後にはアルフレート・ローゼンバウムが「保護区への移住」と称して連れていかれ、ブランドゥス夫妻もこれに続いた。この四名だけではない。わたしの住むアパートからは、強制移送された複数名がテレージエンシュタット・ゲットーに送り込まれている。このゲットーに関するデータバンクには、アルフレート・ローゼンバウム、オスカー・

メンデルスゾーン、イーダ・ヴォレ、マルタ・コーエンの死亡証明書があるが、このアパートからそこへ送られて殺されたのは、それで全員ではない。死亡証明書が現存しているとは限らない。

死亡証明書には医師が正式に死因を記しているが、ゲットーで亡くなった人の死因はほとんどみな同じで、腸炎、となっている。おそらくその診断は、収容所に押し込められた人びとに襲いかかった実際の死因に符合している。そこでの衛生状態は死に至るほど劣悪だった。

一九四二年八月二七日

出国していないドイツ系ユダヤ人の医療従事者も二〇〇〇人近くいて、衛生功労医ドクトル・アルフレート・ローゼンバウムもその一人だった。逃げようと思えば逃げられたし、実際に資金もあったのだが、資産が「封鎖口座」として凍結されており、わずかな額を引き出してつつましい生活を送ることしか許されなかった。

このアパートへ入居したのは一九三九年四月だった。強制移送される二週間前に財産申告書を書いており、五部屋の住居を借りていると記入している。この時点で空いていたのはイタリアに逃亡したヘルマン・ブラットとクララ・ブラットの住居、そしてランクヴィッツ地区に移ったカルマンの住居だけだった。

入居したのは地階か二階のどちらかの住居だったに違いない。ローゼンバウムは住居の修繕についての設問（これも財産申告書で尋ねられたはずだ）に答えて、割れた窓ガラス、床の改修、鍵の交換、塗装が入居時に必要だったと記しているからだ。狼藉があったことを推測させる内容で、おそらく一九三八年の一一月ポグロムの過程で荒らされたものだろう。修繕費の一部はアパートの持ち主ジークフリート・クルト・ヤーコプが負担した。当時はまだヤーコプが文句なしに所有者だった。

一九四二年八月一一日、ローゼンバウムは財産申告書への署名にあたってジェニー・フォン・ベーリング、旧姓ハウクヴィッツという女性を建物の所有者として記載している。わたしは土地登記庁にあるこの建物の資料を調べ、一九三九年七月に譲渡の仮登記がなされているのを確認している。こうした仮登記は、所有権譲渡を求める請求権を保証するためのもので、売主が、すなわちこの場合にはジークフリート・クルト・ヤーコプが、不動産から何らかの利益を引き出すのを防ぐために行われる。そのためにフォン・ベーリング夫人は五〇〇〇ライヒスマルクを支払っている。ジークフリート・クルト・ヤーコプがこの建物を売却したのは間違いないようで、妻エーディトの逃亡に資金が入用だったと考えられる。

ローゼンバウムの住居には、七〇歳近いマルタ・シュタイニッツが「転借人」として暮らしていた。ローゼンバウムが強制移送される八日前、この女性は睡眠薬を過剰摂取して生涯を閉じた。その頃には自殺者が増えていて、必要量の錠剤を手に入れるのは容易ではなく、しかも高額だった。しかしローゼンバウムなら、どこで調達できるかを知っていたかもしれない。

財産申告書によると、ローゼンバウムはドイツ銀行の封鎖口座に三万五〇〇〇ライヒスマルクを保有していた。テレージエンシュタットで何が待ちうけているかは、わかりすぎるほどわかっていた。そしてゲットーに「疎開」したとしても、生き延びられないであろうことも。ベルヒテスガーデナー通り三七番地の「ユダヤ人の家」から姿が見えなくなり、二度と戻ってこない住人はあまりに多かった。ローゼンバウムは強制移送の直前、長年働いてくれた家政婦ベルタ・イェーナーの手に遺産が渡るよう遺言書を変更した。マルタ・コーエンと同じく、財産をナチにやすやすと奪い取られるのは阻止したかった。

一九三三年に国家社会主義者《ナチ》が権力を握ったとき、医師ローゼンバウムはすでに七二歳になっており、移送されたときには八〇歳を超えていた。それ以前に、どこかの国のビザを取得しようとしたことがあるかどうかはわからないが、していなかった可能性が高い。異国でどうやって食べていくというのか。言葉もおそらく話せないのに。そもそも、自分のような高齢のユダヤ人をどの国が受け入れてくれるというのか。

アルフレート・ローゼンバウムはゲットーをわずか二週間しか生き延びられなかった。一九四二年九月一一日、建物Gの部屋番号六一〇で死亡が正式に確認されている。飢餓、感染症、チフス、赤痢、さらには過密状態の収容所に詰め込まれた苦痛が、国家社会主義者《ナチ》のもくろむ高齢者ゲットーでの「大量殺戮機能」を果たした。

あるいは、ローゼンバウムは自ら人生を終わりにすることを決断したのかもしれない。どうすればよいかは、医師として知悉していた。

オスカーの死

イーダ・ヴォレの出身地はビルニュス近郊のケダイネイという街で、イーダが生まれた時代にはまだロシア領だったが、第一次世界大戦後にリトアニア領となった。夫のオスカー・ヴォレは、一九四〇年一月一七日にヴェディング地区のユダヤ人病院で亡くなっている。死亡証明書に記された死因が「心臓衰弱」、「肺炎」になっているところをみると、ほんとうに「自然死」だったのかどうか疑問が残る。

ルイス・カイザーとエルナ・メンデルスゾーンも「心臓衰弱」のためユダヤ人病院で亡くなっている。患者が身体への暴力で死亡したり、自殺を図ったのを隠蔽しようとする場合に医師がこうした診断を下すことが往々にしてある。一九三八年の「ポグロムの夜」以来、ベルリン・ヴェディング地区にあるこの病院へは、暴行の行きすぎで犠牲になった患者が頻々と運び込まれていた。この病院には幅広い患者層からかわらぬ信頼があり、そこでは治療を受けられなくなっていた非ユダヤ人からも評価されていたが、ナチ政権の暴虐にたえず直面していた。警察やゲシュタポが建物に常駐するという状況にありながら、それでも、この病院はナチ時代を切り抜けた。

住居の退去通告をうけたことが、オスカー・ヴォレの心身の状態に悪影響を与えたようにも思える。既存住居の「脱ユダヤ化」が始まって以来、抑うつ、心身症、自殺願望が急増していた。強制退去、そしてすでに始まっていた暴力の行使にくわえ、自分たちの受難の歴史がそれだけに終わらないであろうことを、多くのユダヤ人家族がうすうす感づいていた。ユダヤ人病院に勤める医師も、八〇歳のオスカー・ヴォレのような高齢の患者にはそうした苦難にみちた経験をいまさら味わわせるより、この世を去らせたほうがよいと決断することが少なくなかった。

夫が逝去してまもなく、妻のイーダは「立ち退き」になり、やむなくメラナー通り六番地の共同住居を引き払い、ベルヒテスガーデナー通りに引っ越した。一九四二年八月、イーダ・ヴォレはテレージエンシュタットに送られ、三週間後に亡くなった。

その姉妹リナは一九五〇年代にケープタウンから届け出をして、イーダから奪い去られた財産の賠償を求める請求をした。イーダの持っていたカラクール羊毛のコートについても、イーダが「強制供出」でこれを奪われたと手続で主張した。

一九四二年一月一〇日にユダヤ人はウールの衣料品、毛皮のコートを残らず供出させられていた。その三日後にはヘートヴィヒ・シュタイナーが死の旅へと送り出されている。一九四二年の凍える季節だった。ヘートヴィヒの息子と娘も、母親が仕立てたコートの賠償を主張している。

全国連合

強制移送が始まると、それまでになかった役目が〈ドイツ在住ユダヤ人全国連合〉に加わった。ゲシュタポが次の移送候補を選ぶのに使う、名簿の作成に加担させられたのだ。のちに哲学者ハンナ・アーレントが痛烈に批判しているが、こうした迫害の実務への加担について、関係者は当然ながら揃って口をつぐんでいた。

この全国連合は一九三九年に国家社会主義《ナチ》者の命令で作られた強制組織であり、人種上の定義で「ユダヤ人」に該当するすべての個人と、「旧帝国」内のすべてのユダヤ人組織が加入を強いられ、「ユダヤ人の国外移住」を準備することが役目だった。当時の政権の方針は、追放によってドイツを「ユダヤ人不在の地」にすることであり、国家社会主義《ナチ》者による殺人機械が体系的に動きだすのは、まだ先のことだった。

これに加えて、国家の給付からことごとく締め出されていった残留ユダヤ人の扶助についても、全国連合が責任を負うことになった。対象者に高齢者や子どもが増える一方だったため、全国連合の物的資源の大部分がその扶助に回されることになり、強制加入者が支払う会費をたびたび増額することが必要になった。

それまでも全国連合は会員カード目録を作成し、供出義務のある物品――自転車、タイプライター、その他もろもろ――を回収し、ユダヤの星を発行し、衣料保管所や学校や困窮者食堂を設置し、反ユダヤ主義的な法令を周知、運用していた。一九四一年三月には、国家保安本部からの指示で「アーリア人の建物にあるユダヤ人の住居」を残らずリストアップした。それをもとに、ユダヤ人賃借人への即時解約と、これに続く「ユダヤ人住居」への強制入居が実施されている。そのような「集約」については、一九三九年の春にユダヤ人共同体によって設置された住居相談所が管轄していたが、同年七月にはここもゲシュタポの傘下に入った。

全国連合の会長であり、国家社会主義の諸官庁との直接の窓口となったのはレオ・ベックというラビで、「ドイツ国内にひとりでもユダヤ人がいる限り」国を離れないという覚悟を決めていた。国外移住のための国際的な援助を組織化したり、ユダヤ人の児童が公立の学校の授業から締め出されたときには学校を設立したり、ハンス・シュテファン・ギュンター・ヤーコプも命を救われたイギリスへのキンダートランスポート活動を指揮するなどした人物だ。

強制移送が始まると、全国連合も「移送」に関わる業務をいくつか担わされた。該当者に移送命令を送付し、出頭させ、「手荷物」についての注意書きをつくり、荷物を運んだ。「一九四二年一月一七日午後、貴殿の住居は当局により封鎖される……住居と部屋の鍵は当局に引き渡すこと」。これに続いて〈ユダヤ文化協会〉が、「スムーズな輸送進行」を確保するため「あらゆる指図を適正に履行」するよう促した。

ときには数千人を超える人びとが中継収容所に押し込められたまま、何日間も「輸送」を待たされた。全国連合が整理員を手配したり、集められたユダヤ人の飲食、医療処置、子どもの世話などにあたった。

当初、そのようにして移送時の最悪の事態をまだしも防げるだろうと全国連合では願っていた。なかには、移送者の編成を変えさせるのに成功した事例もなくはない。ジークフリート・クルト・ヤーコプが国家社会主義者《ナチ》の迫害をうける前から地下に潜んで助かることができたのは、「疎開」の日が迫っている、と早めにヤーコプにこっそり警告してくれた全国連合の理事フィリップ・コソヴァーの働きが大きかった。とはいえ実際には、まれなケースを除いてゲシュタポが思うままに指揮をとっており、全国連合が口をはさめる余地はわずかで、健康上の理由を申したてて輸送の一時的な免除をうけたり、一定期間はまだ不可欠な人材だ、という説得がたまに功を奏するといった程度だった。

一九四二年、全国連合は保有するシナゴーグの地所と墓地をすべて売却せよとの指令をうけ、これに関連する役所の煩雑な処理を終えたのち、政府からは用済みとなった。

ユダヤ人組織の代表者を、犯罪行為の共犯者として道具扱いするというのは、国家社会主義者《ナチ》の姑息なやり口のひとつだった。帝国保安本部は協力の「見返り」として、「羨望の的の」収容所テレージエンシュタットへの移送をちらつかせた。当局の約束は反故にはされていない。一九四三年六月に全国連合は解散し、最後まで残っていた役員の面々もそこへ移送されたが、そのなかで収容所を生き延びたのはレオ・ベックただ一人だった。

住宅購入契約

輸送先がテレージエンシュタットだと聞いて、飛び上がらんばかりに喜んだユダヤ人は少なくなかった。この収容所はユダヤ人のあいだでも憧れの移送先になっていて、さらに東方にある絶滅収容所に比べればまだましだと思われていた。こうした誤解を煽り立てたのが、国家社会主義者《ナチ》のプロパガンダだ。

ナチは機会があるたびにここを「老人ゲットー」として喧伝し、住宅購入契約を結べば快適で安全な暮らしがこの住居で手に入ると謳っていた。「国外移住者」を説得してこの「住宅購入契約」を結ばせろ、そういう圧力が〈ドイツ在住ユダヤ人全国連合〉にもかかった。契約をすれば全財産を差し出すことになりますが、引き替えに署名者様には「生涯にわたって居住と食事」を約束し、「洗濯物を洗い」、「必要な場合には」医師による看護を確約し、「必要な入院」も手配いたします、そのように契約は謳っていた。移送されたユダヤ人の多くがこうした空手形を真に受け、――研究で明らかになったところでは――現在の通貨に換算して五億ユーロ以上が口座に集まっていたはずだという。この金銭は、全国連合からプラハの特別口座に送金されている。

国際赤十字社の委員会ですら、一九四四年にここを視察したおりにカフェ、公共プール、その他のハリボテの舞台装置に幻惑されて、テレージエンシュタットを「模範的収容所」だとしている。実のところは、このゲットーも国家社会主義者《ナチ》の絶滅政策の一環であって、抑留者のおよそ四分の一がそこで死亡しており、九万人近い人びとがテレージエンシュタットからさらに東方の死の収容所へと運ばれている。

ヘルマン・ザロモン・ヒルシュ・クリスがまさにそうだった。

死ぬためにソビボルへ

ソビボルは、ウクライナとの国境に近いポーランド南東部に一九四二年に建てられた収容所で、近隣のトレブリンカ、ベウジェツの絶滅収容所と合わせて、一九四二年一月に悪名高いヴァンゼー会議で議題に上った「希求される最終解決」を組織的、技術的に推し進めるべく設置された施設だった。だが、ここでは抑留者が抵抗して戦った。一九四三年八月にトレブリンカで、そしてソビボルでも一〇月に、収容者の叛乱が勃発したのだ。

トーマス・〝トイヴィ〟・ブラットは、ポーランドのユダヤ人が住むシュテットル〔東欧各地にあったユダヤ人の小さな町を指す呼称〕出身で、まだ少年といってよい年頃の一五歳でソビボルに送られた。のちに語っているところでは、到着して一見したところ「すばらしく美しい村」が姿をあらわし、「色とりどりの家屋が並び、非の打ちどころのないバラ、見事な植木や花々がまわりを囲んで」いた。ブラットと同年齢でブダペストからアウシュヴィッツへ連行されたハンガリーのノーベル賞作家ケルテース・イムレも、『運命ではなく』（岩崎悦子訳、国書刊行会、二〇〇三年）の主人公の目をとおして、到着時のよく似た感動を描いており、ここは何もかも「小綺麗に手入れされて」いて、親衛隊の歩哨が「この目まぐるしい動乱の時代にあってただ一人」、びっくりするほど「穏やかで落ち着いて」見えたと語らせている。

ソビボルの牧歌的な書割りの背後にひそむ「苦い真実」を〝トイヴィ〟・ブラットは知っていた。「自分は死ぬためにここへ来たのだと、わたしにはわかっていた」。しかし生き延びた。命拾いしたのは蜂起が起こったおかげであり、騒ぎにまぎれて逃げ延びた一人となった。

ヒムラーの屈辱

ガリチア地方に位置するポーランド領コロミアで生まれたヘルマン・ザロモン・ヒルシュ・クリスは、コブレンツとデュッセルドルフを経てベルリンで暮らしていたが、一九四二年六月一三日、ベティとクルトのレヒニッツ夫妻とともに、ほんの数カ月前に完成したばかりのソビボル収容所へと移送された。敷地が森の中にあるため、ちょっと見ただけではわからないが、その隠された真の目的は、「ポーランド総督府」のユダヤ人、ならびにオランダ系ユダヤ人を虐殺することにあった。ポーランド総督ハンス・フランクは、「ユダヤ人を絶滅させる……可能な場所でありさえすれば、どこででも」と常々公言してはばからなかった。一九四二年の春から一九四三年の秋にかけて、最大で二十五万人がそこで殺害された。一九四三年一〇月一四日に収容者の一部が反乱を起こしたことで、一連の殺害作業がはじめて滞りをみせるようになり、収容所の終焉が早まった。

ソビボルが近々閉鎖されて抑留者が全員殺されることになった、そんな噂が数週間前からひそかに収容所に広まっていた。九月に入り、ユダヤ人を乗せた囚人輸送がミンスクから到着したとき、そのなかにソビエト人軍事捕虜となった赤軍将校アレクサンドル・ペチェルスキーという男がいた。

〝トイヴィ〟・ブラットの証言によれば、この人物が反乱を主導したという。一〇月のある日の午後遅く、そろそろ日が暮れようかという時分で、親衛隊の追手に見つからないよう森に隠れることができそうな頃合いに、この将校が蜂起の合図をだした。脱走者にとって、追いかけてくる歩哨ばかりでなく、一緒になって脱走者を捕まえようとする収容所近辺の農民も危険な存在だった。「ユダヤ人一人につき砂糖五キロの報酬があった」からだと、〝トイヴィ〟・ブラットはのちに語っている。脱走した一群は武器庫から銃三丁を奪い、親衛隊員一二名、看守二名、副所長を殺害することに成功。この一報はハインリヒ・ヒムラーにとって想像を絶する屈辱となり、「報復せよ」と怒声をあげたという。

脱走者のほとんどは捕まって殺され、逃げのびたのは数名だけだったが、〝トイヴィ〟・ブラットはその一人になった。収容所では、送り込まれてくるユダヤ人の衣類の仕分けを担当していた。新たに到着したオランダ系ユダヤ人のなかにレヒニッツ夫妻の娘と孫娘もいたはずだが、そうした移送者のトランクから、ナイフ、装飾品、金銭などを逃亡のために抜き取っていたという。

ヘルマン・ザロモン・ヒルシュ・クリスは、こうした動乱に何か関与したのだろうか？　抑留者の脱走が起こったときの常で、ナチに何をされるかと怯えていたことだろう。なにしろ残った者のなかから、報復で殺される人間がそのときの気分で決められたのだから。このときの事件でも、ハインリヒ・ヒムラーが屈辱を晴らそうと、殺害された者が多数にのぼった。

国家社会主義者《ナチ》はこの叛乱をうけ、文字どおり殺人の狂演をもって復讐にのぞんだ。ソビボルばかりでなく、マイダネク・ルブリン、トラヴニキ、ポニャトバの各収容所でも大量殺戮が行われ、これをナチは嫌味たらしく「収穫祭作戦」と命名して、四万人を超えるユダヤ人を死に追いやった。

ヘルマン・ザロモン・ヒルシュ・クリスはそのときもまだ生き残り、ソビボル収容所の解体後にマイダネクに送られた。依然として「労働能力あり」、「労働者ユダヤ人」として扱われていたものと推測される。赤軍が迫ってくると、西に向かって死の行進へと送り出された。

一九四四年七月、ソビエト軍がマイダネク収容所を解放したが、その三カ月前、ヘルマン・ザロモン・ヒルシュ・クリスはテレージエンシュタット収容所で死亡が確認されている。

ベティの青いソファー

〈ユダヤ文化協会〉では、輸送期日を知らせるにあたり、「旅装」についての推奨事項を記した「注意書き」を通知書に添えていた。コート二着は可、「肌着二組」も可、「手荷物」は五〇キログラムを超えてはならない、現金や有価物の携行は、結婚指輪と「簡素な時計」を除いて不可。

ベティ・レヒニッツとクルト・レヒニッツも、輸送期日だった一九四二年六月一三日の数日前、こうした書面を受け取っただろうか。もしそうなら屈辱に震えたに違いない。コート二着？　現金と有価物？　そんなもの、もうどこにもあるものか！

両人はソビボルへ、そこからさらにマイダネクへと移送された。ソビボルから脱出したトーマス・〝トイヴィ〟・ブラットはシュテットル出身で貧困、窮乏を知っていたが、それとは違ってクルト・レヒニッツとベティ・レヒニッツが投げ込まれた世界は、二人がそれまで暮らしてきた馴染みの場所とは似ても似つかぬ、まったくの別世界だった。きっと地獄に落とされた気分だったろう。

二人の娘と未来への希望

夫婦の一人娘アリス・ブリギッタは、夫のロタール・レイザー、義母のゲルトルート・レイザー・

シュバルツとともにオランダに逃避した。リスクがなかったわけではなく、まだ一九三八年には、不法移民はドイツへ容赦なく引き渡される危険があった。一九三八年一一月九日のポグロムで、オランダの政策の風向きが変わってはいた。だが、国内のユダヤ人移民に対する政治的寛容の春が終わったのは、一九四〇年五月一〇日、ドイツ国防軍がオランダへ侵攻したときだ。それがレイザー一家を追い詰め、強制アーリア化でなめさせられた苦労を、また全部一からやり直す羽目になるかに思われた。それでもアリス・ブリギッタとロタール・レイザーは、国家社会主義者《ナチ》のユダヤ人狩りを生き延びる希望にまだ溢れていたに違いない。

一九四〇年一〇月二七日に長女ガブリエレ・レベッカ、一九四三年一月二三日に次女ユーディト・レアが誕生している。国際赤十字社の整理カードを調べていてそのことを知ったとき、わたしは胸が熱くなった。つかの間であれ幸福を味わいたい、ふたりのそんな心情を思った。新生児を目の当たりにしたとき、アリス・ブリギッタとロタール・レイザーの夫婦も幸福の瞬間を感じたことだろう。ひょっとするとふたりは、あのような暗闇の時代にあっても後の時代を、未来を信じたい、そのことを自分自身にも他の人にも示したい、その象徴として娘二人をもうけ、国家社会主義者《ナチ》の政策への抵抗としたのではなかろうか。

ユーディトの誕生は、ふたりにとって迫害生活で一息つける時間だったかもしれないし、オランダ系ユダヤ人や、ドイツからの避難民にも一九四二年から課された強制移送の一時猶予になったかもしれない。七月には、ユダヤ人の亡命者全員が〈ユダヤ人移住中央本部〉から通知をうけ、「ドイツでの労働動員」の準備をすること、そのためにヴェステルボルク「通過収容所」で健康診断をうけることを要求された。それは卑劣な偽装工作にすぎず、背後に隠されていたのは強制移送の計画にほかならない。オランダのユダヤ人評議会では、免除が必要だとして「中央本部」と掛け合い、何千人ものユダヤ人がさしあたり強制移送を免れることができたが、その翌年には特別身分証明が次々に取り消され、残っていた者も「移送」された。行先はソビボル。一九四三年三月から七月にかけてその人数は三万四〇〇〇人に達し、生き延びたのはわずか一九名にすぎなかった。

この三万四〇〇〇人のなかにレイザー一家もいた。一九四三年七月六日にヴェステルボルクに到着。一家は、アリスの両親であるベティとクルトのレヒニッツ夫妻と同じ道をたどったことになる。夫妻が娘や孫娘ふたりと再会できたのか、レイザー家がソビボルへ送り込まれたときまだ生きていたのか、それともすでにマイダネクで殺害されていたのかは、わからない。再会していたことを願ってよいものかどうか、それもわたしにはわからない。わが娘と孫娘がそこで殺されることになる、と考えることは、もしかすると自分の死を待つよりも辛いかもしれないから。

ベティの母ユリー・マヒニツキ・レヴィンは、一九四三年三月一七日にテレージエンシュタットに送られ、そこで一九四四年四月二六日まで生存していた。ベティの妹エーディト・エステル・ザロモンは、レヒニッツ夫妻とほんの数街路しか離れていないプラガー通り三三番地に住んでいたが、夫ヘルマン、一九二二年に生まれた娘ブリギッテとともに早くから地下に潜伏していて、三人ともナチ時代を生き延び、一九四六年にカリフォルニアへ国外移住した。

エーディトはその地から、当時テルアビブに住んでいたベティの兄弟、医師のドクトル・エルンスト・ゲオルグ・マヒニツキの代理としても賠償手続を進めており、また、クルトの兄弟エルンスト（″エルネスト″）はチリから、ヴァルターはサンフランシスコから、それぞれ補償請求をしている。

横取り

一九四〇年か一九四一年まで、レヒニッツ夫妻はミュンヒナー通り一四番地に暮らしていたが、そこで明け渡し要求をうけた。この建物は「ユダヤ人浄化」されたものと思われる。一年後を調べると、その住所にユダヤ人の賃借人が一人しか見つからないからだ。

ベルヒテスガーデナー通りではレヒニッツ夫妻に二部屋が割り当てられ、それを他の住人と分かち合わなくてはならなかった。それまでミュンヒナー通りの由緒ある広壮な住居に住み、大市民の生活スタイルを送っていたベティには衝撃だった。所有していた高価な家具のなかには、父親のアドルフ・アブラハム・レヴィンが嫁入り道具として購入してくれた古美術品も数多くあったが、ベティはそれを「捨て値で」競売にかけざるを得なかった、のちに妹のエーディト・ザロモンは補償局にそう訴えている。

エーディトは住居物件についても賠償を求めて陳述しているが、それを読むと、強制転居がレヒニッツ夫妻にとって何を意味していたか痛いほどわかる。住んでいたミュンヒナー通りの住居には五×四メートルのサイズのペルシア絨毯、「貴重な古典作家の作品」が詰まった長さ四メートルの書庫、リビングルームには年代物のフランス製の金青銅の王冠、リヨン絹張りのアームチェア、ダイニングルームにはクルミ材の十八人掛け伸縮テーブルがあった。富裕な市民の生活と調度があったことを象徴する品々であふれた住居だった。

物質面でレヒニッツ家には何の不足もなかったはずだが、それでもエーディト・ザロモンの証言によれば二人の結婚は、少なくともベティにとって当初から不幸せな取りあわせだった。夫のクルトはリューベックに魚粉工場を保有していたが倒産に追い込まれ、その後、義父のはからいで世評高いレヴィン穀物商店の取締役に就いた。エーディト・ザロモンによれば「資産数百万の企業」である。一九三〇年、その会社が――ひとつには世界恐慌の影響で、ひとつには経営方針の失敗の影響で――大きく傾き、合資会社に転換して、長年支配人を務めた人物に売却された。商工会議所の副会長でもあったベティの父アドルフ・レヴィンはそうした零落ぶりに耐えかね、自ら命を絶った。

数年後、娘ベティも父の後を追おうとしたが、自死の試みは失敗におわった。だが夫のクルトのほうは、ベティの妹エーディトが主張するところによれば、そこから始まった妻の無関心《アパシー》につけ込み、当時の全財産を我がものにしてしまった。もとはといえば何から何まで、――エーディトによれば――結婚のときのベティの持参金だったのに。

ベティの妹

妹エーディト・エステル・ザロモンは補償局に対する陳述で、クルト・レヒニッツについての辛辣な言葉を並べている。ベティとクルトのどちらの側に相続権があるかをめぐってクルトの兄弟と争いがあり、相当な額の資産がかかっていた。クルト・レヒニッツは穀物会社を退職後、契約にもとづき毎月四一六・六六ライヒスマルクを一〇年間保証されていた。ほかにもドイツ銀行に家族の口座があり、ドイツ銀行とドレスナー銀行の有価証券口座もそれぞれクルトの名義になっていて、そこから一万五〇〇〇ライヒスマルクの額の夫婦二人分のユダヤ人財産税も支払われていた。

エーディト・ザロモンは、さらにベティ、エーディト、エルンストの三人の姉弟が負担した三十万ライヒスマルクを超える額の会社出資金の賠償も主張したばかりか、ベティの家具について三万一〇〇〇マルク超、食器類とナイフ・フォーク類について六〇〇〇マルク超、姉の夜会服から気品ある「アフタヌーンドレス」にまで及ぶ衣料品について二万マルク超を主張した。

ただ、記憶をもとに再現したエーディト・ザロモンの陳述が必ずしも信用できないことも明らかだ。姉の持ち物をどうしてそこまで詳細に列挙できるのか、その説明としてエーディトは、ベルリンに住んでいた時期にベティと毎日一緒に過ごしていたからと述べているが、ミュンヒナー通りの番地を五番地と間違えていて（夫妻が住んでいたのは一四番地）、エーディト側の証言者もみな同じ誤りを繰り返している。レヒニッツ夫妻が一九三〇年まで暮らしていた、ポーランドのスウプスクの住居や所有物の状況についての陳述も一貫していない。もちろん記憶は色あせていくし、偽りの記憶が生まれることもあるが、終戦から数年しかたっていない一九五一年のエーディトの証言にも、こうした矛盾はすでにあらわれている。

エーディト・エステル・ザロモンと、クルトの兄弟であるヴァルター、エルネストが最終的にどう折り合ったのか――あるいは折り合わなかったのか――はわからない。賠償資料は一九六三年で終わっており、最終決定は記されていない。

「脱ユダヤ化の利得」

強制移送の輸送人員リストには、どの連行者に資産があるかが付記されていた。「疎開」をするときには、ユダヤ人共同体のもとで個人関連の調査票に記入をすることになっていたため、いろいろな情報が筒抜けになった。こうした調査票が家族、親類、資産などの状況を白日のもとにさらし、国家社会主義者《ナチ》が金銭強奪をするための重要な情報源となり、連行後に財産目録を記録するときの照合にも使われた。

マルタ・コーエンも「連行」される数日前に財産申告書を作成していて、このアパートへ移ってきたときにスタインウェイのグランドピアノがまだ手元にあったことがわかる。わたしはその記述を読んだとき目を疑った。ティアガルテン地区の元の住居からこのシェーネベルクのベルヒテスガーデナー通りまで、一九三九年にどうやってグランドピアノを運んだのだろう？　触手を伸ばしてくる手合いからどうやって守ったのか？　それとも、前の住人エーディト・ヤーコプもやはりグランドピアノを持っていて、イギリスへ逃亡した際に残していったものだろうか？　住居にあった家具や絵画、その他の貴重品を梱包し、船積みのためオランダへ送ったリフトと呼ばれるコンテナに、グランドピアノは入らなかったのかもしれない。その後にマルタのグランドピアノを入手したのは誰だろう？　マルタの「疎開」後に、どこの街区のどこの住居で、どんな「所有者」のものになっただろう？　今もそこに置いてあるだろうか？

「疎開」の後に

ごく通常の手続となっていたユダヤ人住居の「明け渡し」がすむと、その住居は封鎖され、必要な財産書類すべてが財産運用事務所に集まる。そして可及的速やかに、税務署の役人に伴われた査定人がその部屋に差し向けられて、残っている物品の記録文書を作成し、価額を評価した。マルタ・コーエンの家具の査定について、査定人は各種の立替金（旅費、電話代など）を含めて、三七・四五ライヒスマルクを上級財務長官宛てに計上している。

税務署の調査票には別紙がついていて、「害虫駆除」をしているかどうか答えさせられた。その費用をめぐり、民間の賃貸人と上級財務管理局のあいだで争いが頻発した。ベルヒテスガーデナー通り三七番地のアパートの事例でも、家屋管理者のヘルマン・ブラックがマルタ・コーエンの移送から二年もたってから、上級財務管理局に「残債」の支払いを求める請求を起こしている。マルタ・コーエンは八月分までしか家賃を払っていなかったのに、その後もベルタ・シュテルンソンと家政婦のマリー・ヴィーバッハが部屋に住んでおり、すでに封鎖されていたコーエンの部屋について一九四二年九月から一二月までの分の家賃が発生すると主張し、「暖房制限」および「温水制限」の分と、シュテルンソン、マリー・ヴィーバッハの支払分とを差し引いても一九二ライヒスマルクの「残債」が残ると申し立てている。電力会社ベルリン・ビーバグも一九四四年九月になって、この住居の未払いの電気代一〇・七二ライヒスマルクを取り立てた。

査定価格を踏まえたうえで住居設備の売却が行われ、収益は売却者の手数料を差し引いたのちに、税務署の金庫に納められた。「脱ユダヤ化事業」で民間の受益者も分け前にあずかることになったが、それも織り込みずみで、国民の忠誠心をつなぎ止めるものとなった。住居の賃貸料があらたに発生しないようにするため、手続全体を可能な限りすみやかに進めることが重視された。家賃がさらに生じると、所有者とのトラブルに発展したからだ。その例として、ベルリン・ヴィルマースドルフ地区に住む家屋管理人アルフレート・シェーファーという人物は一九四二年一〇月二〇日、すでに一九四二年一〇月二日に「疎開」したユダヤ人賃借人マルタ・ゲレヒターという人の住居の「家賃滞納」に関して請願を行っている。「一九四二年一〇月一日から、建設総監殿の認可により住居がふたたび賃貸される時点までの賃料、もしくは帝国給付法に基づいて差し押さえられる時点までの賃料を、家屋所有者であるマグデブルク、オットー・フォン・ゲーリケ通り一八番地在住の弁護士・公証人ドクトル・ハンス・クンツェ氏の郵便振替口座、口座番号ベルリン五五三三二号宛てに継続して振り込んでいただけますよう、ここに要請を届け出るものであります」。

住居設備の売却が行われると、税務署、住宅局、それに市の食糧局の職員が総出で食糧配給券、年金通知書、預金通帳、住居の鍵などを回収し、口座を解約し、賃料を取り立て、電気料金やガス料金を清算した。官吏には数えきれないほど仕事があった。犠牲者と持ち物の検査は、主として中継所でゲシュタポが担当した。その際に金目のものが徴収できたときは、兵士に売りに出された。多くの被害者は写真を身につけていたと思われるが、それも廃棄された。エルスベート・ブランドゥスも、息子であるヴェルナーとマックスの写真をトランクに入れていただろうが、どこかの屑籠行きになったか、火にくべられるかしたことだろう。

受益者

ユダヤ人への迫害、偏見、略奪は、非ユダヤ人までも変えてしまった。密告が日常茶飯事になり、他人を中傷することで利益を期待するようになった。物質的な欲求を、臆面もなく口にできるようになった。それが何よりもはっきり表れたのが、国外移住をしたり強制移送されたりしたユダヤ人の住居設備が競売されるときだ。競売に行こう、という広告が新聞にまで踊った。「帝国の敵」の居宅からは、貴重品の掘り出し物がよく出ることをみな知っていた。こうした追いはぎ行為にたびたび加わる人たちが、実際の所有者が戻ってくることはない、と考えていたのははっきりしている。そんな先の想像をする者は、戦争が始まって以来ひとりもいなかったに違いない。東部戦線に送られた兵士には、ユダヤ人の殺戮は公然の秘密だったのだから。

ベティ・レビニッツの姪にあたる女性が賠償手続で伝えている。ミュンヒナー通りの住居を明け渡すとき、父親が結婚祝いに贈ってくれた家具と別れるのが叔母ベティにとってどれほど辛かったことか。それは単なる箪笥、戸棚、テーブル以上のものであり、それぞれに歴史があり、家族との結びつきがある品々だった。強制的な退出の日が迫ってくれば、「国家社会主義公共福祉」を益する競売にかけられるのは避けられない。ただ、大型図書館が所蔵していた古代の古典作家、美術書、歴史作品などの書物については、禁書指定の著者が含まれないかどうかゲシュタポが確認してからでないと競売に回されなかった。

ベティとクルトの住居のように高価な調度品を揃えているところなら、獲物がふんだんに約束されていた。家具をはじめ若干の物品も競売されたが、収益は二八七五ライヒスマルクと、本来の値打ちの何分の一にも満たなかった。そうした競売がそのまま住居内で行われることもあり、希望者はだれでも入れた。いつも和気あいあいと進行するというわけにはいかず、押し合いへし合いになり、後世の夏物一掃バーゲンさながらの様相を呈した。激しいつばぜり合いが起こり、自分たちと同じ市民の追放で一儲けしようともくろむ手合いはひきもきらなかった。

「移住者」が残していった品物に群がる集団は、公共福祉機関ばかりではない。空爆の被害者(「爆撃機で損害をうけた国民同胞」)に何よりもまず配慮する、と公式のプロパガンダは謳っていたが、実際にはゲシュタポや党の出先機関がまず絨毯、椅子類、本棚、タイプライターその他の略奪財産を手に入れた。関税国境警備隊までが、働いている隊員たちにもぜひおこぼれを頂戴したいと願い出ている。その品目は多岐にわたり、ナイフ・フォーク類、食器類、ベッドカバー、カーテン、レコードプレーヤ、ハンカチにまで及ぶ。こうした略奪行為に手を染めたのは税務・行政の官吏、銀行職員、運送業者、倉庫管理者、実業家、民間人、党役員などで、どこにでもいた。

希望の品をせがむ者まであらわれた。東方で作られた「ユダヤ人家具」は「品質が低級である」ため「受け取るのを躊躇しているところです」、西欧から届く優良品を期待しておりますので、近いうちにお送りいただけないでしょうか。地方自治体の長からナチ官庁に宛てて、そんな訴えもあったという。

一九四一年の秋には、制圧、占領された国々からきた「ユダヤ人の引っ越し家財」が競売に回されて、物品の補給が相当数あった。フランスのユダヤ人から強奪した品だけでも鉄道貨車で数千台分にのぼった。オランダからは三万トン弱だったが、そこにはさらに亡命ユダヤ人の所有物を詰めた荷箱もあった。戦争が始まってから、船積みされないままになっていたものだ。エーディト・ヤーコプの家具を入れたリフト二基もその中にあったと思われる。夫が賠償手続で取り戻そうとしたが、果たせなかった荷物だ。

購入希望者が殺到したため、遠からず限度を超えて業務に支障が出ると財務当局は考えた。そこでベルリン市は別の方式を指示した。上級財務管理局が、販売品を小売業者の手にゆだねるというやり方だ。小売業者のつくる団体が、家具や調度品を財務当局から引き取る。財務当局はあらかじめ査定人に見積価格をつけさせておく。そうすれば、業者の委託手数料を差し引いた収益がまるまる財務当局の懐に入ることになる。

その後に爆撃が始まり、家を焼け出されて扶助が必要な市民が急増してくると、「ユダヤ人家具」の需要も飛躍的に伸びていった。そこでベルリン市では、「空爆で家を失った人のために」ユダヤ人住居の家具調度をそっくり買いとったが、代価として七百ライヒスマルクを上級財務局の金庫に払わなくてはならず、一方、「転借人」の部屋ならば一七五ライヒスマルクとかなりの安値だった。もっともこの金額ですら、ベルタ・シュテルンソンの部屋の乏しい調度品を売却しても到底追いつかない額だったろうが。

特売価格の「ユダヤ人の家」

とりわけ人気が高く競合が激しかったのが、ユダヤ人の所有していた地所と家屋だった。そうした地所の払い下げに口を利いてもらおうと、自分には特別な功績があるとアピールする手紙が官庁に殺到した。国家社会主義への確固たる忠誠の証をたびたび立てております、とか、模範的な子だくさんです、傷痍軍人です、などと記されていた。このときも財務省では、請願者が押し寄せてこないようにと売却を中止し、いま故郷にいない前線の兵士を締め出すわけにいかないので、戦争が終わるまで売却を行わないと発表した。こうした逃げ口上も一概に効き目があったとはいえない。諦めようとしない希望者のほうが多かった。

ジークフリート・クルト・ヤーコプはすでに一九三九年、ベルヒテスガーデナー通りの建物を売り払っていた。その収益がなければ妻エーディトと自分のユダヤ人財産税を払えなかった、のちの賠償手続でそう説明している。一九三九年のエーディトの逃亡にも資金が必要だった。一九三八年に不完全な財産申告をしたかどで禁固刑に処せられてから、現金資産は大半が差し押さえられたものと推測される。建物の売却でどれくらいの金銭が動いたのか、土地登記簿のファイルからは突き止めることができないのが残念だ。そこにはジェニー・フォン・ベーリングなる人物の仮登記が五〇〇〇〇ライヒスマルクで登記されているだけで、売買価格も所有権移転も記録されていない。アパートのユダヤ人入居者に対しては、この女性が新たな所有権者になっている。この取得は彼女にとって好条件だったことだろう。ヤーコプは金が入用で、のちには地下に潜ってしまうのだから。

戦後、ジークフリート・クルト・ヤーコプ、クララ・ブラット、ヨハンナ・レヴィンはそれぞれ土地や家屋の賠償を求めて闘った。クララ・ブラットはモッツ通りの住居、ジークフリート・クルト・ヤーコプはベルヒテスガーデナー通りとヤゴー通りの建物、ヨハンナ・レヴィンとその子どもたちはシュペナー通り四九番地の家屋の賠償を求めた。ヨハンナ・レヴィンは国外移住の資金を捻出するため、やむなくこの家を肉屋のザウアーとその妻マルガレーテに捨て値で売っていた。このヘルマン・ザウアーという男性は「ドイツ国民と国家の保護に関する命令」に違反したとして、一九三七年五月に一年間刑務所に入っている。レヴィン一家がこの男を打ってつけの買主だと思ったのは、それゆえだったのかもしれない。ところが、この男も家の所有権をもつには至らなかったと推測される。不動産の取得を委任していた弁護士イヴァン・ゴルトシュミットが、強制移送されているからだ。

のちに家屋所有者となった人たちは、自分には罪も責任もない、ユダヤ人の所有物を法律にのっとって取得しただけだとみな主張した。たいへんな好条件だったことは自分たちの責任ではない、「上から」そう決められたにすぎない、というわけだ。

〝ステーションZ〟——マックス・マルクス

一九四二年五月一八日の夕闇がせまるころ、三十歳の電気工ヘルベルト・バウムというユダヤ人強制労働者が一二人の青年を引き連れて、ベルリンの庭園、ルストガルテンをぶらぶらと歩いていた。一九三五年以来、国家社会主義者《ナチ》のパレード・集会広場となっていた庭園だ。その施設でプロパガンダ展覧会「ソビエトパラダイス」が開かれていた。一二人は展覧会を襲撃しようと申し合わせていたのだが、凶行は失敗し、ぼやが出た程度で終わった。翌日、展覧会はふたたび開催にこぎつけた。

このプロパガンダショーに「ソビエトパラダイス」という嘲笑的なタイトルをつけて演出したのが、ヨーゼフ・ゲッベルスだった。ロシアは原始的である、文明が遅れている、人種的に価値が劣るといった考えを視覚化するべく、ザクセンハウゼン強制収容所で殺害されたロシア人戦時捕虜の写真なども展示されていた。展示の仕方もゲッベルスが思うままに指図した。だが、この展覧会が何をおいても果たすべき目的は、そこへ「ゲルマン人が浸透すること」が文化的な使命であり、ソビエト連邦とはそのような地域であると見せつけることにあった。冷酷な「ボルシェビキ・ユダヤ人の権力一派」による二五年間の統治が終わりを迎えつつあると訴えた。この時点ではまだ、ロシア遠征で勝利への道を歩んでいることを国防軍は疑っていなかったが、それからまもなく、第二次世界大戦の転換点となるスターリングラードの敗北を喫することとなる。

ヘルベルト・バウムは展覧会の放火襲撃事件を起こすことで、ユダヤ人にも決然たる抵抗ができるというところを見せてやりたかった。ユダヤ人メンバーは共産党系の抵抗者からもあまり歓迎されておらず、お荷物のように扱われていたのだ。バウム一味は数日のうちに全員逮捕され、処刑された者もいた。バウム自身も拘留中に首をつった。

凶行に走ったのが若いユダヤ人だったことが、ナチ幹部の怒りに火をつけた。ヒトラーは自分や部下が屈辱をうけたと感じると、復讐に我を忘れるところがある。「ユダヤ人五〇〇人を人質に拘束することを、総統が」お許しになったとゲッベルスは日記に書いている。数時間のうちにベルリンの各警察署がユダヤ人男性のリストを作成したが、放火襲撃事件とは何の関係もない者ばかりだった。二五〇名が即時銃殺となり、二五〇名が強制収容所送りになった。

ベルヒテスガーデナー通り三七番地に住んでいたマックス・マルクスも、その一人だ。

わたしは長いあいだこの男性の足跡を追いかけてきた。移送者リストには名前が見当たらなかったが、ベルリン全域に住むユダヤ人の名前を大量に載せている謎の一覧表があって、そこにマックス・マルクスという名前とその誕生日、出生地、「最終の住所」（ベルヒテスガーデナー通り三七番地）をようやく発見した。

日付が一九四二年五月二七日になっていることから、この一覧表に載っている名前にどんなつながりがあるのかわかった。ベルリンのシュタポ（国家警察）司令部が、帝国宰相と宣伝相の命をうけて作成した男性一五四人の名簿だった。バウム一味の放火襲撃事件への報復措置として、この男性らが「特別作戦XIV/8671—8823」で人質になったのだ。拘束されたとき四九歳だったマックス・マルクスは、このリストの一五四名のうちの一人だった。

マックス・マルクスは他の拘束者とともに、五月二八日、二九日の二回の輸送に分けてザクセンハウゼン強制収容所へ送られた。おそらくは五月二八日の晩、選別された最初のひとりを収容所親衛隊が「ステーションZ」で殺害している。新設されたばかりの射殺設備が試し撃ちの場になり、二九日にも殺戮作戦が続行された。拘束者は——計測のためと言われて——穴があいた壁の前に立たされ、この穴を通してうなじを撃ち抜かれて、殺害された。

六月五日、国家警察司令部は任務完了を報告し、「上級財務長官殿、財産運用事務所殿」にあてて拘束者の氏名を送っている。そして、全員に財産申告をさせることができなかったのは遺憾であるとしながらも、「帝国内務大臣殿におかれては、該当するユダヤ人らが民族と国家の敵であることを認定のうえ、財産の没収をご指示いただきたい」と報告した〔この連絡文の一カ所には冠詞の語尾の初歩的な間違いがみられる〕。マルセル・ライヒ=ラニツキがこれを読んだら、こんな文法の誤りを犯す起草者の「教養の貧しさ」こそを認定したことだろう。

アルファベットの最後の文字〝Z〟は、マックス・マルクスの生命の最後にも符合している。一九四二年五月二七日に拘束され、翌日に死亡。テロ行為の報復としての殺害だが、本人はその計画にも実行にも犯人にも、いっさい関わっていなかった。

マルクスの賠償請求を行った人は誰もいない。元妻ゲルトルート・クローネンベルクもかなり以前に亡くなっていた。だが一九四五年が過ぎてから、婚約者だったというクラウディア・ツヴァイという女性が、〈アメリカ・ユダヤ人ジョイント配給委員会〉の「追跡オフィス」に捜索願を出している。一九四六年に送られてきた回答は、マックス・マルクスという氏名は帰還者のどのリストにも載っていない、というものだった。

「わたしは安全のためにパスポートを切望する」

パウラ・パウリーネ・スランスキーがベルヒテスガーデナー通りに越してきたとき、このアパートの住居に長年暮らしたコルベルク出身のルイス・カイザーはすでに亡くなっていた。しかしその妻エミーは、パウラが部屋に入居してきたときまだ存命だった。しばらくして、そこへまた新たな「転借人」が加わる。それがマックス・マルクスだった。マックス・レヴィンとヨハンナ・レヴィンの夫婦もいたかもしれない。エミーの子どもゲルダ・カイザーとフリッツ・カイザーは強制労働を課せられ、隣接するランズフーター通り四番地の「ユダヤ人の家」へすでに強制入居になっていたと思われる。そこで二人はパウラ・スランスキーの娘アリスとまた一緒になった。アリスも強制労働の身であり、そこに寝泊まりしていた。

アリスは、パウラ・スランスキーとヨーゼフ・スランスキーの一人娘だった。ほかの二人の子ども、ベルトールトとリリーは一歳の誕生日すら迎えられず、一九〇四年生まれのアリスだけが生き延びた。そのころ一家はまだローゼンターラー通り、現在のベルリン・ミッテ区に住んでいて、ヨーゼフの両親もすぐ近所にいた。

ベルヒテスガーデナー通りに集められ、自由意思に反して共同体になった人たちのなかには顔見知りもまじっていた。たとえばマックス・マルクスとヨーゼフ・スランスキーがそうで、ヨーゼフはマックスの結婚立会人だった。カイザー一家とスランスキー一家も旧知の間柄だったし、パウラの夫ヨーゼフとルイス・カイザーはどちらも繊維業界に身をおき、ルイスは代理商、ヨーゼフは通信販売の会社を営んでいた。独立して企業または手工業経営を営んではならないという命令が一九三八年にユダヤ人に公布されているので、両人とも職業をつづける道は断たれていただろう。かつてのユダヤ人事業所の三分の二以上が、一九三八年夏までにアーリア化されるか解散になっていた。

留置所から強制収容所へ

ヨーゼフの国籍はアメリカにあり、アメリカ時代にはニューヨーク、サンフランシスコ、最後にフィラデルフィアで働いた。そこで近代的な販売手法を身につけ、設立した「コットブス・アーヘナー織物通信販売」に応用した。ドイツの東部と西部に位置するコットブスとアーヘンの両都市は、一八世紀以来、織物産業が高度に発達して活況を呈したところで、関連企業の三分の一以上がユダヤ人の手中にあった。当初のうち、制服を中心として国家社会主義者《ナチ》からの需要が伸びて景気が良かったが、しばらくするとユダヤ人企業は受注から除外されることが増え、ついには一九三八年に導入された「経済地域におけるユダヤ人問題の解決」（帝国内務大臣ヴィルヘルム・フリック）で経済的な基盤を失い、一九四〇年までに残らずアーリア化された。

一九一四年八月、第一次世界大戦が勃発した直後、ヨーゼフは、妻パウラと娘アリスのアメリカのパスポート発給を求める緊急申請（臨時旅券申請）をアメリカ大使館に提出し、アメリカ国籍の力で戦時にふたりを守ろうとしたことがあった（「わたしは戦時中の安全のためにパスポートを《アイ・デザイア・ザ・パスポート・フォー・ザ・パーパス・オブ・プロテクション・》切望する《イン・タイム・オブ・ウォー》」）。この申請はおそらく却下され、一家はベルリンにとどまった。それから三十年近くがたち、アメリカ国籍ですら虐殺から守ってくれないことをヨーゼフは痛感することになる。

ヨーゼフの最後の居住地はシェーネベルガー・ローゼンハイマー通りにあり、わたしの住むアパートへ強制入居になった妻パウラのところから数軒を隔てたところだ。逮捕されるまでそこにいた。いかなる違法行為によるものか、いまでは調べようもないのが残念だが、ユダヤの星を身につけていなかったとか、一九三九年からユダヤ人に制定された夜間外出禁止を破ったとかいうだけで、逮捕の理由にはじゅうぶんだった。一九四二年一月、ヨーゼフ・スランスキーはベルリン警察の留置所からそのままリガ行きの輸送列車に乗せられている。パウラのほうは一九四二年九月一一日、ベルヒテスガーデナー通り三七番地からテレージエンシュタットに強制移送され、そこからさらにトレブリンカ絶滅収容所へ送られて、そこで九月末に人生を終えた。

「嫌がらせプロムナード」

二人の娘アリスはマルティン・クラインという男性と結婚しており、パウラの強制移送のことも聞いていたようで、すでにそのころ、母のところから通り二本を隔てたランズフーター通り四番地で暮らしていた。そこにはルイス・カイザーとエミー・カイザーの子どもであるフリッツとゲルダ・ヨハンナ・ルイーゼも強制入居で住んでいた。三人は強制労働者として、数カ月のあいだは強制移送を免れた。ゲーリングが再三にわたって延期を要請し、経済が危うくなってはならないと危機感をあらわにしていた。「軍事に重要な」事業所を中心としてベルリンでは強制労働者の需要が大きく、ジーメンス社だけで三〇〇〇人が働いていた。

一九三八年末から、ユダヤ人はベルリン労働局の通常の事務室に入れなくなった。ユダヤ人向けとして別途の中央事務所が設置され、一九三八年一二月一日付けで業務を開始した。その任務は、「失業している勤労可能なすべてのユダヤ人」の速やかな就業を推し進めることにあった。アリス、ゲルダ、フリッツは動員先を指定してもらうため、「嫌《シカーネン》がらせプロムナード」まで足を運ばなくてはならなくなった。所在地であるクロイツベルク地区の「フォンターネプロムナード」をもじって、ベルリンのユダヤ人は〈ユダヤ人向け中央事務所〉をそう呼んでいた。三人の勤務地が、住居からさほど遠くなかったことを願うばかりだ。なんといっても公共交通機関を使うことが許されていなかったうえに、ユダヤ人には解体作業、整地作業といった肉体的にきつい仕事が優先して割り当てられた。基本的に、能力とは無関係に全員が「非熟練作業員」に振り分けられていたからだ。繊維製品の代理商だったクルト・バロンは、強制労働に動員されてからは建設作業員、運送作業員、土木工事作業員として働いた。

ユダヤ人強制労働者がいなければ、そして、のちの外国人強制労働者がいなければ、国家社会主《ナチ》義の戦時経済や、その時期のドイツ住民への物資供給はとてもも回らなかったはずだ。前線に駆り出された男たちの代役にされていた。急速に膨張していく軍需品生産で働く熟練労働者もいれば、ベルトコンベヤで作業する者もおり、そればかりか民間経済の農業や手工業、家事手伝いやベビーシッターに動員される者まであった。工業と農業の就労者のうち四人に一人は外国籍で、その割合が七〇～八〇パーセントにおよぶ軍需工場も少なくなかった。どの大都市にも、網目のように張り巡らされた指定の収容所、強制労働者の宿泊施設があった。

戦時捕虜、強制収容所の抑留者、ユダヤ人、ロマ、シンティなど、ヨーロッパ全土から集められた二千万人を超える人びとが、自由意志からでなくナチ国家のために働かされた。その最大の集団となっていたのが、ヨーロッパの占領地域から連行されてきた民間人労働者であり、八百万人を超えていた。そのうちフランス人、オランダ人、ベルギー人といった西ヨーロッパの出身者は、ポーランド人などよりもはるかに良い待遇をうけた。

その底辺にいたのが「東方労働者」、すなわちソビエト連邦の出身者である。

ハーモニカ吹きのイワン

母がイワンのことを話してくれたことがある。わたしはその人に会ったこともなく、写真すら見たことがなかったが、母の声は暖かいトーンを帯びていた。イワンって、だれだろう？

強制労働者だろうか？　シュレースヴィヒ・ホルシュタイン州の故郷の町にいた強制労働者の人数など知れているが、思い当たる節はなかった。オーストリア系ウクライナ人で一八歳だったこの男性は、「勤労義務者」として母のところに割り当てられた人だった。微罪の前科がある「熊みたいに強い」ヨーゼフも一緒だったが、こちらはアルコールが入ると手に負えない乱暴者になったという。この二人は、父が営む「戦時に重要な」食品卸売業を維持させるべく手伝わされていた。父が兵役に就かなくてはならなくなったためで、そのことで父はずっとヒトラーに不満を抱いていた。

一九四二年に、一八歳から二〇歳までのウクライナの青年に対して帝国内での二年間の就労義務が導入されているが、イワンは一九四一年にうちへ来ているので、その一人だったはずはない。イワンは市民労働者だったのか。それとも、すでに戦争前からドイツが「帝国動員」のために徴募を開始し、開戦後には主に占領地域へ送り込まれていた国外労働力の一人だったのか。そうした徴募に応じた人は少なくなかった。ドイツ帝国に行けば、抑圧をうける故国よりも生活条件が良かったからだ。あるいはイワンは国家社会主義に傾倒して、母親の出身国であるオーストリアから母のところへ来たのだろうか。

いずれにせよ母は何十年を経ても、イワンからうけた恩義を決して忘れなかった。彼が手伝ってくれなければ、会社の業務などとてもこなせなかったはずだという。砂糖や豆を入れた重さ五〇キロの袋をかついで階段をあがり、上の階にある倉庫まで運べるのはイワンとヨーゼフしかいなかった。ほかの男性従業員はみな兵役にとられていた。

母はクリスマスがくるたびに、密告者が混じっているかもしれない好奇の目を避けるために窓をバリケードでふさぎ、イワンを家族の食卓に呼んだ。禁じられた行為だった。外国人労働者と親しく交わってはならなかった。クリスマスイブには、酢で青くした青鯉に西洋わさびを添えたお祝いの料理を食べ、それがすむと調律のあやしいピアノで母がクリスマスの曲を弾き、それに合わせてイワンがハーモニカを吹いた。当時すでに生まれていた三人の姉もイワンを慕っていた。

母にとってそれは本当に心休まるひとときだったはずだ。いつも働きづめで、「商売」が傾かないようにと父が戦場から手紙で寄こしてくる指図に追われ、三人の子どもを養い、配給制の時代に欠乏しつつある食料品をめぐって次々と出される命令を見落とさないように気をつけていた。

母とイワンは一九四五年以後も手紙をやり取りしていて、イワンの最後の手紙は、新たな故郷となったオーストリアからのものだった。

だが、イワンのいちばんの活躍が何だったたか、のちに母が話してくれた。ポーランド人の戦時捕虜や強制労働者が解放され、シュレースヴィヒ・ホルシュタイン州の故郷の街をうろついては略奪を繰り返していたとき、食品倉庫が荒らされないよう狼藉から守ってくれたのだという。具体的に何をどうしたのかは聞かなかった。ずっと手に入らず我慢していた品をかれらに何か分けてやり、代わりに立ち去るよう説き伏せたのではないかと想像している。

一斉検挙

一九四二年が終わるころ、ヒトラーはユダヤ人強制労働者の代役にめどがついたと考え、外国人の強制労働者・民間労働者と入れ替えることにした。それに伴い、それまで猶予をうけていたユダヤ人にも強制移送の順番が回ってきた。ベルリンの全事業所は一九四二年一二月、ユダヤ人従業員を遅くとも一九四三年三月末までに「疎開させる」ようにとの通告をうけた。そのころまだ一万五〇〇〇人ほどのユダヤ人強制労働者が市内に登録されていた。

一九四三年二月二七日の朝、ゲシュタポと武装親衛隊のメンバーがベルリンの事業所約百カ所を封鎖し、拘束したユダヤ人強制労働者を銃床でこづきながら、屋根のないトラックの荷台に追い立てて、中継所に連れていった。戦争の潮目が変わったことをはっきりと感じさせる一九四三年一月のスターリングラード敗北が、強制移送に拍車をかけた。

アリス・クライン、旧姓スランスキーも、ユダヤの星を目印につけた他のユダヤ人と同様、よく晴れたこの寒い冬の日に路上で防護警察に捕まったのかもしれない。あるいは、ゲシュタポの家宅捜索をうけてそのまま連行されたのか。このときの一斉検挙（「工場作戦」）では、合わせて約一万一〇〇〇人のユダヤ人が拘束された。わたしの住むアパートにいたクルト・バロンもその一人だ。四〇〇〇人近くがとりあえず非合法に地下に潜ることに成功したが、その多くは、同僚、上司、あるいは警官から「大規模作戦」があるという警告を以前からうけ、「どこかに潜伏」したほうがよいと聞いていた。そうしたなか、前の週にとつぜんポーランド人強制労働者が職場で研修をうけはじめたのを見て、これは何か起こるぞと予感していた者もいた。

一九四三年三月一日から二日にかけての夜間に連合国軍がベルリンの南部と西部、それにバイエルン地区を爆撃し、ベルリンで最大級の空襲となった。アリスの同居人フリッツ・カイザーやゲルダ・カイザー、あるいはモーリッツ・カルマンとマルタ・カルマンの夫婦のようにまだ連行されていなかった強制労働者は、爆撃で強制移送が中断されるのではないかという希望を抱いたに違いない。この大規模攻撃で十六万人が家を失い、硫黄色の空気が充満する道をさまよっていたが、それでも国家社会主義者《ナチ》の殺人機構の歯車が止まることはなかった。おそらく一九四三年三月一日にゲルダ・カイザーがアウシュヴィッツ行きの列車に乗せられ、兄のフリッツもその一日後に後を追うことになった。そして前出の女流詩人、ゲルトルート・コルマーも。「わたしは死ぬ、多くの人が死ぬのと同じように」、そう詩人は覚悟していた。

ランクヴィッツ地区に移るまでベルヒテスガーデナー通りのアパートを長年借りていたモーリッツ・カルマン、マルタ・カルマンの夫婦は、のちにカール・リープクネヒト通りとなるカイザー通りからベルリン・ミッテ区に連れていかれ、そこでゴットリープ一家のところへ強制入居になったが、この一家もカルマン家と運命を同じくした。モーリッツとマルタは、絶滅収容所へと向かう死の旅路で互いに励まし合うことすらできなかった。モーリッツ・カルマンは一九四三年三月三日、妻マルタは三月四日に、アウシュヴィッツへと移送されたからだ。

その八日後の一九四三年三月一二日、アリス・クラインも三九回目の誕生日をむかえる三日前に、アウシュヴィッツ・ビルケナウに向けて強制移送された。

引き渡し

アリスの夫マルティン・クラインは妻に先立つ一カ月前、フランスでドイツに引き渡されてアウシュヴィッツへすでに送られていた。マルティンはベルリンからの逃亡に成功したものと思われるが、あるいはもっと早くから亡命していたのかもしれず、その点については資料が見つからない。捕まったのはベルギーとされている。当人はそこから非占領地域の南フランスへ行くか、さらにはスペイン、ポルトガル、あるいはパレスチナへ渡ることを希望していた。だがドイツ国防軍が一九四〇年五月にベルギーを制圧したとき、捕まった者はみなフランスへ追放された。マルティン・クラインも同じ目に遭ったのだろう。

非占領地域だった南部で指揮をとっていたフランスのヴィシー政権は、ユダヤ人難民を「好ましからぬ外国人」として扱い、その多くをサン・シプリアン強制収容所へ輸送した。九万人近くの捕虜がそこに抑留されたが、過半数はかつての国際旅団の戦士たちで、フランコのファシスト政権が勝利した後にスペインから隣国フランスへ逃げた人たちだった。

マルティン・クラインはさらにパリから二〇キロ先、フランスの監視下にあった悪名高いドランシー中継収容所へ送られて、ドイツ帝国に引き渡された。一九四二年八月一七日、マルティンは列車で運ばれて絶滅収容所アウシュヴィッツ・ビルケナウに到着している。以上は、セルジュ・クラルスフェルトとベアテ・クラルスフェルトが『フランスから強制移送されたユダヤ人の記録名簿 *Mémorial de la déportation des juifs de France*』（一九七八年）として発表した調査による。

その数カ月後、マルティンの妻アリス・クラインも同じ収容所に到着している。そこで夫の生命も断たれたのだとは、知る由もなかったろう。

「ウィーン・モデル」

「ユダヤ人エキスパート」の異名をとるアドルフ・アイヒマンが右腕と呼んだ男、ウィーンの親衛隊大尉アロイス・ブルンナーは、強制移送されるいわれが一切ない人間を移送してやったと自慢するのが常だった。ところがベルリンに来ると、まさにそれが仇となって失脚することになる。
ドイツ帝国にオーストリアが併合《アンシュルス》されたことで、ブルンナーの出世街道が開けた。ロスチャイルド家の邸宅に設けられた〈ユダヤ人移住中央本部〉でアイヒマンの部下となり、のちに猛威を振るうウィーン・モデルなるものを編み出した。ユダヤ人共同体に追放割当を守るよう強要し、ユダヤ人被害者を丸裸にして、その所有物を「国有化」したうえで、これを売却するか、功績のあった党員に分け与えるというものだ。

一人娘

エルゼ・ヘルツフェルトとヘートヴィヒ・シュタイナーの姉妹のところで起居していたアリス・ハインリヒスドルフが、一九四二年一一月二九日にゲシュタポに連行されてアウシュヴィッツへ強制移送されたころ、ベルリンのユダヤ人を「疎開」させる組織は、かつての上司アイヒマンに従ってベルリンに来ていたアロイス・ブルンナーにすでに掌握されていた。ブルンナーは「脱ユダヤ化」をいっそう効率的に進めるべく、ウィーンにいたころの手下の親衛隊員を連れてきていた。ベルリンのゲシュタポ職員は「たるんで」いる、なかには腐敗した者もいると考えていた。ユダヤ人の住居を急襲して身ぐるみ剝ぐような連中がいたのだ。

親衛隊大尉ブルンナーは、自作の「ウィーン・メソッド」をベルリンでも実行に移した。街路に沿った町並みや街区を丸ごと封鎖し、雇っている摘発屋がユダヤ人とみなした相手を片っ端から逮捕しては、グローセ・ハンブルガー通りの中継収容所に送りこんだのだ。そこにはブルンナーの指令本部があり、ゲシュタポもそこで〈ユダヤ文化協会〉の協力のもと、財産運用や移送にかかわるあらゆる事務作業の遅れを挽回していた。それは時間の節約にもなり、いっそう厳格な統制をすることもできた。ところがウィーンの親衛隊大尉ブルンナーは功を焦りすぎたか、恣意的な逮捕にあたって誤認逮捕がたびたび起こり、非ユダヤ人の猛烈な反発を買うことになる。一九四三年一月、ブルンナーは更迭された。

アリス・ハインリヒスドルフも強制移送前にグローセ・ハンブルガー通りの中継収容所へ送られ、そこで編成された初めての輸送人員となった。この人物についてはあまり知ることができない。「医学博士」にして後の衛生功労医ジーモン・ハインリヒスドルフと、その妻アンナ、旧姓コーンのもとに一九八三年に生まれた娘で、姉妹のケーテの死後、夫婦にとっては唯一残された娘だった。母親のアンナ・コーン・ハインリヒスドルフは一九三三年にコルベルクの病院で亡くなったので、その後のナチの残虐な政策の餌食にはならずにすんだ。

アリスのいとこレーハ・レベッカ・フランケンシュタインは生き延びた。アリスのところからさほど遠くないブレゲンツァー通り一―二番地の家に、夫のユリウスともども強制入居になっていたが、夫のほうはそこで一九四一年に亡くなった。死因は狭心症とされている。一九四二年八月、レーハもテレージエンシュタットに強制移送された。

闇をついて走る列車

「第三帝国」の終焉が濃厚になりはじめたころ、親衛隊全国指導者ハインリヒ・ヒムラーは、連合国との交渉の手札としてユダヤ人を利用した。西側列強と対等に交渉することができる、アメリカやイギリスと手を組んでスターリンの赤軍に向かって進軍することができる、そんなふうに本気で信じていた。ヒムラーは、スイス連邦参事会の元議長ジャン・マリー・ミュジーと連絡をとったうえで、一九四五年一月一五日、ユダヤ人男女の輸送人員をテレージエンシュタットからスイスへ送り届けるよう命じた。

実際に一九四五年二月五日、ユダヤ人一二〇〇人を乗せた特別列車がテレージエンシュタットを発車した。この措置がいったい何を意味するのか、目的地はどこなのか、乗車した者にもゲットーに残った者にもわからなかった。なにもかも茶番だ、ナチの目くらましだと考える者が多かったが、明かりもつけずに夜をついて走るこの列車がほんとうにスイスに到着したことを外国のラジオ放送が伝えたとき、ありえないことが起こったのだとようやく悟った。

アウグスブルクを通るとき、乗車している抑留者全員がユダヤの星を外すよう命じられ、真夜中にスイス軍が列車を迎え入れた。一九四五年二月七日の夕刻、自由の身となった一同はザンクトガレンに到着。それからスイス各地で寝泊まりしていたが、アメリカへ出国できることになった。

レーハ・レベッカ・フランケンシュタインも、一九四五年三月二四日に出国が可能になった。そのとき六九歳だったが、知らない文化、知らない言葉のなかで生活しようという踏ん切りはどうしてもつかなかったのかもしれない。いずれにしても生前の最後の住所がスイスのモントルーだったことだけは、作成された賠償請求書からわかっている。

死ぬよりはましなこと

二〇二一年四月二三日に「ドクトル・ジークフリート・クルト・ヤーコプ」という表題のファイルを閲覧することができた。大部の書類であり、手続には何年もかかったが、解明に相当な精力をつぎ込んできた謎がようやく解けた。わたしが住む建物の持ち主だったジークフリート・クルト・ヤーコプに、いったい何があったのだろう？

この人物の足跡を長いあいだ虚しく追いつづけた。この男性に限っては、シェーネベルクとティアガルテンに家を所有していたことと、ベルリンのヴェディング地区にあった弁護士事務所の所在地をのぞけば一切わからず、痕跡すらなかった。もどかしさが募った。

ファイルを読んでやっとわかったのだが、この人は一九四二年に地下に潜り、二年半のあいだ、勇気あるいろいろな人に匿われていた。それは主に女性で、この人物のために自分の人生を危険にさらしてもいいと覚悟を決めた人たちだった。そうした女性たちの名前が希望の灯となって、ヤーコプはあの暗闇の時代を乗り越えた。

ジークフリート・クルト・ヤーコプの写真もはじめて見ることができた。端正だが押しの強そうな印象で、冒険心、反骨精神、いくばくかの頑固さが目つきにあらわれている。きっと何事にも容易には屈しない人だったのだろう、自信に満ちあふれている。分厚いファイルのなかには、ヤーコプ自身が書いた履歴書も残っていた。

逮捕

シェーネベルクの建物は一九二七年末から一九二八年初頭にかけて取得したものだった。ミュンヘン、ハイデルベルク、ブレスラウ、ベルリンで学業を修めた弁護士・公証人であり、出身地は、第一次世界大戦の敗戦後にはじめてポーランド領となったプロイセンのポーゼン。ベルリンのヴェディング地区で弁護士を開業していたが、どのユダヤ人同業者もそうだったように職業禁止の対象となり、そのため一九三五年に公証人の資格を奪われ、一九三八年には弁護士の肩書も剝奪された。かつて第一次世界大戦の「前線戦士」だったおかげで、他の人よりは長いあいだ弁護士の活動ができた。敗れはしたものの、このときは「職務の存置」を求めて法律の戦士となった。

一九三八年八月一八日に逮捕され、六月に地方裁判所から禁固一年の判決をうけている。ヤーコプは「届け出義務のある資産」を税務署に対して全面的に開示せず、一九三八年四月に公布された「ユダヤ人の資産の届け出に関する命令」に違反したとみなされた。息子ハンス・シュテファン・ギュンターの身の安全を図るため、資金を流用せざるを得なかったのかもしれない。妻エーディトの逃亡も、すでに何カ月も前から決まっていたと推測される。一九三八年六月に、自分が入っていたアーヘナー&ミュンヘナー生命保険株式会社の生命保険二件の解約払戻金の額について、問い合わせをしているからだ。

そうした照会を生命保険会社にしたという、まさにそのことが禁固刑を招いたとも考えられる。なにしろベルリンの税務署はどこも郵便局、警察、ナチ党の管区指導者、外国為替・関税の捜査機関、旅券交付所、ゲシュタポなどとともに水も漏らさぬ情報網を敷き、納税義務者を「個人把握」することで、税法違反その他の経済的な不作為をいつでも発見できるようにしていた。アーヘナー&ミュンヘナー生命保険株式会社が、ヤーコプの照会を通報したという可能性もある。そんな問い合わせをすること自体、国外脱出の意図が潜んでいるのではないかという疑惑を招いた。

エーディトとイギリスの使用人不足

ヤーコプのケースでは、その疑惑もあながち邪推ではなかった。ただ、逃げようとしていたのはヤーコプではなく妻のエーディトのほうだった。ヤーコプにはまだ片づける仕事があったのか、財産を一部でも守りたかったのか、あるいは国家社会主義者《ナチ》に膝を屈するのが嫌だったのか。エーディトとの結婚生活がすでに破綻し、かなり以前から一緒には暮らしていなかったということも大いに考えられる。

エーディトは一九三九年一月、兄弟のルートヴィヒ・ハインリヒがすでに安住の地としていたイギリスへと旅立った。ロンドンのチズルハーストという小さな町で登録された難民のリストに、名前が載っている。一九四〇年にはその息子も、同地のイギリス人養母のもとへと渡った。登録簿を見ると、エーディトの職業が〝domestic servant〟すなわち家事使用人と記してある。その言葉を見たとき、おやと思った。家事使用人？　不動産を所有する富裕な一家の夫人に似つかわしいとは思えない。家事を取りしきるのに長けていたというイメージもあまり湧かなかったが、ともかくエーディトはそれを選んだのだ。ユダヤ人女性がブリテン島へ渡るには「家事使用人」にでもなるしかなかった。それは、与えられた仕事の数少ない選択肢のひとつであり、入国制限をなんとかかいくぐれる職業だった。とはいえ、労働義務に違反すれば追い出されることもありえた。

イギリスでは「使用人不足」が長年続いていた。この職種は、労働者階層の子どもにすら魅力が乏しかった。膝をついて床をごしごし洗い、出される食事だけではとても満腹にならず、労働時間が長いし休暇を要求する権利もない。そんな仕事をやりたがる者はいなくなっていて、難民の女性が埋め合わせにまわされた。

曲がりなりにも加盟者二万人を擁した〈イギリスの全国婦人協議会〉では、労働省にあてて警告状ともいえる書面を戦前から送っている。召使が不足して、生活水準が脅かされていると女性は感じております。どうやっても人材が見つからないのです。家事使用人の人材不足は家庭の土台を揺るがします。婦人たちはそう訴えている。大臣におかれましては、外国の若い女性にたいして寛大なる労働許可をすみやかに出していただき、入国を可能にしていただくようお願いいたします。〈イギリスの全国婦人協議会〉の加盟者というのは、その過半が保守的なトーリー党員周辺の女性だったのだろうと推測しても、決して的外れではあるまい。召使《サーバント》のいない生活など考えられない人たちだった。

一九三九年以降、内務省に属する難民調整委員会の国内事務局では、家政婦を受け入れることを決めている。雇用先が決まっているという証明書がなくても、一週間あたり四〇〇名の家政婦を受け入れることが認められ、応募者が殺到した。こうしてオーストリア、ドイツ、ポーランドの女性およそ二万人がイギリスへ安全に渡ることができた。

エーディトが職を得たのがどこの家庭だったのか、突き止めることはできなかった。だが、どこであれ新米の家事使用人には辛い日々だったろう。イギリスの階級意識を、エーディトも身に染みて感じたのではないか。家政婦ならば家政婦としてしか扱われない。それはとりもなおさず、日中は十二時間働いて休みは週に半日だけ、ということだ。イギリスの労働者や労働組合では、外国人家政婦のせいで賃金が低迷し、もともと劣悪だった労働環境がさらに悪化したと主張して、その受け入れ拡大に対する「活発な反対運動」を呼びかけた。その背景には、こうした女性たちが待遇に不満を言えなかったことがある。働く場所を失えば国外退去になりかねなかった。戦争が始まってからは、「疑いの余地なく忠実であるとはいえない」という烙印をイギリス政府から押された女性が多かったようだ。それは抑留を意味した。

エーディトはそうした措置を免れたと推測される。それに、なんといっても息子が近くにいた。休みの日には息子に会えただろうか？　訪ねていけただろうか？　幸運に恵まれたことを願うばかりだが、そんな生活も長くはつづかなかった。

一九四二年一〇月、現在はロンドン南東部の一区画になっているが以前はケント州に属していたブロムリーで、ドイツによるブリテン島への爆撃のためにエーディト・ヤーコプは命を落としている。

ハンス・シュテファンとキンダートランスポート

エーディトの息子は一九三九年にイギリスへと渡った。そのとき父親はまだ刑務所にいた。〈ドイツ在住ユダヤ人全国連合〉の会長レオ・ベックが、子供を救うための国際的な支援活動である「キンダートランスポート」を組織し、イギリスだけでなくオランダ、ベルギー、スウェーデン、フランスも参加したため、ユダヤ人の子どもおよそ二万人が死を免れた。選抜にあたっては、両親に特別な危険が迫っている子どもが優先的に考慮された。ゲシュタポに拘禁されていたジークフリート・クルト・ヤーコプもこれに該当していたことは確かで、そのうえヤーコプはリヒテンベルク刑務所から釈放されるとすぐ、ナチ政権に反対する宣伝活動にも加わっていた。そうした経緯で、息子の名前もキンダートランスポートのリストに載ったのだろう。

息子ハンス・シュテファン・ギュンターはユダヤ人難民委員会の世話をうけ、一九四〇年の夏までイギリスの児童養護施設に入所していたが、その後にもう一人の難民とともに、チズルハーストに住むイギリス人養母に引き取られた。この人も難民委員会で活動をしていた。ユダヤ人の少年というのは、とりわけ幼少期を過ぎている場合、イギリス人の受け入れ家庭に置いてもらうのが少女に比べてはるかに難しかった。なかでも六歳から一〇歳までの少女はとくに問題なしとされ、「性格形成可能」とみなされて斡旋が容易だったが、一二歳を超えた少年の斡旋にはたいへんな苦労が伴った。

イギリスではハワード・スティーヴン・グラントと名乗ったハンス・シュテファン・ギュンターは、イギリスの学校でなかなか授業についていけなかった。ベルリンにいたときは、マルティン・ルター通りのホーエンツォレルン・ギムナジウムで優秀な生徒だったのだが。戦争のため、イギリスの生徒は疎開をすることが多かった。それは転校を強いられることを意味する。イギリスで良い学校に行こうと思えば、すでに当時から費用も高くついた。イギリスで養母となってくれた人は、養育を受けたグラントからのちにたいへんな尊敬と感謝の言葉を贈られている方だが、高い教育を受けさせる資力は持ちあわせていなかった。それでグラントは会計士になったが、正式な職業資格は取れなかった。軍隊に召集をうけるまでその仕事に就き、一九四八年二月に除隊になってから、しかるべき職業教育を受けなおそうと考えたが、一九五二年に試験で不合格となった。

　父親とふたたび顔を合わせる機会はなかったものと推測される。ハワード・スティーヴン・グラントはイギリスから自分の賠償手続を進めており、おそらくベルリンまで行く旅費に事欠いたものと思われる。無資格の会計士は稼ぎが良くなかった。早く父親と再会したいとは思っていなかったふしもある。あるいは、ドイツの土を踏むのが怖かったのだろうか。それとも、ジークフリート・クルト・ヤーコプと会うのが怖かったのか。おそらく二人が最後に顔を合わせたのは、ジークフリート・クルト・ヤーコプが一九三八年に逮捕されるよりも前のことだろう。それから父親は心臓疾患が悪化し、息子のほうも、イギリスでの業績の乏しさを考えれば満足な人生ではなかったろう。父親は国家社会主義者《ナチ》の残虐な行為にあれほど勇敢に立ち向かった人だから、仕事に見るべき成果がない自分がその前に立つことを想像すると、さぞかし気が進まなかったことだろう。

　ハワード・スティーヴン・グラントがようやくベルリンに戻ったのは一九五六年一二月だが、そのとき父親はすでにこの世を去っていた。

地下に潜る

一九四二年八月、ヤーコプは、自分がテレージエンシュタット行きの輸送人員に振り分けられたことを、かつて同僚だった弁護士フィリップ・コゾヴァーから教えられた。ヤーコプはおそらく躊躇なく、この知らせを受けてすぐさま地下に潜行した。以前から地下生活に備えて万全の準備をしていたとも考えられる。ぐずぐずすればするだけ、苦境のなかで同じことを考えるライバルが増えるはずなのだ。

一九四二年の秋、帰省休暇で戻った兵士の口から頻繁に聞くようになっていた、「東方」でのユダヤ人大量虐殺のうわさが真実味を帯びてくると、地下に潜ることで強制移送から逃れようとするベルリンのユダヤ人が増えていった。とはいえ、そうした非合法を決断した者には資金がなくてはならず、人知れぬ生活と苦しい空腹に耐えるだけの健康な身体がなくてはならない。買い物はできず、食料品市場もなく、闇市があるだけ。それも、必要な金銭が使えている間だけだ。そして欠かせないのが、ナチがユダヤ人に定めようとした運命に立ち向かう勇気だった。

近々行われる強制移送のリストに自分の名前が載っている、それが死刑判決に等しいことがヤーコプにはすぐわかったに違いない。そして、「死ぬよりはましなことが、どこにだってあるさ」という、ブレーメンの音楽隊に出てくるあの有名な台詞がわがことのように思えたのではないか。とはいえ地下に潜行するとなれば、それはたえず他人に頼って生きるということだから、大きな波紋を及ぼす一大決心をすることになる。ヤーコプほどあっさりとそれができる人はきっと少ないだろう。加えて、政権がいつまで権力を握ることになるのか、その時点ではだれにもわからなかった。つまり総じていえば、生き延びる見込みが十分にあったわけではない。さらには非ユダヤ人とのつながりがなければ、そうした潜伏をするのはそもそも無理な相談だった。

隠れ家のジャーマンポテト

「なくても済むものは、あの方に差しあげました」。以前にヤーコプのクライアントだったマルタ・パウシュという女性は、のちに補償局に対する宣誓供述でそう述べている。この女性は一九四二年八月二〇日から一九四三年一一月二三日までの十三カ月間、ヤーコプを匿っていた。その少し後にヤーコプを家に泊まらせていた、耳の不自由なオルガ・ヴァルターという女性は、ヤーコプをキッチンで見かけたことがありますと述べていて、ジャーマンポテトを作っているところでした、しかも「油もなしに」、と同情をこめて言い添えている。これを読んでその場面が目に浮かんだとき、わたしは胸がいっぱいになった。ヤーコプの懐かしい生活。かつてそこにはジャーマンポテトがあった。きっとバター付きで。同じ世代の男性の多くが好む料理だ。オルガ・ヴァルターの観察眼は、それがどういうことなのか理解していたことを物語っている。でなければ、補償局でこんな言葉をわざわざ調書に残すはずがない。

マルタ・パウシュの住所はベルリン・ヴィルマースドルフ地区、一般にヴァルター・フィッシャー通り六番地と呼ばれ、戦後はフェヒナー通りと改称されたところだった。ヤーコプは昼間のあいだずっと部屋から出られず、空爆があっても最寄りの防空壕に逃げることはできなかった。マルタ・パウシュによれば、管理人の女性がひどく「ナチ寄り」だったからだという。大型の賃貸住宅の守衛が街区役員を務めることが増えていて、何から何まで監視の目を光らせていた。

一九四三年一一月、マルタ・パウシュの住居が爆撃の被害をうけ、その際にヤーコプも負傷を負った。ブランデンブルク州の一部でベルリン南部に位置するアム・メレンゼーに建つ、弁護士仲間マックス・ナウマンの別荘に数日間泊めてもらった。そこに留まれなくなったか、あるいは留まりたくなかったのか、一九四三年一二月半ばから一九四四年三月初めにかけての数カ月は、ベルリン近郊の街エルクナー、クルツェ通り一番地にあった、やはり以前のクライアント、化学技師ヴァルター・レーゼの別宅の地下室に潜んでいたが、その家も爆撃の嵐をうけて破壊された。

一時的に、ヤーコプは空き家の地下室を探すしかなくなった。そうした日々に、いったいどうやって食べていけたのだろう。頻々と空腹に襲われたはずだ。悩みの種は飢えだけではない。待ちつづけること、自信の喪失、寒さ、孤独、見つかる不安にどうやって耐えられたのだろう。諦めようという気には一度もならなかったのか。

頼れるのは自分だけ、励まし合える家族もなければ、過酷な生活を互いの肩に分かち合える仲間もいなかった。

ユダヤ人の摘発屋

それからは、居所を変えるペースがどんどんと早くなった。一九四五年二月までに、シュール通り二七番地のオリガ・ヴァルターのところ、自分の事務所があった場所に近いヴェディング地区ミュラー通りのエルヴィン・ザウアービアのところ、さらにはオリガ・ヴァルターの友人であるライニッケンドルファー通り三八番地のマルゴット・シヴィデルスキのもとを転々としたが、ついに一九四五年四月一日、ゲシュタポと気脈を通じたユダヤ人の「摘発屋」に密告された。ヤーコプは捕まった。よりによってシュール通りを一時隠れ家にしていたのは、きわめてリスクが高かった。アウシュヴィッツとテレージエンシュタットに向かう最後の輸送人員が出発する起点となった中継収容所から、わずか数軒ほどしか離れていなかったのだ。とはいえ、ヤーコプのような潜行者が隠れ家をえり好みすることなどできなかった。

一九四五年四月二二日、自分でも驚いたことに何の前触れもなく拘留を解かれた。その理由をヤーコプ自身が履歴書のなかで推測しているが、赤軍がすでにベルリンに入っており、釈放の前日にはソビエト軍の部隊が市境を超え、四月二五日にはベルリンをぐるりと取り囲んでいたからではないかと書いている。カール・キューネルという巡査が胸を打つ言葉で証言しているところでは、そのときヤーコプはすでに「反ファシスト」の功績をあげていたという。

ヤーコプは非合法時代、ただひたすら身を隠していたわけではなかった。偽造パスポートを調達してからは、「クルト・コッホ、職業　会計士」という偽名のもと、「赤いヴェディング」とも呼ばれて共産党の牙城だったこの地区の居酒屋でふたたび「反ファシストの宣伝活動」を再開していたほか、地下潜行の前にも「ヒトラー政府に反対する弁士として宣伝活動に携わっていた」。補償を担当する当局に出した履歴書に、そう記している。実際にそれが官庁の役人を動かして有利に働いたのかどうかは、ひとまず措いておこう。

ヴェディング地区にはかつて自分の弁護士事務所と自宅があり、その界隈ならば手にとるように知っていた。軍需工場でのサボタージュ行為を扇動し、作業はノロノロと進めろ、機械を故障させろ、欠陥品をつくれと呼びかけた。一九四五年九月一日付けの宣誓供述書でそれを証言したのがカール・キューネル巡査であり、ヤーコプとは一九四三年一〇月に居酒屋で知り合い、敬意を払うようになっていたという。ヤーコプの勇気、熟練した説得術、そして「飲食に関して自らに課した慎ましさ」に感嘆していました、キューネルはそう証言している。

ただ単に身を隠していることにヤーコプが耐えられなくなった、あるいは、とっくに負けの決まった戦争がもうすぐ終わると予想していた、そういうことも考えられなくはない。だが、そうだったとしても「クルト・コッホ、職業　会計士」という偽造書類をつくること自体、自分ばかりか他人にもたいへん危険なことだった。オルガ・ヴァルターのアパートで食料配給券の分配を担当していた人物が、賃借人に加わった「クルト・コッホ」なる人物の券がないことを不審に思った。オルガ・ヴァルターによると、もともと住人の側でも、クルト・コッホを名乗る男は地下に潜ったユダヤ人だろうと思っていた。ヤーコプは住居を去るほかなく、それでもヴェディング地区にとどまり、「反ファシストの闘争」を続けた。

終戦から数カ月がたった一九四五年一一月二〇日、ヤーコプはヴェディング地区ミュラー通り五二番地の元自宅の住所を正式に警察に届け出ている。おそらく破壊を免れたか、とりあえず住むことはできたのだろう。だが、そのころの住宅難や、空爆で焼け出された人が多かったことを考えると、だれもその家に住みついていなかったとは想像できない。ある日、本来の所有者がドアの前に立ったとき、どんな人がそこで暮らしていたのだろう？　ヤーコプは入居にあたって警察の力を頼みにしただろうか。もしかすると、それは警察の職務に復帰していたカール・キューネル巡査の力だったかもしれない。

補償をめぐるヤーコプの闘い

ファイルの資料を読んでみると、ヤーコプは奪われた財産の賠償を請求しようと早くも一九四五年から動きだしたようだ。ベルヒテスガーデナー通り三七番地と、ティアガルテン／モアビットのヤゴー通り四七番地の地所だ。そのあたりには当時最大のベルリンシナゴーグがレヴェツォウ通りにあり、「移送」の前の中継収容所として使われていたが、そのすぐ近くにもヤーコプは別の家を一軒もっていた。そのほか若干の有価証券、生命保険二件、種々の美術品、絵画、ブロンズ像、五部屋半の住居の設備品、さらには職業認可を剝奪されたことで生じた損失の補償を受けようとした。一九四五年一二月に通知がきたが、再調査が必要であるため、のちほど「要請」を改めて提出していただきたい、とのことだった。非合法時代に助けてくれた複数の人物――マルタ・パウシュ、オルガ・ヴァルター、弁護士マックス・ナウマン、クライアントのレーゼ、それにカール・キューネル巡査――が宣誓供述をしてくれた。

翌年の三月には、賠償請求が「いつ終結するのか」、担当者はだれなのか、だれに面会に行けばよいのか回答を求めた。七年も待たされた一九五二年の四月、自分は高齢である――そのとき六二歳を迎えていた――として「手続の促進」を再度求め、あせりが募っていることを周囲に感じさせたが、それでも慇懃な姿勢は崩さなかった。電話で知らせがあり、「現在のところ優先的な扱いはできません」とのことだった。ヤーコプは平静さを保つのに苦労したことだろう。

第三帝国に差し押さえられた二件の生命保険についてもアーヘナー&ミュンヘナー生命保険株式会社に請求を試みたが、さしあたり何の手応えもなかった。解約払戻金についての証明書を提示することができたにもかかわらず、である。それは、当時担当者だった部長のヴァルター・ツェズルカが「ドイツ式挨拶〔右手を挙げるヒトラー式挨拶〕をもって」一九三八年六月に発行したものだった。保険会社側の言い分としては、当時の会社所在地だったポツダムではあいにくソビエト軍事政権が決定権を握っていて遺憾ながら必要書類を入手できず、したがって、その保険がほんとうに第三帝国の手に渡ったのか、それともジークフリート・クルト・ヤーコプに支払われたのかを確認できないとのことだった。

ヤーコプの住居にあった家財を「リフト」と呼ばれるコンテナ二基に梱包し、妻エーディト・ヤーコプがイギリスへ避難した際にオランダで保管していたというヘス社も、似たような主張をした。当社ではその貨物を再調達する立場にはないと考えます、ただし保管費用が発生しており、エーディトからもジークフリート・クルト・ヤーコプからもその弁済をうけていないことを、非難を込めてあらためて指摘させていただきます。この会社でもわかっていたに違いないのだ。家財はとうの昔にドイツに向けて再発送され、東欧家具の低品質に不満たらたらだった「国民同胞」の忠誠心を引きとめるため競売にかけられていたことを。

一九五四年二月、ヤーコプはまたしても引き延ばしの通告を電話でうけた。「民法第七八条に基づき以後の償還は喚問後にはじめて」行うことができる、というのだ。未払いとなっている七六五ドイツマルクの「家賃弁済貸付金」（おそらく賠償を請求している二カ所の地所のどちらかに対するもの）の清算を求める願いすら叶わなかった。その時点でヤーコプにはいっさい収入源がなく（ヤーコプによれば「財産　一九三三年一月三〇日　十九万ライヒスマルク、一九四五年五月一日ゼロ」）、そのうえ病がすでに重くなっていたにもかかわらず、である。拘禁と地下生活があいまって激しく身体を蝕み、事務所でも往々にして横になったままクライアントに応対せざるを得なかった。

　それでもヤーコプの意地と自信は衰えなかった。一九四八年四月、あるユダヤ人共同体の懲戒裁判所が、弁護士としてのヤーコプの資格に重大な懸念を表明した。迫害を受けた某ユダヤ人女性を相手どった法律係争で、国家社会主義者《ナチ》の弁護を担当したことがあったからだ。ヤーコプにしてみれば、だからといって弁護士の活動ができないとは考えなかったが、共同体の指導者は意見を異にした。それでもヤーコプは、もうだれからの指図も受けるつもりはなかった。権威主義的に監視されたり、権力を振るわれたりすることに対峙するべく、それまでも多大なエネルギーを費やしてきたのだから。

　所有していたものは残らず「第三帝国」に奪われていた。妻エーディトのために帝国逃亡税を払わされ、加えて、エーディトが出国のときに持っていく家財についても調達価格をドイツ帝国に再度支払わされ、強制的な外国為替購入をさせられた。ドイツ帝国からの出国にもイギリスへの入国にも、しかるべき費用がかかった。そのうえ一九三八年一一月一二日付けでヘルマン・ゲーリングが布告した「ドイツ国籍のユダヤ人の贖罪給付に関する命令」により、一九三八年一一月九日のポグロムの夜で生じた損害の回復に、財産の四分の一を充てさせられた。

補償手続は長引いたが、結局、所有していた両方の地所の返還が認定され、息子がベルヒテスガーデナー通り三七番地の地所を売却した。それからまた長い月日を要したものの、ようやくのことで——大きな損失を出した強制売却の代償として——未払いだった補償額六万四二五〇ドイツマルクが認められ、最終的に一九五五年六月に振り込まれた。そのときには、ジークフリート・クルト・ヤーコプが世を去ってすでに一年が経っていた。一九五四年六月二〇日にヴェディング地区のユダヤ人病院で「重篤な心筋衰弱」のため死亡、病院は死亡証明書にそう記録している。

心臓が張り裂けたため死亡。わたしならそう記録する。ジークフリート・クルト・ヤーコプは諦めることを拒み、ナチの暴力に膝を屈するのを拒み、果敢に闘った。ようやくのことで安住の地を得て、嘆きや憤りや怒りといった感情を解き放てるようになったそのとき、心臓の筋肉が悲鳴をあげたのだ。被った不正への補償をめぐって粘り強く闘争したことも、その一因となったに違いない。

息子ハワード・スティーヴン・グラント・ヤーコプが資産の単独相続人となり、イギリスのミドルセックス、ケントン地区で暮らしていたが、一九八四年に亡くなっている。


「いまどこなの、ばあば？」

孫が電話をかけてきた。

「ベルリンよ、イリアス。机に向かってるわ」

「会いたいなぁ！」

「オッケー、スカイプするね」

もともとスカイプはあまり好きではないのだが、三歳の孫のほうは映像のない電話をしたがらない世代に属している。逆にわたしには、孫のはきはきした明るい声を聞くことがいちばん大切だ。その声はしばしのあいだ、死者たちの暗い声を忘れさせてくれる。

「なにしてたの？」

「本を書いていたわ。ちょうどハンス・シュテファン・ギュンターのことを考えてたところ」

「そのひとしらない」

「じいじとばあばが住んでいる家に、いたことがある人」

「ベルリンにいたの？」

「ううん、長いことイギリスで暮らしてた。いとこのアズリエルの家があるところよ。でも、そこではハンス・シュテファン・ギュンターじゃなく、ハワード・スティーヴン・グラントといったの」

「それ英語？」

「そうね」

「英語も知っているよ。ひこうきだと、パイロットのひとがいつも〝レジー・フォー・レンディング〟っていうの」

「すごいねイリアス、どこで覚えたの？」

「アリステアがいってた。パイロットなんだ。でも、ひこうき乗るときにヘルメットかぶらないんだよ！　ぼくはキックボードするときヘルメットしないと、ママに怒られるのに」

「アリステアって、アパートの上の階に住んでる人？」

「そう。クリスティンとリアムとエヴァ。もうバイバイしなきゃ、ばあば。トントン・マスがおたんじょうびなんだ」

「がっかりだわイリアス、あっという間じゃない。ちょっと悲しいわ、もう行っちゃうなんて」

「すぐくるよ、ばあば。きっとだよ」

ローゼンバウムの遺贈品

国家社会主義者《ナチ》の迫害から逃れた生存者やその親族の多くは、自身や家族が被った経済的収奪の補償をめぐって闘うなかで、かつてドイツ連邦共和国がとっていた拒否的で時間かせぎをするような補償政策を痛感することになった。医師アルフレート・ローゼンバウムのもとで家政婦を長年務めたベルタ・イェーナーも、そうした経験を味わわされた一人だ。ローゼンバウムはこの女性を資産の単独相続人と指定しており、これをめぐって補償局との闘いが始まった。

一九四二年八月二七日、アルフレート・ローゼンバウムはテレージエンシュタットに連行されていった。国家社会主義者《ナチ》の宣伝文句が「文化的収容所」を謳っていた場所だが、ローゼンバウムはこうしたプロパガンダを一瞬たりとも真に受けなかったようだ。強制移送前に遺言書を変更したことに、それがよく表れている。

独身で子どももなかったローゼンバウムは、行先が決まる何週間も前にそれまでの遺言書を無効とし、三〇年働いてくれた家政婦ベルタ・イェーナーのことを考えて、公正証書に作成した新しい遺言書をのこした。イェーナーはベルヒテスガーデナー通りで生活を共にし、一四〇マルクの月給を受けとっていた。ローゼンバウムの残した財産三万五〇〇〇ライヒスマルクを相続することになっており、ベルリンのマグデブルガー・プラッツ所在の銀行ディスコント・ゲゼルシャフトに、それが有価証券として預けられていた。ローゼンバウムも同じアパートのマルタ・コーエンと同様、自分を手にかけた者のもとに資産が渡ることがないよう、万全を尽くす気構えでいたようだ。

遺言書が一九五〇年に開封されるとベルタ・イェーナーはすぐさま行動を起こし、戦後ふたたび職業復帰していた弁護士ジークフリート・クルト・ヤーコプを代理人にたてて、ローゼンバウムが迫害で被った損害の賠償を求める請求を行ったが、この請求は一九五一年に棄却された。なんといってもベルタ・イェーナーは被害者の「未亡人でもなく、生命を脅かされた者でもない」、「一親等相続人」ではないのであるから、その相続権は一般論として否定される、との理由だった。乏しい廃疾年金だけで暮らすベルタ・イェーナーのもとに、一銭も入らない恐れがでてきた。

賠償請求の過程で、「旧ベルリン・ブランデンブルク上級財務長官の上級財務金庫によって差し押さえられて没収された」アルフレート・ローゼンバウムの全資産価値がリストアップされている。ドイツ銀行の口座に一〇六七・〇六ライヒスマルク、ドイツ銀行の別の口座に六〇〇ライヒスマルク、帝国財務省に三万二一五七・三〇ライヒスマルク、そして、ベルリンのエネルギー供給会社であるＧＡＳＡＧ社がローゼンバウムに負っていた「保証金残高」が二八・一六ライヒスマルク。

ベルタ・イェーナーは請求の棄却を不服として訴えを起こし、地方裁判所は一九五五年一〇月にこれを認め、請求権を認定するよう補償局に命じた。にもかかわらず、支払がなされた形跡はうかがえない。代わりに残っているのは、ベルリン市参事会財務部の特別資産課が作成した一通の書簡で、「還付義務のある第三帝国の金銭債務の履行として」ローゼンバウム氏の資産額の「無利子の貸付」をベルタ・イェーナー氏に提示したいが、ついては当該提示が補償局の「関連する法律規定」に違反しないかどうか「ご検討」いただきたいと連絡している。そうした提示が実際に行われたのかどうか、残念ながらファイルの資料からはわからないが、おそらく行われていないだろう。司法当局の検討というのは何年もかかるものだ。「一親等相続人」がほんとうに存在しないか、調査をまだ続けていたということも考えられるが、ひとつだけ言えることがある。それは口実にすぎず、決定をさらに引き延ばし、停止効力によってベルタ・イェーナーの請求権を退けるための言い抜けだった、ということだ。

一九六四年、同僚の弁護士ジークフリート・クルト・ヤーコプから官庁との法律係争を引き継いだ弁護士マックス・プロスカウアーは、「相続権の状況がきわめて不分明である」ため、「本件はこれ以上継続できない」と、諦めたかのように補償局に通知している。その時点で生きていれば八三歳を迎えていたはずのベルタ・イェーナーにしても、官庁の引き延ばし戦術と闘うだけの余力は残っていなかったかもしれない。

補償

ゲットーを出てからの道のり、それはすなわち社会に同化することで受け入れてもらおうとする苦闘だったが、それがとんでもない幻想だったことを、ベルヒテスガーデナー通り三七番地のアパートのユダヤ人居住者も思い知らされた。何もかも徒労だった。頭から離れないことがある、と作曲家アルノルト・シェーンベルクは書いている。それは「自分がドイツ人ではなく、ヨーロッパ人でもなく、ユダヤ人だということだ」。アルフレート・ローゼンバウムも、マルタ・コーエンも、ジェイムス・ブランドゥスも、ヘルマン・カッツも、そのほかのだれもが、生涯を終えるときにはただの「ユダヤ人」に戻った。権利を奪われ、追い散らされ、没収され、殺害された。

その苦い経験から出したユダヤ人の答えが、一九四八年のイスラエル建国だった。初代首相ダヴィド・ベングリオンはドイツに賠償支払を求め、イスラエルに代わって交渉を引き受けてほしいと連合国に依頼した。わずか数年前に何万人ものユダヤ人を殺戮した国民がつくる国家の代表者と同じテーブルにつくなど、想像することすらできなかったのだが、連合国は引き受けなかった。イスラエル国内でも、ドイツとの交渉には異論を唱える声が大きかった。のちにイスラエルの国家元首となるメナヘム・ベギンも、「殺された者が、殺した者に賠償をお願いする、そんな話は聞いたこともない」と語気を強めた。

それでも交渉は始まった。いかなる反発ものともせずに。コンラート・アデナウアーが両国の沈黙を破り、「ドイツ国民の名において」行われた「筆舌に尽くしがたい犯罪」について陳謝した。一九五一年に初の会談があったが、その場の空気は冷ややかなものだった。イスラエル代表団の面々は、ドイツ側と親しげな身振りをするのをいっさい禁じられ、握手すら交わさなかった。職務上の意思疎通のみが許されたが、言語は英語のみ。イスラエル側の参加者は、ほぼ全員がドイツ語を流ちょうに操れたにもかかわらず、である。最後にドイツ連邦首相、イスラエル外相、そしてユダヤ人の各主要機関を代表する〈ユダヤ人対独物的請求会議〉の議長が、押し黙ったまま文書に調印した。

一九五二年九月、ルクセンブルクで補償協定が締結され、これをもってドイツは三〇億ドイツマルクの賠償金を支払う義務を負うこととなった。

ヴァルター・ヤンカと「メキシコ・グループ」

ドイツ民主共和国〔旧東ドイツ〕はこの協定に加わらず、国家社会主義者《ナチ》の犯罪にかかわる道徳的な連帯責任を引きうけようとはしなかった。わが国は「第三帝国」の権利承継人ではない、「反ファシスト国」なのだから補償の履行を免れる、そんな理屈からだ。旧東ドイツのだれもがその言い分に同調していたわけではなく、そのためにどれほどの政治的な軋轢が生まれ、意見を異にする相手への犯罪行為につながったか、かつてアウフバウ出版を率いていたヴァルター・ヤンカが語ってくれたことがある。ドイツ統一後、彼の回顧録『ある人生の軌跡 *Spuren eines Lebens*』を出そうと二人で取り組んでいたときだった。

一九九一年に回想を発表したときには、かつて国家保安大臣も務めたこともある長年の仇敵、大物政治家のエーリヒ・ミールケから難癖をつけられたこともあったそうだ。そのころミールケは東ドイツ時代の罪状ですでにモアビット刑務所に収監され、八〇歳を超えていたが、相手がヤンカということで俄然、闘争心に火がついたとみえる。そもそもヤンカとミールケはどちらも共産党員だったが、それぞれの人生の過程で――スペイン内戦のときも、旧東ドイツでも、そしてさらに壁の崩壊後も――衝突を繰り返すことになった。

『沈黙は嘘』〔林功三訳、平凡社、一九九〇年〕の原稿を扱ったのがきっかけで、わたしはヤンカとは一九八八年以来の知己だった。ベルリン郊外クラインマハノーの自宅の庭に長いこと埋めていたその原稿を、ヤンカは信頼できる仲間に西側へ送ってもらい、ベルリンの壁崩壊の数カ月前にあたる一九八九年五月、ローヴォールト出版社で公開した。このなかでヤンカは、一九五六年の有罪判決によりバウツェン刑務所での「厳重独房拘禁」に処せられたときの模様を語っている。そのとき裏で手をまわしていたのもミールケだった。

ドイツ連邦共和国〔旧西ドイツ〕では、戦後補償の問題は、ともかくも法律のうえからは一九五三年に決着をみたが、旧東ドイツでは、ヤンカが秘書を務めたパウル・メルカーが見せしめの公開裁判にかけられそうになるという事態をまねいた。かつて国家社会主義者《ナチ》は共産主義者のヴァルター・ヤンカを強制収容所送りにし、ドイツ国籍を剥奪し、亡命を余儀なくさせた。スペイン内戦でフランコやその支持者のファシストとの戦いに敗れたのち、ヤンカはメキシコの亡命地に逃避し、そこでアンナ・ゼーガースやパウル・メルカーと共闘した。メルカーはドイツ民主共和国へ帰還してから政治局に在籍したが（その秘書がヴァルター・ヤンカ）、「シオニスト的な立ち位置」のせいで信用を失墜させた。この「メキシコ・グループ」は――モスクワで迫害の年月を生き延びた「ウルブリヒト・グループ」とは逆に――、ユダヤ人被害者への賠償支払や、アーリア化された財産の返還を求めていたのだ。メルカーは「資本主義的・シオニスト的な傾向」を批判され、ドイツ社会主義統一党（SED）から除名されたのみならず、その数年後には裁判で、かつての秘書であり友人でもあったヴァルター・ヤンカを不利な立場に追い込むことを余儀なくされた。ヤンカは「反革命的」な策動のかどで拘禁五年の判決をうけたが、拘禁期間の満了前に釈放された。マルセル・ライヒ＝ラニツキが再三にわたって仲介の労をとったおかげでもある。

賠償手続

〝補償〟〔原語 Wiedergutmachen を分解すると〝再び・良く・すること〟の意〕という言い方がわたしは好きではない。迫害された者がドイツからうけた仕打ちを、どうやって「再び良くする」ことができるというのか。それでも、イスラエルとそれなりの協定を結ぶことを不可避ととらえ、いつの日かドイツ連邦共和国をふたたび政治の舞台で受け容れられるパートナーにしようとしたコンラート・アデナウアーの政治的視野の広さには感服する。

この大統領を選んだ人びとの反応は違った。ユダヤ人の話題を出そうとする者はおらず、ユダヤ人が受けた仕打ちを思い返そうともしなかった。この時期のドイツ連邦共和国は、国家社会主義の時代の犯罪と正面から向き合うところから、はるか遠い地点にいた。賠償手続には長い年数がかかる場合がほとんどだ。確かに、請求権が正当に主張されていることを証明するのは容易ではないし、確認するほうも楽ではないだろう。だがその一方で、官僚主義的な口実のもとであらゆる引き延ばし戦術が使われていて、証明書として新たな書類が次から次へと要求された。一例をあげると、ベルタ・シュテルンソンの息子ヘンリーはアメリカで暮らしていたが、役所の職員はこのヘンリーに宛てて、母親の死亡証明書をアウシュヴィッツから取り寄せていただけませんかという手紙を送っている。ジークフリート・クルト・ヤーコプも高齢のうえに重い病をかかえ、賠償を受けるべき所有物の書類など手元から失われていた。それは大半の人たちにあてはまる。彼をはじめとして、迫害を受けながら生き延びたユダヤ人ですら、柔軟な措置にあずかることはなかった。

何もかも失った人たちが、ときに慇懃無礼なお役人の対応を辛抱するには、さぞかし忍耐力を要したのではなかろうか。なにしろ役人から、ヘートヴィヒ・シュタイナーさんとルートヴィヒ・ゼルディスさんはユダヤ人財産税をほんとうに支払われたのですか、と不審げに尋ねられたり、賠償手続を迅速に進めてほしいというジークフリート・クルト・ヤーコプの依頼に対し、まるで健康状態が良くないことを理由にゴネ得を狙っているかのように、叱責口調の返答をよこしたりするのだ。

補償局に勤務する官吏にしても、旧来の社会生活でしみついた政策や用語の習慣から抜け出すのは難しかった。かれらが使う語彙やかつての被害者への対応には、ナチ時代の刻印が色濃く残っていた。驚くにはあたらない。なにしろいま席についている役人が、かつて専門能力を駆使してユダヤ人からの略奪を推進した、まさにその当人だったというケースもよくあったのだから。それでも実務に精通した代役を、いったいどこから連れてくることができよう。「汚れた水は身体から出ていかない。清い水が身体に入らない限り」。コンラート・アデナウアーは、ライン地方の出身地らしくストレートな物言いでそう語っている。

そもそも、たいていの旧西ドイツ国民は「汚れた水」だと言われたところで、べつに気にも留めていなかった。一九五二年夏に行われたアレンスバッハ研究所のアンケート調査では、ほぼ半数の人が補償を「不要」だと答えている。その理由として、ひとつには経済的な賠償額が大きすぎるからというもので、もうひとつは、自分たちこそ戦時やその後の時代の「犠牲者」の筆頭だから、というものだった。旧西ドイツ国民の過半数が前者の考えだった。わたしと夫が一九九〇年代初めに知り合った、旧東ドイツのウッカーマルク郡の村民などは後者に含まれる。この地域の人びとは、農業が集団化された年月を何にも増して多難な時代ととらえていた。

ラーフェンスブリュック強制収容所の梁

その村は、当時、わたしたちが訪ねたことのあるどの村より穏やかで、のどかな雰囲気をたたえていた。舗装された村道に沿って赤い花をつけるサンザシの木々、前庭に生えているオオハンゴンソウの黄色い花、城壁のような石造りの教会と木製の鐘塔。その左右には質素な灰色の「開拓家屋」が並んでいる。瓦も梁もないところをみると戦後に建てたものだが、「ヴァルテラント帝国大管区」〔ナチに併合されていたポーランド領〕から逃れ、頭では無理とわかっていても、故郷へはやく帰りたいと願う多くの難民がいた。街路からやや引っ込んだところにある二軒の家屋が目についた。なんとなく全体の釣り合いが悪く、そりの合わないものを無理に継ぎはぎしたような印象だ。あの時代は建材が乏しく、ソビエトの略奪をうけた旧占領地区ではとくに窮乏がひどかった。

一九九〇年代の半ば、村の歴史を振りかえる「故郷の夕べ」と呼ばれる催しでは、難民が話題になっていたという。難民は、戦後、その一帯のもともと狭い家屋に入居してきた人たちで、何十年経ってもなお刺激的なテーマだった。といっても罪過とか追放といった大きな問題ではない。火種になったのはウッカーメルカーという品種の肉牛だった。ほとんどの新参の難民たちは農業というものをまったく解さず、土を耕すなど時間の無駄だと思っていた。要するに腰をおちつける気などないのだ。そうと知った村人はひどく腹を立てた。もめごとが頻発し、ときにつかみ合いにまで発展した。

かつてソビエトは、住環境の悪さから起こる騒乱だけでも鎮めようと、一九四七年にラーフェンスブリュック強制収容所のバラックを解体する許可を出したことがあった。ドイツ最大の女性強制収容所だった建物で、村からもさほど遠くない。おかげで、しっかりした窓枠やら梁やらを家族が頂戴できたんだ、労働者・農民の国をうたう旧東ドイツで手に入るものよりよほど上等だった、「故郷の夕べ」で村人がそう語っていた。あいつはいまも、ラーフェンスブリュックの煙突の破片を庭においているんだぜ、と別の村民が教えてくれた。花壇の縁どりに使っているのだという。聞き役だったわたしは胸が詰まり、空気が吸えなくなるかと思ったほどだった。だが、それも新しい経験のひとつになった。

その一年後、強制収容所から生還した女性二人を連れて村を案内していたある女学生が、例の奇妙な二軒の家屋を指さし、おふたりは強制収容所でたいへん苦しい年月を過ごされました、そのラーフェンスブリュック強制収容所のバラックで使われていた資材がこうやって利用されているのをご覧になってどうお思いですか、と尋ねた。そりゃ嬉しいわよ、とふたり。あのお宅で、いまは別の方々がしあわせな日々を送っているのだし、あのころのように壁も黒くなく、明るい色のペンキが塗ってありますしね、ここでも結婚式があったり、赤ん坊が生まれたりしているのですからね。人が生きているんです、死ぬのを待っているのではなくて。

「故郷の夕べ」に参加した人たちは気づいていた。いつまでも過去にとらわれていてはいけない、と。なんたって第三帝国が終わったと思ったとたん、もっとひどい恐慌が襲ってきたんだからな、農業の集団化とやらを命令されて牛も馬も召しあげられたときさ。そんなふうに話していた。「あんときは泣いたなあ」。

動物への愛着が人間への愛情より強いというのは、シュレースヴィヒ・ホルシュタイン州の沼沢地で育ったわたしにはよくわかる。田舎暮らしというのは感傷を許さない、厳しいものだ。

「へえ、そうなんだ」。この話を孫にしたときの反応だ。何かを聞かれ、きちんとした説明を思いつかないときの言葉だろう。

姿を消した人たち

ベルヒテスガーデナー通りはさほど長い街路ではない。真ん中あたりで六車線のグルーネヴァルト通りと交差するが、こちら側の半分だけでも「ユダヤ人の家」が少なくとも三軒、もしかするとそれ以上あった。三五番地、わが家の真向かいにあたる二／三番地、そしてここ三七番地がそうで、いずれも「強制立ち退き」をうけたベルリン在住のユダヤ人が入居するよう指示されたところだ。ベルリン全体にそうした「ユダヤ人の家」が何軒あったのか、そこで強制入居者がだれと、どれだけの期間収容されていたのか、どの住居がいかなる基準のもとで明け渡しを命じられたのか、体系的な調査はこれまで行われていない。

二／三番地のアパートからは二〇名以上のユダヤ人が強制移送され、わが家から二軒先の三五番地では三〇名以上、斜め向かいの四番地からも多くのユダヤ人家族が姿を消した。七番地や三八番地からも同様である。ここからほど近いローゼンハイマー通り、バンベルガー通り、バルバロッサ通り、マルティン・ルター通り、メラナー通り、ザルツブルガー通り、ランズフーター通りから数千名が「姿を消して」いる。

ベルヒテスガーデナー通り三七番地のアパートは現在もあるが、本書で触れたように、バイエルン地区にあったユダヤ系住民のかつての住居の多くは残っていない。かれらが以前住んでいた通りを、わたしは残らず見て回った。ブランドゥス夫妻がマグデブルクからベルリンに転居して住んでいたエアフルター通り、オスカー・ヴォレとイーダ・ヴォレ、それにブランドゥス家の息子であるヴェルナーとマックスが暮らしたメラナー通り、ヘヴァルト通り（ヘルタ・グリュックスマン）、モッツ通り（ヘルマン・ブラットとクララ・ブラット）、ザルツブルガー通り（エルゼ・ヘルツフェルト）、ランズフーター通り（アリス・クライン、ゲルダ・カイザーとフリッツ・カイザー）、ミュンヒナー通り（カルマン夫妻とレヒニッツ夫妻）、バンベルガー通り（マックス・マルクス）、シュタイナッハー通り（エルンスト・ブランドゥス）、ルイトポルト通り（マルタ・コーエン、マルティン・ブランドゥス）、ヴィルマースドルフ地区のゼーゼナー通り（ベルタ・シュテルンソン、クララ・マルクス）などだ。建設総監アルベルト・シュペーアの命で住居を退去せざるを得なくなり、わたしのいま住むアパートへ強制入居してきた人たちがかつて暮らしていた多くのアパートは、ほとんど影も形もない。昔日の住処もまた姿を消している。

ジェイムズとエルスベートのブランドゥス夫婦はマグデブルクからベルリンへ越してきてエアフルター通り二番地に部屋を借りたが、その場所は現在、ドイチュラントラジオの従業員が車を停める巨大な空き地となり、ぽっかりと口をあけているばかりだ。

ブランドゥス家の息子ヴェルナーとマックスが住んでいたメラナー通り三八番地の角地の建物はいまもあり、文化財として保護をうけていて、おかげで戦後の解体の嵐をまぬかれたものと思われる。クルト・レヒニッツとベティ・レヒニッツが、上品にしつらえた住居を構えていたミュンヒナー通り一四番地では、一九六〇年代初期のあの機能的で魂のぬけがらのような改築物件を目の当たりにした。黄色いペンキを塗った「モダンな」扉がついている。おそらく一九六〇年代初期の成立と思われるランズフーター通り四番地の改築物件のファサードにも愕然とした。アリス・スランスキー・クライン、ゲルダ・カイザーとフリッツ・カイザーが転居前にいたところだが、グレーのペンキに事務所を思わせる窓、玄関フロアはシャワー室の内装でよく見かける小さなタイルのモザイクだ。また、クララ・マルクスとベルタ・シュテルンソンは、それぞれ夫とともにシャルロッテンブルガー・ゼーゼナー通り七一番地に住んでいたが、そこには先ごろ、白色のファサード、床までとどく窓、フランス風のバルコニーといった標準設備の高齢者居住施設が完成している。クララ・マルクスも、わたしのアパートにほど近いバンベルガー通り二五番地で育ったのだが、いまはその場所に子どもの遊び場がある。エルゼ・ヘルツフェルトが強制明け渡しまで暮らしていたザルツブルガー通りのアパートの場所も同じだった。遊び場はずっと残っているケースがほとんどで、遊び場に手をつけることはベルリンでは施主にタブー視されている。

メラナー通り六番地にあったオスカー・ヴォレとイーダ・ヴォレの住居は、現存してはいるものの「骨抜きに」なっている。ベルリンの多くの家屋がそうだったように、旧宅の外装は戦後の時期に取り払われたとおぼしい。そうすることで過去もまた取り払い、葬り去れるようにと願ったのだろうか?

写真家ヘルヴァルト・シュタウトとその妻ルートがテンペルホーフ・シェーネベルク建築管理局から依頼をうけ、一九四九年から一九五七年にかけて印象的な写真集に記録している想像もつかないほどの瓦礫の山を思えば、かつてユダヤ人が起居していた建物のうちどれが爆撃で破壊され、どれが戦後の建築政策の犠牲となったのかは、瑣末な問題にすら思えてくる。シュタウトの写真は被害をまぬかれた住宅を探すために撮られたのだが、バイエルン地区の無数の街路が廃墟じみた残骸の山となり、そこから家の建物の一部が黒い骸骨さながらに突き出すさまを写しとっている。通りをはさんでわが家の向かい側も、現在では一九五〇年代の急造の公共住宅がたち並んでいるが、爆弾投下で完全に粉みじんになっていた。シェーネベルクの全住宅の六〇パーセントが修復不能なまでに破壊されたのだ。

資材になりそうなものを残骸の山から拾いだすという過酷な肉体労働を担ったのが、「瓦礫場の女たち」だった。夫たちは戦死したか、戦傷を負っているか、捕虜になっていた。

わたしの心に生きる住人たち

「わたしの心に生きる住人たち」。そんな言い方をすると、眉をひそめる向きもあるだろうことは承知している。それでも、あの人たちのことはそう思える。はじめは名前くらいしか知らなかったのに、調べてわかったことを通じて少しずつではあるが、どの名前にもそれぞれの物語が結びついていった。語ってくれる言葉はわずかで、どの人の話もテロルの時代にくぐった体験が大半だ。そうしたなかでも、あの人たちとの内的な結びつきが育まれていった。そうなるとは予想もしていなかったし、当初は心の準備もできていなかった。

わたしの心に生きる住人たちは、いつもそばにいた。かれらのことを深く知るにつれ、側翼の三階の窓を開けているのが入居者のKさんではなく、オスカー・メンデルスゾーンが庭を見下ろしているような錯覚さえおぼえた。よく見れば、外を眺めているのはやはり愛想のよいKさんだ。

このアパートのエレベーターはよく故障する。そんなとき、八〇歳のマルタ・コーエンは階段で五階まで行けただろうかという疑問がすぐに頭にうかぶ。自分の暮らしているアパートのどこであれ、別の人の目で見てしまう。あの人たちの眼差しを通して屈折したものを見ているのだ。

ただ、いくら親近感があろうとも、あいだを隔てる壁はなくならない。日常生活が、終わることのない悪夢となり、とどまところを知らぬ恐慌へと変貌したとき、あの人たちの内面で何が起こっていたのかわたしには想像できない。だから推し量ってみる。死をもってする以外に終わりはないだろう、そう悟っていた人が大半だったのではないか。わたしが毎日出入りし、よい休暇を、と管理人さんに声をかけ、小包を預かってくれた隣人に礼を言っているこのアパートで起こったことなのだ。忌まわしい虐殺の第一幕を、あの人たちが体験したのは。

わたしは「後の世に生まれたという僥倖」のおかげで、空襲警報を一度も聞くことがなく、飢えに苛まれることもなく、生きられるかどうかの不安に耐えなくてもよいという幸運に恵まれた。六歳か七歳のころ耳にしたサイレンは、防災機関や消防署が土曜日に試験的にならす警報だった。そんなときでも、映画監督エドガー・ライツにならってフンスリュック地方の方言風に言えば、きょうだいとわたしは「保護区」にいた。庭や森ではしゃぎ回り、芝生墓地でかわいいカエルを捕まえてマーマレードの瓶にあつめ、夕方になれば泥棒ごっこ、道路では棒投げごっこで遊ぶことができた。不安を感じるものなど、何があったろう。わたしたちが過ごしたこの平々凡々な幼年時代と青年時代は、ハンス・シュテファン・ギュンター・ヤーコプや、リリー・シュタイナーとゲラルト・シュタイナーの姉弟が体験したに違いない時代といかに大きく隔たっていることか。

あの人たちも人生に何の屈託もなかったころ、きっとバイエルン広場に友達と集まり、かくれんぼやビー玉に興じたり、喧嘩をしたり、コガネムシを集めたことだろう。書籍商のベネディクト・ラッハマンさんがグルーネヴァルト通りで営む小さな店に、両親と入ったこともきっとあるだろう。わたしの孫も、手のひらサイズのピクシー絵本を並べたこの店先のワゴンを引っかき回しては喜んでいる。これまで調査の対象としてきたのは死者、虐殺された人、故人ばかりだから、わたしの疑問に答えてはくれない。

それでもあの人たちは、わたしのなかでとても生き生きとした存在だ。わたしの祖母は、自分の旧姓のイニシャルESを図案化して刻印した大型の銀のスープ柄杓を、あの「嫌な時代」に守りとおして残してくれた。かつての嫁入り道具のひとつだ。それを磨いていると、クララ・ゼルディスがとても誇りにしていた、革製のトランクに収納した銀のナイフ・フォーク類が目に浮かぶ。わたしの母はエーディト・ヤーコプと同じシンガー社製のミシンを持っていて、以前はそれで娘たちに服やスカートを縫ってくれたものだが、電動格納式ではなかった。わが家のリビングにあるソファーはベティ・レヒニッツのものと同じ淡いブルーなのだが座り心地が良くなく、丈夫なつくりでもないのに、やたらに場所をとる。それでいつも気になってしまう。かつてマルタやベティやヘートヴィヒやエーディトのものだった品々は、いまどこにあるのだろう? クララのナイフ・フォーク類はいったいどこの家庭に収まっているのか? イーダの毛皮のコートをだれが着ていて、エーディトのミシンをだれが使っているのだろう?

世界中に散らされて

ハンス・シュテファン・ギュンターやその叔父ハインリヒ・ルートヴィヒ、祖母クララ・ゼルディスがそうだったように、追い払われた者は全世界に散らばった。ハイマン・ヘルツフェルトはアルゼンチン、サラ・イーレンフェルトの姉妹リナはケープタウン、リリー・シュタイナーはパレスチナ、ジーモン・ジークムント・シュテルンソンは上海、クルト・レオポルト・ゼルディスはキトとエクアドル、ヘルマン・レヴィンはテヘラン。この人たちは全員、新天地を自分で選ぶことができず、手に入ったものを受け入れる以外になかった。言葉がわからず、文化や風習、日常生活にも馴染みがなく、そのうえ厄介者扱いされたり、知らん顔をされたりする国であっても、受け入れてくれるなら良しとするしかなかった。

来てほしいとはだれにも言われなかった。パレスチナへの移住が唯一の選択肢だと、以前にも増してユダヤ人が考えるようになった所以である。自分たちが属すべきはヨーロッパであって「オリエント」ではない、長いことそのように信じていた。努力をすれば、相手に合わせていけば、地位が上がれば、その一員になれるだろうという夢は砕け散った。頼れるのは自分だけだと思い知り、安全な港を自力で築くほかなかった。パレスチナ以外にどこがあるというのか。

ところが、戦争で疲弊して経済的にも破綻しかけたイギリスは、委任統治しているパレスチナへの移住を依然として封鎖し、避難民十万人の受け入れを求めるアメリカ大統領トルーマンの要請も拒絶した。一九四九年までイギリスはホロコースト生存者をキプロス島に収容していた。現在でも、この国は難民を東アフリカのルワンダに送還している。

ユダヤ人難民のうち故郷へ帰還したり、地元で身を潜めて生き延びた人が、あらためて憎悪、冷笑、暴力の対象になるという事態が頻発した。まわりにいるのは、追放された人の持ち物をかすめ取ったり、その家屋に移り住んでそのベッドで眠っていたりする人たちで、戦利品を譲ろうとする気など毛頭なかった。そんなモラルの失われた、殺伐としたヨーロッパでどこに行けばよいというのか。

多くの人が、新生活をはじめる気力を失った。クルト・バロンの心を萎えさせたようにみえる、あの失意も決して稀なケースではなかった。わたしの心に生きる住人たちのうち、生還を果たしたごく少数の人でさえ、その生活は長年の迫害、逃亡、地下潜行、家族や友人や親類との非情な離別などで傷だらけになっていて、落ち着いた「普通の暮らし」のために「帰郷」することなどとても考えられなかった。ジークフリート・クルト・ヤーコプは終戦から数年して心臓を悪くし、シドニー・シュテルンソンはリウマチと副鼻腔炎に生涯苦しみ、クララ・ブラットはあごの化膿、ハワード・スティーヴン・グラント・ヤーコプはおそらく抑うつ症、クルト・バロンは一九五一年に要介護者になった。暴力で粉々に砕かれた生活のかけらを元どおり修復し、体も心も安らかになることができた者は一人としていない。過去は失われ、現在は思うにまかせず、未来は心許ないままだった。

東側に送った小包とバラック小屋

ほかの子が持っていない物があったら、自分のを分けてあげる人間になりなさい。たとえ辛くても。わたしたち姉妹は父にそう教えられていた。だから、「ポニー・ヒュートヘン」〔ケストナーの童話の登場人物〕のお人形をわたしは泣く泣く手放し、衣類その他の物品といっしょに、大きな小包で一九五六年のクリスマスに贈り物として発送した。ハンガリーの「民族蜂起」がソビエトに蹂躙されたことに父は強い衝撃をうけ、近所でまだ誰も持っていなかった大型のテレビ受信機をいきなり買ったりしていたが、この動乱は鎮圧されて二〇万を超えるハンガリー人が国外脱出した。「ポニー・ヒュートヘン」を抱っこすることになったのも、その難民のどこかの女の子だろう。

父はその一年後、「東地区」（当時、東ドイツをそう呼んでいたのは保守的な大衆紙《ビルト》だけではなかった）の二家族の送り先を、娘のひとりひとりに割りあてた。そして家の業務倉庫の食料品から月に一度、姉妹のだれかが重さ七キロの小包をふたつ作りなさいと命じた。コーヒー、紅茶、チョコレート、ナッツ、クッキー、砂糖、石鹸、その他もろもろの品があった。加えて、小包を送ることを知らせるかなり長い手紙を各家庭にあてて書くように言った。わたしが荷造りをすることになった二家族は、ケーニヒスヴスターハウゼンに近いヴィルダウと、ベルリン近郊のシュルツェンドルフに住んでいた。前者の家庭には四週間泊まったことがあるが、大きなコップ一杯のバターミルクが毎朝待ち構えているという、あり得ないような滞在だった。

わたしは一四歳で、灰色の風景や街路灯の黄色い光、いつも自分に向けられる期待をこめた眼差し、そういったものに気持ちが萎えていった。どこも狭苦しく、夫婦用のベッドをその家のお母さんと分けあって使い、頭上には咆哮する鹿の絵がかかっていた。それでもお母さんは、当時の東ベルリンの魅力をできる限り伝えようと努めてくれて、シッフバウアーダム劇場で、ヘレーネ・ヴァイゲル出演のブレヒトの演劇『肝っ玉おっ母』も初めて見せてもらった。とても面白かった。それなのに、わたしは家に帰る日を指折りかぞえていた。ただその一方で、自分の知る調和のとれた生活とはまったく別の生活があることを目の当たりにし、理解したのだった。

忘れがたく心に残る教育劇〔ブレヒトが提唱した実験的演劇。演者も観客も劇を通じて学ぶことを目指す〕はそれだけではない。

わたしの故郷の村には、モミの木とシダに覆われた森のはずれに「バラック収容所」があった。

そこには、東プロイセンをはじめとする東部地域から長い列をつくって移ってきた難民が住んでいた。住処を追われてシュレースヴィヒ・ホルシュタイン州にやってきた人は百三十万人を超え、どの村でもなにがしかの人数を受け入れなければならず、わたしの故郷の村では一万人の大台を突破して市に格上げになった。

バラックの子どもたちとはだれも関わろうとしなかった。その評判は芳しくなく、分厚いじゅうたんを肩にかついで道を歩く「ツィゴイナー」を人びとが見る目と変わらなかった。新参者は言葉づかいがおかしいし、なんとなく臭いし、みんなシラミだらけだ。そんな烙印《スティグマ》は長いこと消えることがなかった。

朝、学校に行くとき、「事務所」へでかける父に途中まで手をひかれていくことがあったが、その当時六歳くらいの女の子によく追いかけられた。ブロンドの髪を長く伸ばし、足ははだし、なんだか不潔な子で、使い古しの革のランドセルを背負っていた。わたしのほうがひとつ年上だった。学校まで一緒に行きたいといつもせがまれるので、逃げようとして足を早めるようになった。そのうちこの女の子がとても煩わしくなり、「いいかげん、あっちに行きなさい」と声を荒らげて怒鳴りつけたこともある。だが、相手はいっこうに動じる気配もない。

ある日、相変わらず女の子につきまとわれて邪険にしているところを父に見られてしまい、止まってうしろを振り返りなさい、と叱られた。父が女の子にやさしく名前を聞くと（マルグリットという名だった）、わたしは仕方なくその子の汚れた手を握り、四週間いっしょに学校に行こうね、と言った。毎朝わたしがバラックまで迎えに行くことになった。泣いて嫌だと言ったがどうにもならない。

「なにか良いこと」を思い立ったらそれをせずにいられない、父はそういう人だった。

それからは毎朝、重たい足を引きずるように森のはずれに向かい、赤茶色のペンキを塗った木製のドアをノックし、学校でも、いじめられないようにマルグリットを守った。いつしか午後も遊びにいくようになった。それも自分の意志で。お母さんが焼いてくれるお菓子のシュトロイゼルクーヘンは、とにかく絶品だった。

顔写真

わたしの住むアパートのユダヤ人居住者のうち、写真を見たことがあるのはマルタ・コーエン、ジークフリート・クルト・ヤーコプ、ヴァレリー・マルクスがアメリカへ入国申請をしたときの判別しがたいパスポート写真、ヘルマン・ブラットがブラジルへ行こうとしたときのごく小さな写真、それから、ずっと後になって見たクルト・バロンの写真だけだった。それ以外は自分のなかで想像するしかない。

台所に立って、ジャーマンポテトを作るジークフリート・クルト・ヤーコプの姿がたびたび目に浮かぶ。ベティ・レヒニッツがミュンヒナー通りの住居から、泣きながら連れ去られていくところも見える。もはや頼みの綱は、「不仲」だったと記録されている夫だけだったろう。ブランドゥス一家が集まり、フランツ・ネイサンのためにカディッシュ〔ユダヤ教の礼拝の最後に唱える頌栄〕を唱えている場面も見える。

いちばんよく白日夢に現れるのは、一二歳のハンス・シュテファン・ギュンター・ヤーコプが駅で旅立つところだ。父親はまだ刑務所に入っており、母エーディトもおそらくすでに去っていた。

だれが列車に乗せてくれたのだろう？　祖母のクララだろうか？　そもそも親も親戚も、ホームで見送ることはしなかったかもしれない。行きたくない、と子どもが言って涙、涙の別れにならないようにと気を使っただろう。まさかそれが永遠の別れになろうとは、まず思わないだろうから。それから、ハンス・シュテファン・ギュンターがロンドンのリバプールストリート駅に到着する場面。養家がまだ見つかっておらず、いちばん後ろのほうでホームに降り立ち、児童養護施設に入る。そんな子どもの心細さはいかばかりだろう。両親と連絡する手段すらない。少年を抱きしめてくれた人はいただろうか？　寝るときに布団をかけてくれた人は？　慣れない生活が始まって困ったとき、助けてくれた人はいただろうか？

そんな空想を、見ず知らずの人に話してみたくなったことがある。二〇二二年四月のある午後、ドイツ人の友人たちや夫と一緒にオックスフォードの牧草地《メドウズ》を強行軍で散策してから、テムズ川の支流沿いにあるビアガーデンに立ち寄ったとき、そこでたまたま出会った人だった。お店では別に面白いこともなく、わたしたち一行のほかには一人の老紳士が成人の娘さんを連れて、隣のテーブルで日に当たっているだけ。わたしたちは水とアイスクリームを注文し、どうということもない軽口を言い合っていた。お二人が隣からときおりこちらに親しみと興味をこめた視線を送ってきていたが、そのうち娘さんが支払のために立ってお店の中に消えた。

すると突然、隣のテーブルの紳士が話しかけてきた。ドイツ語だった。どちらから？　ベルリンですか？　わたしも八〇年以上前にベルリンから来まして、キンダートランスポートでイギリスに連れてこられたのです。紳士はそう言うと、一分以上も黙りこんでしまった。心の目に次から次へと映像が湧きあがっているかのように。あえて口をはさむことが、だれにもできなかった。

　この異国の島に着いたときのことを老紳士がどのように話していたか、正確には思い出せない。せいぜい二言三言だったと思う。探している言葉がなかなか出てこない様子だった。勘定をすませて戻ってきた娘さんは、自分の耳が信じられないというふうだった。父がドイツ語を話すなんて、はじめて聞きました、と言っていた。

　わたしはといえば、頭のなかで映画のフィルムがぐるぐる回っているようで、尋ねたいことがすぐには口からでてこず、願ってもない機会をとらえることができなかった。チャンスを逃してしまったが、それはそれで良かったのかもしれない。老紳士は急にぐったりした様子で、わたしたちとはまた距離をとろうとしているように見えた。そして辞去の意を示すように、ふいと言った。

「さて、少し横にならなくては《アイ・ハフ・トゥ・ゲット・サム・スリープ》」。

家族の歴史

家具というものは歴史を物語る。家族の歴史を。マルタ・コーエンは、バルコニーに通じる窓の前にすわって遺言書の追記を書いた。いまその場所には、泡沫会社乱立時代《グリュンダーツァイト》の時期に製作された書斎机を置いているのだが、わたしはこれと瓜二つの机をヴァーツラフ・ハヴェルの写真アルバムで見たことがある。ファシズムとスターリニズムの蛮行で断ち切られるまでは、ヨーロッパのあらゆる国境を越えて市民階級を結びつける糸が張り巡らされていた。わたしの「ライティングデスク」は祖母から相続したものだ。祖母はボーデン湖をはるかに望む庭に桃の木がそびえるこぢんまりした木造家屋に住み、わたしが泊めてもらっているときはほぼ毎日、この机で早朝から手紙を書いたり本を読んだりして、部屋には音楽を流していた。幼い頃のわたしの目に、それは見慣れない光景だった。いつも、せわしなく近所を駆けずりまわる母の姿ばかり見ていたからだ。たまに母が腰をおろすのは、「商売のこと」で父と深刻な相談をするときであり、リビングとの境の引き戸が閉じられて、わたしたち子どもが両親の邪魔するのは厳禁だった。

祖母が机の椅子から腰をあげるのは、シェパードのペッツィ——その後を継いだのはコッカースパニエルのアドニス——が散歩をせがむときだけ。出かけるとき、祖母は入念に服装をととのえ、眉を引き、口紅を塗り、マニュキアをした。ヘルマン・ブラットなら、きっと「趣味のよい女性」と表現したことだろう。商売のことは祖母の頭にはあまりなかった。その代わりマナーを守ることや（「両手はテーブルのうえ！」、「背筋を伸ばして座る！」、「料理を取るときは先に断ってから！」）、「礼儀にかなう」ようにすることに徹底してこだわった。朝食のテーブルには必ずバターナイフを用意し、アイロンをかけたナプキンをナプキンリングに留め、グラスは洗ってから、とびきり薄手のディッシュクロスで磨いておく。家にあるどの品々も、祖父が船旅のみやげに買ってきた中国や日本の数々の置物も、祖父が描いたたくさんの絵も、毎日ひとつひとつほこりを払う。そうした市民的な几帳面さがわたしには好ましかった。子だくさんでひっきりなしの喧騒、ケンカ、散らかった部屋、際限のない母の労働、そんなわが家での主役は実用的な物品であり、プラスチックのコップ、現代風のキッチンだった。

英雄の輝き

祖母はわたしに親しくしてくれた。自分というものをしっかり持っていて、母よりもモダンな人にみえた。階級意識も母より強く、自分のことは必ず「フィッシャー提督夫人」と呼ばせていた。わたしは若いころ、そう呼ぶのにかなり抵抗があった。住んでいたシュレースヴィヒ・ホルシュタイン州にそんな習慣はない。「見栄っ張り」と言われるだけだろう。「親愛なる総統閣下」を崇拝していたのかどうか、何も聞いたことはない。第三帝国の時代のことを話してくれたことは一度もなかった。わたしのほうもまだ若くて知識が乏しく、何も尋ねなかった。

祖父が妻のために書斎机を設計し、製作させていた。ガラスの戸棚、安楽椅子二脚、チェア、テーブル、それに寝椅子とのアンサンブルだったが、寝椅子のほうはとうの昔にスプリングが壊れ、すり切れてお役御免になっていた。デザイナーの才能を見込まれてそんな作業を任されたわけではないはずだ。祖父は筋金入りの軍人だった。その一方で、美的な才能にも確かに恵まれていた。家具、見事な庭のあずまや、家族がモチーフのクリスタルガラスを入れた窓などを設計したし、絵筆をとることもあり、一時期などは絵を売って生活していた。

祖父はすでに一九一九年に旧海軍を除隊して退役海軍少尉となっていたが、その心を大きく占めていたのは芸術への関心よりも軍隊的な思考だった。無条件の服従を信条とし、公的にも私的にも、ドイツナショナリズムへの信頼と一心同体だった。戦局の変化が日増しに明らかとなるなか、祖父はかわることなく「わが民族のきわめて偉大なる戦い」を確信し、そのあかつきに「千年の歴史が塗り替えられ、打ち立てられる」と信じていた。

祖父の来客記念帳に友人たちが記した文章にはどれも年代が記されているのだが、世界情勢、ユダヤ人、ゲシュタポ、侵略、捕虜といった言葉は一言もない。共に過ごした「心地よい時間への感謝のしるしがどのページにもあふれ、なかにはぎこちなく韻を踏むものも少なくない。「わたしが馬にまたがるとき／君らのことをぜひ思いだそう！／この喜びすべてに感謝をあらわそう／わたしの心を豊かにする喜びに」、そう記しているSS将校サシャは、わたしの母に長いあいだ――幸いなことに叶う望みはないまま――求愛していた人物だ。ベルヒテスガーデナー通り三七番地のユダヤ人入居者が全員追放された一九四二年は、このボーデン湖畔の家では慶賀すべき年だったらしく、勝利を確信した前祝いを開いている。

スターリングラードの戦いから風向きが変わっていった。祖母は平和への祈願をもって一九四三年を迎えたが、以降のページでも、深い吐息をつきつつ同じ願いを繰りかえし書きつけている。

一九四四年三月、祖母の一番下の息子が亡くなった。わたしの叔父にあたるこの人は一七歳で「志願兵」に応募し、戦闘機のパイロットとしての訓練を突貫作業でうけ、「一三四機の敵機のただなかで及第の成績を収め」、多いときには連日三回の飛行で攻撃をした。エーディト・ヤーコプを死に至らしめた爆弾を落としたのは、ひょっとしてこの人の戦闘機だったのではないか？　そんな疑問がたびたび脳裏にうかぶ。

「こういう息子」が欲しい、祖父がいつも願っていたとおりの息子だった。所属する編隊で最高の功績をあげたパイロットとして幾多の表彰をうけ、ついにはヘルマン・ゲーリングから「空軍名誉杯」も授けられている。パイロットの息子の死を告知するするために両親が起草した死亡広告は、誤ったヒロイズムの虚しい言辞であふれんばかりだ。「彼を愛する者らの深い痛みは、総統閣下と帝国のため常に喜んで身を捧げた、あの子の誇らしい記憶の前にあって色褪せるほかありません」。祖父母は息子に感謝していた。あの子は「英雄の輝き」を家族に贈ってくれたのだ、と言って。

営業収支

わたしの父は「ヒロイックな」大言壮語とは無縁で、それよりもＢＭＷのバイク、ダンス、美しい女性に興味があった。が、それも母と知り合うまでのことで、ふたりが結婚して子どもができてからは、家族と、父親から受け継いだ食品卸業の「商売」がいちばん大切なものになった。

ポーランドと戦争が始まる二カ月以上も前に召集をうけ、ハンブルク営舎に出頭せざるを得なくなった。当局の言論統制で、侵攻の当日になってもなお「演習」という言葉を使ってはいたものの、それがどういうことなのか誰もが予感していた。父は手紙では「A…」とか「東部方面」といった書き方で近況を知らせ、それで母に事情がわかるようにしていた。

一九三九年から一九四三年二月まで父が母宛てにほぼ毎日書いた手紙は、ときに二〇枚を超える分量があり、家族の扶養、経済基盤の構築といった「もっと大事な役目」を自分のような男たちが果たすのを邪魔する「忌まわしい戦争」をあからさまに罵っている。戦争経験で粗暴な男になってしまうのも父の危惧するところで、「俺たちは市民生活から落伍する!」と書いている。前線からの手紙は検閲されるのに、それを気にもかけていなかった。

商売で「欠かせない」人間になりなさい、いまは商売人としてまだまだ経験不足だが「時がたてば万事を取り仕切れる」ようになる、父は召集された直後から母にそう説いていた。戦争から生きて無事に家に帰れるだろうかという不安も、父の心をせきたてていたようだ。毎日のように、母に指図を書き送っていた。トラックが会社に徴発されたのでトラクターを購入せよ、果汁を千リットル倉庫に貯蔵せよ、必要な商品を手に入れるためなら「相手を押しまくれ」。母はというと、確認のために計算書、売上高、収支決算を送らされ、戦争の凄惨さから父を守るワクチンとなり、父をつなぎ止める錨になり、父がすがる麦わらになった。あなた、まだ先の人生があるでしょう、明日がありますよ。父は余計なことをいっさい考えないようにして、あの「忌まわしい戦争」での身の破滅をまぬかれた。平和主義者とはとても呼べないが、英雄になりたいとも思わず、軍隊での出世にも興味がなかった。考えるのは生き延びることと、次の休暇の帰省のことだけ。自分に命令をしてくる人間がいると思うのが、どうにも面白くない。戦争など、意味のない時間の浪費だと考えていた。

一年以上のあいだ父から母への音信が途絶えたが、ようやく一九四四年の三月初旬、命の危険があるほど痩せこけて重い病に冒されながらも、リトアニアの野戦病院にいることが確認され、五カ月後にシュレースヴィヒ・ホルシュタイン州へ搬送されてきた。一九四五年二月に兵役を解かれ、重度身体障害者の認定をうけた。厳寒のロシアで重い腎臓障害になったのが幸いして前線では死なずにすんだが、のちにそれが災いして何年もしないうちにこの世を去った。

父は最後、どこにいたのだろう？　ロシアなのはおそらく確かだが、そのどこに？　父が家に送ってきた最後の写真は、陽気な兵隊生活を写した活気ある戦場写真ではなく、焼け焦げた大地、黒く焦げた切り株、灰に埋もれた村落の写真ばかりで、所属する中隊が通過したところだと思われる。父は何を見たのだろう？　何をしたのだろう？　五年近くのあいだ、父は戦争の出来事に加担せざるをえなかったのだ。そんな破壊と殺戮の世界を、まるで清らかな愚者パルツィファルのような顔をして渡り歩けたと思うのは、淡い幻想ではないだろうか。だが、総統と帝国のために出征せざるをえなかった男がたいていそうだったように、父も忌まわしい時代のことを語らなかった。ただ悪夢にはうなされ、夜の闇に向かってうわごとを言い、たびたび大声をあげた。ついにそこから解放されることはなく、しつこく襲ってくる割れるような頭痛からも逃げられなかった。

父は何を経験したのだろう? 本人に聞くことはできなかった。父は早世し、そのときわたしはまだ幼かった。

さようなら、マルタ

本書で語ってきた人たちのなかでも、特別にお別れを告げなくてはならない人がいる。マルタ・コーエンだ。この女性が人生最後の時間を過ごしたのが、わたしの長年の自宅となっているこの住居だったことに、かなり後になるまで気づけなかった。アパートの前の街路沿いには黄色いつるバラの絡まるオークの木が、この部屋のバルコニーに届かんばかりにそびえているが、マルタの時代にこの木はまだなかった。

それでもわたしが書斎机に向かい、執筆中の文章から目をあげて外を眺めるのと同じ窓から、マルタも外の景色を見つめていたことだろう。通りに面した部屋のヘリンボーン模様〔細い板を山形に並べた寄木細工〕の床は年季が入っているから、ひょっとするとマルタの足元でも、今と同じようにぎしぎし鳴ったかもしれない。マルタがもっていたようなグランドピアノはないが、たまに気まぐれで夫が弾くアップライトピアノならある。

この住居に住んでいたのがマルタだと、以前なら思ってもみなかったろう。ヒントはあったのに、読み解くことができなかった。でなければ、マルタに捧げられた「つまずきの石」の前を通るたびに、わざわざひょいとよけて通ったりしはしなかったはずだ。立ち止まってちょうだい、考えてみてちょうだい、という願いの声を聴きとることができなかった。

あなたにさよなら《アデュー》を言います、マルタ。お花を手向けたり、ずっとお話しできるように折畳み椅子を持っていけるお墓が、あなたにはないから。あなたの遺灰はエーガー川の流れに運ばれていった。けれど音楽があり、いつもあなたの傍では音楽が響いていた。あなたのためにグスタフ・マーラーの「交響曲第二番」のレコードをかけよう。「復活」の交響曲。あなたもよく知っているでしょう、そのフィナーレの一節。「私は死ぬ、生きるために！　甦るのだ、そう、おまえは甦るのだ」。

「ノン、ノン、ノン、ノン、ばあば！　ちがうよこの音楽！　うるさすぎ！　うるさいの！」孫が抗議の声をリビングからあげながら、耳を手で抑えている。

「でもね、この曲でマルタと惜別しているのよ、イリアス」

「それ、黒い服を着た女のひと？」

「そうよ、そのひと！」

「惜別ってなに？」

「もう会えない誰かにさよなら《アデュー》を言うの」

「女のひと、もう音楽ができないの？」

「できない」

「どうして？」

「死んじゃったから」

「終わったの？　パパといっしょ？」

「そうよイリアス、命が終わったの、オレスティスみたいにね」

「じゃあ、ぼくもそのひとにアデューを言うよ」

「オーケー」

「よかった、これでやっとピンポンできるよね、ばあば？？」

「すぐ用意するね、イリアス。あと五分だけ待てる？　大丈夫？」

沈黙……

「うーん、たぶん大丈夫」

謝辞

ヴォルフガング・バウエルンファイント氏の熱心なお勧めがなければ、おそらくこの文章を公にすることはなかったと思う。逃げ出そうとするわたしの手を放さずにいてくださったことに感謝している。帰らぬ人となられたため、できあがった本書をお渡しすることはかなわなかった。ご冥福をお祈りする。

代理人のニーナ・シレムさんも、本人は気づいておられないだろうが、氏を側面から援護射撃してくださった。彼女とぜひ一緒に仕事をしたいという人は、わたし一人ではないだろうと確信している。内容についての指摘や感想のみならず、個人的に寄り添っていただいたことがありがたかった。

発行者のグンナー・シンブルク氏にも感謝申しあげる。構成について矢継ぎ早にいろいろな助言をいただき、はじめのうちはどうにも賛同できなかったが、わたしの懸念とは裏腹に、結果としてまぎれもなく有益な助言だった。

夫のエドゥアルト・ホイセンは、わたしが調査した話をするときの最初にして最高の聞き役になってくれた。感想、疑問、補足を聞かせてもらうたびに内容が充実していった。ウルファ・フォン・デン・シュタイネンさんと、シチリア出身のその義姉妹エルヴィラ・リマさんからは最初に励ましをいただいた。現在の形よりずっと短いごく初期の草稿は、このおふたりが最初の読者だった。

故フライムート・ドゥーヴェ氏にも感謝をささげる。わたしが生涯で師と仰ぐ唯一の方だった。この方からいただいた応援や励ましは、うまく言葉に表すことができない。プロ意識、創作意欲、ユーモア、腹をくくること、窮地に陥った者への感情移入。わたしがものを書くところを、いつも肩越しにじっと見ておられた。

いまは亡きゼバスチアンにも、わたしたち家族のために割いてくれた時間への謝意を表したい。本書に記した体験、経験、旅行の多くは、当時、あなたが子どもたちの面倒をとても良くみてくれたからできたことでした。

かかわった「避難民」の皆さんからは自分の卑小さを学んだ。そして、「犠牲者なき《ポスト・ヒロイック》」人生を送れたことをありがたく思う。

二つの言語で育ってきた孫のイリアスとの会話は事実そのままだ。過去の暗い影から逃れて、何もかも吹きとばす生気あふれる現在に戻るひと時を与えてくれた孫に、ありがとうと言いたい。

情報源

調査を始めたころは広漠な空白を感じたものだが、そのわりには思いもよらぬ発見もたくさんあった。賠償請求書類、土地登記庁、ベルリン州立文書館、そしてブランデンブルク州立中央文書館に保管されている財産申告書に、それはあった。たいていのことなら、いちばん頼りになる味方は文書館の職員の方々だと経験で知った。そのご助力に負う発見もいくつかある。教わることの多かった書籍やエッセイをリストアップしたが、ここでは一部に限らせていただいた。

オンラインのデータベース

国家社会主義《ナチズム》の犠牲者と生存者に関して世界最大規模のアーカイブを保有するアーロルゼン・アーカイブズは調査に不可欠だった。〈アメリカ・ユダヤ人共同配給委員会〉のＡＪＤＣカードも随所で見つけることができる。このカードにはベルリン在住ユダヤ人の経歴や、ときには配偶者、両親、子どもについての記載まである。強制収容所の抑留者の書類、難民キャンプ、種々の捜索依頼書などの記録もそこで探すことができる。「別人だった」エーディト・ヤーコプと、ジュネーブの国際難民機関とのあいだで交わされた手紙もそのデジタルアーカイブで発見した（UNHCR Genf, *Documents IDs* 81018429, 81018430, 81018429, 81018431）。ヘルマン・ブラットが戦後、難民キャンプで将来への希望と計画を尋ねられた「調査票」も残っている（3,2,1,2, *CM/1, Document ID:* 80328254）。

そのほかイスラエルの国立記念館ヤド・ヴァシェムにもデータバンクがあり、何百万というショアの犠牲者の名前が載っていて、ケースによっては子孫の「証言」もある。

デジタル化されているテレージエンシュタット・ゲットーのデータバンクでは、保存されていた犠牲者の死亡証明書にアクセスできる。

〈ドイツ在住ユダヤ人全国連合〉の個人カードファイル。特に、国外移住者あるいは故人のカードファイルが役に立ったケースも少なくない。

キンダートランスポートに関しては、イギリス国立公文書館のオンラインデータバンクで見つけた記録もある。ナチから逃れてきたユダヤ人を、戦争が始まってから「敵性外国人」として抑留した、評価の分かれるチャーチルの政策に関しても資料がある。

一七九九年～一九七〇年のベルリン住所録や、ユダヤ人住所録のうち刊行年が一九二九年／一九三〇年と一九三一年／一九三二年のものはデジタルの宝箱だ。ケースによっては、一九〇八年～一九五三年のベルリン電話帳も足跡をたどるのに役立った。

わたしの調査で最重要の情報源となったのは、ベルリンの補償局の資料だった。この役所は、「国家社会主義による迫害の被害者に対する賠償に関する連邦法」を管轄している。ケースによってはベルリン州立文書館の資料も役に立った。ブランデンブルク州立中央文書館には追放された人の財産申告書があり、これに目を通す作業も欠かせない。

土地登記庁に出向いたときには、わたしの住むアパートについての資料に建築家アルフォンス・アンカーの名前を見つけた。また、ベルヒテスガーデナー通り三七番地の建物について、ジェニー・フォン・ベーリング（旧姓ハウクヴィッツ）という人が所有権譲渡を求めている申請書をふくむ仮登記が見つかった。

「わたしの心に生きる住人たち」の財産申告書も、ブランデンブルク州立中央文書館でいくつか発見できた。

個別のテキスト

マルタ・コーエンについては、ベルリンの「つまずきの石」の関連ウェブサイトにアンネ・メッケル博士の『ハンエローア・エメリッヒの主要な先行業績を踏まえて』という文章がある。

マルタの遺言に追記があることは、ヘルムート・ホルツヘイの論文『マルタ・コーエンの遺言。迫害の時代の感動の文書』（刊行年不明）に教えられた。

ジェイムス・ブランドゥスとエルスベート・ブランドゥスの夫妻に関しても、『われわれはドクトル・ジェイムス・ブランドゥス夫妻を忘れない』のタイトルで、マグデブルクのシナゴーグ共同体のアーカイブのために作成された文章がある。

ミヒャエル・ケーン『一九三三年以後のベルリンの歯科医の職業禁止、亡命、迫害 *Berufsverbot, Emigration und Verfolgung Berliner Zahnärzte nach 1933*』、ドイツ歯科医雑誌（二〇一三年）所載。

ベルリン・シェーネベルク、バイエルン地区

この自宅から外を眺めると、視界の先にハイルスブロンネン福音教会の塔が顔をのぞかせている。この教会がナチの時代、どのような境遇にあったのか教えてくれる文書を探していたところ、一九四七年に刊行されたマックス・クラカウアーの自伝『暗闇の中の光 *Lichter im Dunkel*』（一九四七年／二〇一二年）に出会った。

七〇名を超える支援者の輪のおかげで、同じくユダヤ人の妻イネスとともに身を隠しとおした人物だ。地下に潜ったユダヤ人を匿う覚悟を決めていたことが知られる一連の牧師のなかに、ハイルスブロンネン福音教会に在職していた牧師テオドール・ブルクハルトもいた。

ベルリン・シェーネベルクのバイエルン地区の歴史については、グドルン・ブランケンブルクに何冊か著作がある。『ベルリン・シェーネベルクのバイエルン地区 *Das Bayerische Viertel in Berlin Schöneberg*』（ベルリン、二〇一六年）と題した示唆に富む著書があり、〝ある歴史書の中の人生〟という絶妙のサブタイトルがついている。イレーネ・ゲッツとの共著で『破壊されたシェーネベルク　ヘルヴァルト・シュタウトによる廃墟写真 *Das zerstörte Schöneberg. Ruinenfotos von Herwarth Staudt*』（ベルリン、二〇一五年）も上梓している。クリスチアーネ・フリッチュ・ヴァイトの編集になる一冊にも、興味深い論考がある。『バイエルン広場書店　狭くても溢れる宝物 *Buchladen Bayrischer Platz. Klein, aber voller Köstlichkeiten*』（ベルリン、二〇一五年）という一冊だ。

ホロコーストの回想としては、一九九五年に二巻のカタログ『記憶の場所 *Orte des Erinnerns*』（編集：シェーネベルク芸術局、シェーネベルク博物館、協力：ヴァンゼー会議記念館、ベルリン、一九九五年）が刊行されている。追放者の名前は第二巻に載っている。

レナタ・シュティとフリーデル・シュノックがバイエルン地区の街灯柱に取り付けたプレートには、反ユダヤ主義に基づく無数の法令や禁止事項が記されていて、設置当初には苦情が相次いだ。憤慨したバイエルン地区の住民からは、「極右」が反ユダヤ主義の標識をかけている、という電話がシェーネベルク区庁舎にかかってきたという。

シェーネベルク区庁舎には、一見の価値がある常設展示「われわれは隣人だった」がある。ベルリン・シェーネベルクから追放された六千名を超えるユダヤ人の名前が手書きで記録された整理カードが、ヴィリー・ブラント広間の壁に貼って展示されている。一七〇人分の伝記をアルバムにまとめて、ひとりひとりの運命を語っており、そのなかには当時すでに名の知られた人物、たとえば著述家でノーベル賞受賞者のネリー・ザックスや、コメディアン・ハーモニスツのメンバー、あるいは、追放前にはヘルムート・ノイシュテッターと名乗っていたヘルムート・ニュートンの写真作品などもある。

バイエルン地区周辺にどのような著名人が住んでいたか知りたい向きには、ギュンター・カール・ボーゼの一冊『市立公園シェーネベルク *Stadtpark Schöneberg*』（ベルリン、二〇二二年）に事例がいくつか載っている。

自伝／日記

ルート・アンドレアス・フリードリヒ『影の男　日記一九三八年～一九四五年 *Der Schattenmann. Tagebuchaufzeichnungen* 1938–1945』（フランクフルト一九四七年／第二版、一九八三年）は、いまでも圧倒的に一読の価値がある。ウルズラ・フォン・カルドルフ『ベルリンの記録　一九四二年～一九四五年 *Berliner Aufzeichnungen. Aus den Jahren* 1942–1945)』（増補新版、ミュンヘン、一九八一年）も欠かせない。あるいは、批判もある本だが『ベルリンダイアリー――ナチ政権下 1940-45』（白須英子訳、中央公論新社、一九八九年）や、本書でも何度か引用したウルシュタイン社の元コラムニスト、ベラ・フロムの『ヒトラーがわたしの手にキスをしたとき *Als Hitler mir die Hand küsste*』（ベルリン、一九九三年）、ヨハンナ・ヴォルトマンの手で編纂されたゲルトルート・コルマー『書簡集 *Briefe*』（ゲッチンゲン、二〇一四年）などがある。

アルベルト・シュペーアと既存住宅の「脱ユダヤ化」

アルベルト・シュペーアの自伝は、『ナチス軍需相の証言――シュペーア回想録』(品田豊治訳、中公文庫、二〇二〇年)。ベルリンの既存住宅の「脱ユダヤ化」がどのように推進されたかを知るのに重要な文献には、二〇一一年に刊行されたスザンネ・ヴィレムスの学位論文『居場所を奪われたユダヤ人 *Der entsiedelte Jude*』があり、二〇一八年に著者により改訂されている。この文献は、「帝国首都建設総監」であり後に軍需相ともなったアルベルト・シュペーアが、ベルリンのユダヤ人の強制移送にどのような責任があったかを扱っている。シュペーアは戦後、犯罪者そのもののサディストたちに囲まれながらも自分が唯一、非政治的でまっとうな国家社会主義者だったと世間に売り込むことに成功し、それがあまりにも長いこと払拭されなかった。新聞《フランクフルター・アルゲマイネ・ツァイトゥング》の文化欄担当共同発行人ヨアヒム・フェストや出版者ヴォルフ・ヨプスト・ジードラーも、シュペーアの伝説づくりに一役買った。

マティアス・シュミット『アルベルト・シュペーア：神話の終わり　歴史偽造の露見 *Albert Speer: Das Ende eines Mythos. Aufdeckung einer Geschichtsfälschung*』(ミュンヘン、一九八二年)。

ヨアヒム・フェスト『シュペーア　伝記 *Speer. Eine Biografie*』(フランクフルト、二〇〇五年)。

マグヌス・ブレヒトケン『アルベルト・シュペーア　あるドイツ的な栄達 *Albert Speer Eine deutsche Karriere*』(ミュンヘン、二〇一七年)。

ギタ・ゼレニー『アルベルト・シュペーア　真実との闘いとドイツのトラウマ *Das Ringen mit der Wahrheit und das deutsche Trauma*』(ミュンヘン、一九九七年)。

「脱ユダヤ化の利得」

「脱ユダヤ化の利得」のテーマで草分けとなったのが、ヴォルフガング・ドレーセンの編集・解説で一九九八年に刊行された資料集『件名：〝作戦三号〟 *Betrifft: »Aktion 3«*』。この資料はデュッセルドルフ市立博物館の展覧会でも展示された。

マルティン・フリーデンベルガーの研究書『国庫による略奪　ベルリンの租税・財務行政とユダヤ系住民一九三三〜一九四五（*Die Berliner Steuer- und Finanzverwaltung und die jüdische Bevölkerung* 1933–1945）』（ベルリン、二〇〇八年）は、国家による組織的収奪が、いかに微に入り細を穿つようなやり口だったかを描くとともに、いかに多くのさまざまな社会集団や個人が「不正利得の連鎖」に関与していたかを明らかにする。

このテーマに関して同じく推奨したいのが、クリスチアーネ・クラー『財務行政とユダヤ人迫害　国家社会主義ドイツにおける反ユダヤ主義的な財政政策と行政実務 *Finanzverwaltung und Judenverfolgung. Antisemitische Fiskalpolitik und Verwaltungspraxis im nationalsozialistischen Deutschland*』（*zeitenblicke* 3 所載、ミュンヘン、二〇〇四年、第二号）。

ゲッツ・アリー『ヒトラーの国民国家』（芝健介訳、岩波書店、二〇一二年）。

強制移送されたユダヤ人が残した資産を狙い、掘り出し物に群がる「アーリア人」市民の様子をレラハ〔ドイツ南西部の都市〕で写した写真が印象深い、アンドレアス・ナッハマとクラウス・ヘッセの編集による一冊『衆人環視の中で　ユダヤ人の追放とその所有物の競売（*Vor aller Augen. Die Deportation der Juden und die Versteigerung ihres Eigentums*）』（ベルリン、二〇一一年）。

日常生活

権利を剝奪された人びとの日常を多くの実例で描き出しているのが、マリオン・カプラン『生き延びる勇気。ナチドイツにおけるユダヤ人女性とその家族 *Der Mut zum Überleben. Jüdische Frauen und ihre Familien in Nazideutschland*』（ベルリン、二〇〇一年）。マリオン・カプランには次の書籍にも論考がある。『ドイツにおけるユダヤ人の日常の歴史　一七世紀から一九四五年まで *Geschichte des jüdischen Alltags in Deutschland. Vom 17. Jahrhundert bis 1945*』（ミュンヘン、二〇〇三年）。

『ドイツ・ユダヤ史 *Deutsch-jüdische Geschichte*』（第四巻、アブラハム・バルカイ、ポール・メンデス・フロー、スティーブン・M・ローヴェンシュタイン編、ミュンヘン、二〇〇〇年）

マクシム・レオ『わが家はどこにあるのか　消えたわたしの家族の物語 *Wo wir zu Hause sind. Die Geschichte meiner verschwundenen Familie*』（ケルン、二〇一九年）はとても感動的な一冊だ。「イスラエルの地」たるパレスチナへ逃避した家族が耐え抜かなくてはならなかった、不自由だらけの厳しい年月のこともレオは語る。

ウルリヒ・アレクサンダー・ブロシュヴィッツ『旅人 *Der Reisende*』（シュツットガルト、二〇一八年）。一九三八年の一一月ポグロムの後に書かれた小説で、逃亡を試みて失敗したユダヤ人同胞が味わった閉所恐怖症的な苦境のかずかずを物語る。

ベルリン

論集『ベルリン一九三三〜一九四五 *Berlin 1933–1945*』（M・ヴィルト、C・クロイツミュラー編、ミュンヘン、二〇一二年）の論考には、この時期のベルリンの政治的風景を教えてくれるものがあった。

ゲルノート・ヨッホハイム『ローゼンシュトラーセにおける女性の抵抗 *Frauenprotest in der Rosenstraße*』（ベルリン、一九九三年）。

マックス・リーバーマンの没後一年を記念して開催された一九三六年の展覧会については、ユダヤ文化センター（*Centrum Judaicum*）から発行された『人生で残されたのは絵画と物語だけ　マックス・リーバーマン生誕一五〇周年　ベルリン・ユダヤ博物館の一九三六年の記念展覧会の再構成 *Was vom Leben übrig bleibt, sind Bilder und Geschichten. Max Liebermann zum 150. Geburtstag. Rekonstruktion der Gedächtnisausstellung des Berliner Jüdischen Museums von 1936, Berlin 1997*』（ベルリン、一九九七年）がある。特にヘルマン・ジーモンの寄稿。

強制移送、逃亡、亡命先での生活

ビルテ・クンドルスとベアーテ・マイヤーが編集した論集『ドイツからのユダヤ人の追放　計画・実務・反応　一九三八〜一九四五 *Die Deportation der Juden aus Deutschland. Pläne-Praxis-Reaktionen* 1938–1945』（ゲッチンゲン、二〇〇四年）の論考も貴重だった。

ズザンネ・ハイム／ベアーテ・マイヤー／フランシス・R・ニコシア『とどまる者は年月を、もしかすると生命を、犠牲にする　ドイツのユダヤ人　一九三八〜一九四一 *Wer bleibt, opfert seine Jahre, vielleicht sein Leben. Deutsche Juden* 1938–1941』（ゲッチンゲン二〇一〇年）。

そのほか、国外移住、中継収容所、ベルリン・ヴェディング地区のユダヤ人病院などに関して、数多くのモノグラフ、論考、書籍を参照させていただいた。ダニエル・シルバー『地獄の避難場所　《第三帝国》におけるベルリンのユダヤ人病院 *Überleben in der Hölle. Das Berliner Jüdische Krankenhaus im »Dritten Reich«*』（ベルリン、二〇〇六年)。違法状態での生活、テレージエンシュタット・ゲットー、リッツマンシュタット・ゲットーについては、『リッツマンシュタット・ゲットーにおけるベルリンのユダヤ人 一九四一~一九四四 追悼文集 *Berliner Juden im Getto Litzmannstadt 1941–1944. Ein Gedenkbuch.*』(インゴ・ルース編、テロルのトポグラフィー財団、ベルリン、二〇〇九年)。さらに、ゲルトルーデ・シュナイダー『死へと向かう旅 リガにおけるドイツのユダヤ人 一九四一~一九四四 *Reise in den Tod. Deutsche Juden in Riga 1941–1944*』。この著者は一三歳のとき両親や姉妹とともにウィーンからリガに移り、ゲットーと強制収容所を生き延びた。現在はアメリカで歴史学の教授になっている。トーマス・(トイヴィ)・ブラット『影だけが残る ソビボル絶滅収容所の暴動 *Nur die Schatten bleiben. Der Aufstand im Vernichtungslager Sobibór*』(ベルリン、第二版、二〇〇二年)。

キンダートランスポートに関しては、『キンダートランスポート 一九三八/三九 救助と社会統合 *Die Kindertransporte 1938/39. Rettung und Integration*』(編者:V・W・ベンツ他、フランクフルト・アム・マイン、二〇〇三年)。非ユダヤ人市民のメンタリティや行動に関しては、フランク・バヨール、ディーター・ポール『集団殺戮と良心のやましさ ドイツ市民、ナチ指導部、ホロコースト *Massenmord und schlechtes Gewissen. Die deutsche Bevölkerung, die NS-Führung und der Holocaust*』(フランクフルト・アム・マイン、二〇一四年)。南アメリカの国々での異邦人の新たな生活に関しては、レオ・シュピッツァー『ホテル・ボリビア *Hotel Bolivia*』(ウィーン、二〇〇三年)。同じくかれらの社会統合の状況、苦難、成功、そして新来者に対する現地の多数派社会の反応に関しては、レオン・ビーバー『ボリビアでのユダヤ人の生活 移入者の波 一九三八~一九四〇 *Jüdisches Leben in Bolivien. Die Einwanderungswelle 1938–1940*』(ベルリン、二〇一二年)。

ベルリン・ユダヤ博物館財団とドイツ連邦共和国歴史博物館財団から刊行されている論集『故郷 亡命

一九三三年以後のドイツのユダヤ人の亡命 *Heimat Exil. Emigration der deutschen Juden nach 1933*』（フランクフルト、二〇〇六年）にも、ディアスポラのなかのユダヤ人難民について示唆に富む物語が記されており、ジーモン・ジークムント・シュテルンソンも八年間暮らした上海への亡命や、エーディト・ヤーコプが息子に再会を果たす伏線ともなったグレートブリテンへの「家事使用人」の移入なども語られる。

ベルリン・ユダヤ博物館の開館に際して『二千年のドイツ・ユダヤ史 *Zwei Jahrtausende deutsch-jüdische Geschichte*』（ベルリン・ユダヤ博物館編）が刊行されている（ベルリン、刊行年不明）。起源から現在にまで至る、ユダヤとドイツの歴史である。

アンドレアス・コセアト『逃亡　ひとつの人類史 *Flucht. Eine Menscheitsgeschichte*』（ミュンヘン、二〇二〇年）。この著者は、世界中の人間の移動を歴史的な視点からだけでなく個人の運命についても語り、逃亡や国外追放に伴って人がどのような生死に関わる体験をしたかを記す。特筆すべき一冊。

アネッテ・フォークト、ハンス・サルコヴィッツ（編）『精神の追放 *Vertreibung des Geistes*』（ミュンヘン、二〇二二年）。自由意志でドイツから離れたわけではなく、ナチの残虐な政策から逃げた人びとのインタビューを収めた二枚のCD。ラジオ・ブレーメンが一九五九／一九六〇年に「精神の脱出」のタイトルで放送した四六回のシリーズを元にしている。

ハンナ・アーレント『亡命者のわたしたち *Wir Flüchtlinge*』（ニューヨーク、一九四三年）。

ナヴィド・ケルマニ『現実の崩壊　ヨーロッパを移動する難民の群れ *Einbruch der Wirklichkeit. Auf dem Flüchtlingstreck durch Europa*』（ミュンヘン、二〇一六年）。

ウルリヒ・ヘルベルト『だれが国家社会主義者だったのか？ *Wer waren die Nationalsozialisten?*』（ミュンヘン、

二〇二一年)、同書では特に「ヨーロッパのユダヤ人の殺戮へと至る道」、二〇三頁以下。

ミヒャエル・ヴィルト『粉々にされた時代　ドイツの歴史一九一八〜一九四五 *Zerborstene Zeit. Deutsche Geschichte 1918–1945*』(ミュンヘン、二〇二二年)、特に「運命の一九三八年」の章。

ベルクホーフでの「運命共同体」の「歴史的な年」については次の書に記述がある。

ハイケB.ゲルテマーカー『ヒトラーの宮廷　第三帝国の内部の取り巻きとその後 *Hitlers Hofstaat. Der innere Kreis im Dritten Reich und danach*』(ミュンヘン、二〇一九年)。「総統」は忠誠心あふれる取り巻きを集め、なれ合いの共同体でまわりを固めた。全員が共有する反ユダヤ主義で結びつき、アルベルト・シュペーアやその妻も一員だった。

書物、読む、知る

オルガ・トカルチュク『よそ者であることの練習　エッセイとスピーチ *Übungen im Fremdsein. Essays und Reden*』(チューリヒ、二〇一〇年)。

『なぜ読むのか　少なくとも二四の理由 *Warum lesen. Mindestens 24 Gründe*』カタリナ・ラーベ、フランク・ヴェグナー編(ベルリン、二〇二〇年)。

リチャード・オヴェンデン『攻撃される知識の歴史　なぜ図書館とアーカイブは破壊され続けるのか』(五十嵐加奈子訳、柏書房、二〇二二年)。壮麗で名高いオックスフォード大学ボドリアン図書館の館長が語る、書物に対する攻撃の三千年の歴史。その損失が、われわれの文明を窮地に立たせている。

フォルカー・ヴァイデルマン『燃やされた本たちの本 *Das Buch der verbrannten Bücher*』(ミュンヘン、二〇〇九年)

ジェヴァド・カラハサン『移住日記 *Tagebuch einer Übersiedlung*』（ベルリン、二〇二一年）。この本の旧版はすでに一九九三年に出ていた。ボスニア人の著者が、忘れがたいシーンと省察で描くサラエボ包囲。

戦後のドイツ

戦後ドイツの事件とメンタリティについて、「零時」〔ドイツ史で第二次世界大戦が終結した時点〕から経済復興までを盛りだくさんの情報でエンターテイメント風に総括するハラルト・イェーナー『狼の時代 *Wolfszeit*』（ハンブルク、第五版、二〇二一年）。

「補償」

強制労働や接収に対する賠償給付金をめぐっては、ドイツだけでなく、オーストリア、スイス、フランスでも政府、保険会社、銀行、企業との交渉が長年にわたって難航した。一九九五年にクリントン大統領から賠償交渉役を託されたステュアート・アイゼンシュタット『不完全な正義 *Imperfect Justice*』で、わたしはその一端を知った。アメリカ占領軍は戦後、損害賠償を求めるユダヤ人の請求を認めたのだが、ドイツ側の同意が得られなかった。内閣、連立政権、マスコミ、省庁のいずれにも、そうした法律規定や請求権に反対しようとする激しい抵抗があった。しかし連邦首相コンラート・アデナウアーは、そうした反発をいっさい意に介さなかったという。

反ユダヤ主義的な命令

ことユダヤ人に対する網羅的な接収や追放に関するかぎり、国家社会主義者《ナチ》の創意工夫には際限がない。数多くの反ユダヤ主義的な命令のうち、いくつかを抜粋して以下に掲げる。

一九三三年四月一日以後にユダヤ人医師の治療について発生した費用は、ベルリン市健康保険局により補塡されない。

一九三三年四月一日　ベルリンの全区庁はユダヤ人教職員を即刻休職させるよう指示をうける。

一九三三年四月七日　ユダヤ人は弁護士事務所を開設してはならない。

一九三三年四月一一日　祖父母のうち少なくとも一人がユダヤ人であるすべての官吏は、国家公務員の職を解雇される。

一九三三年四月二二日　ユダヤ人医師は病院に勤務してはならない。

一九三三年四月二五日　ユダヤ人はスポーツクラブ・体操クラブから排除される。

一九三三年五月四日　官庁に勤めるユダヤ人の労働者と事務職員はすべて解雇される。

一九三三年七月九日　ユダヤ人は大ドイツ・チェス連盟から排除される。

一九三三年八月一六日　ユダヤ人は合唱団から排除される。

一九三三年八月二二日　ヴァンゼー湖水浴場でのユダヤ人に対する水浴禁止。
一九三三年一〇月一日　ドイツ自動車クラブへのユダヤ人に対する入会禁止。
一九三四年二月五日　ユダヤ人の医学生は国家試験を受けることができない。
一九三四年一二月八日　ユダヤ人の薬剤師は試験を受けることができない。
一九三五年九月六日　ユダヤ人の新聞を商店または売店で販売してはならない。
一九三五年一一月一四日　ユダヤ人は選挙権を失う。
一九三五年三月　ユダヤ人の著作家はドイツでのいかなる著作活動または文筆活動も禁止される。
一九三五年　芸術商および古物商は四週間以内に廃業しなくてはならない。
一九三五年三月三一日　ユダヤ人の音楽家に対する職業禁止。
一九三五年九月三〇日　帝国市民法の意味における一切のユダヤ人であっていまだ裁判官および検事である者は、追って沙汰のあるまで即時休職とする。
一九三五年一二月二一日　ユダヤ人の公証人、医師、大学教授、および教師は国家公務員の職で活動してはならない。
一九三六年一〇月一五日　ユダヤ人の教師は個人授業を行ってはならない。
一九三七年一月二六日　ユダヤ人は家畜商を営んではならない。
一九三七年二月五日　ユダヤ人は猟師を営んではならない。
一九三七年四月一五日　ユダヤ人に対する博士号取得禁止。
一九三八年七月一一日　ユダヤ人は湯治場に滞在してはならない。

一九三八年　アーリア人の子どもと非アーリア人の子どもを一緒に遊ばせることを禁じる。
一九三八年一月一日　ユダヤ人はドイツ赤十字の会員になってはならない。
一九三八年三月二二日　ユダヤ人は市民菜園《クラインガルテン》を利用してはならない。
一九三八年四月二六日　ユダヤ人は、「ドイツ経済の利益のための財産活用を担保する」ために、自身の財産状況を公開しなければならない。
一九三八年七月二五日　ユダヤ人の医師は職業禁止を受ける。
一九三八年七月二七日　ユダヤ人の人物の名前がついている通りは名称変更される。
一九三八年八月一七日　ユダヤ人は一九三九年一月一日から追加名をつけなければならない。すなわち男性はイスラエルという名、女性はサラという名。
一九三八年一〇月五日　ドイツのユダヤ人の旅券は無効とする。《J》の文字を表示した後に、旅券をふたたび有効とする。
一九三八年一一月一二日　ユダヤ人は映画館、コンサート会場、劇場に入ってはならない。
一九三八年一一月一二日　ユダヤ人は独立した手工業の事業所または小売業の経営を営んではならない。通信販売業もこれに同じ。
一九三八年一一月一五日　ユダヤ人はドイツ人の学校への通学を許されない。ユダヤ人は、ユダヤ人の学校にのみ通学することができる。
一九三八年一一月一九日　ユダヤ人は、困窮者支援の必要がある場合にはユダヤ人による民間福祉事業の支援を受けるよう指示される。

一九三八年一一月二九日ユダヤ人は伝書鳩を飼ってはならない。
一九三八年一二月三日ユダヤ人は水浴施設および水泳プール場に立ち入ってはならない。
一九三八年一二月三日ユダヤ人はベルリン市の特定の区域に立ち入ってはならない。
一九三八年一二月三日　ユダヤ人の運転免許証および自動車登録証明書は無効を宣告され、その供出を命じられる。
一九三八年一二月六日　ユダヤ人の学生は高校および大学から排除される。
一九三八年一二月　ユダヤ人の出版社は解散しなければならない。
一九三九年一月一七日　ユダヤ人の歯科医、獣医師、薬剤師、歯科技工士、治療師、および看護師に対する職業禁止。
一九三九年一月二八日　ユダヤ人は市場で買い物をすることを禁止される。
一九三九年三月二四日　ユダヤ人はシナゴーグの残骸を片づけなければならない。
一九三九年四月三〇日　ユダヤ人をいわゆる「ユダヤ人の家」へ強制的に入居させることができる。
一九三九年九月一日　ユダヤ人はラジオ受信機を供出しなければならない。
一九三九年九月一二日　ユダヤ人は特別な店舗でしか買い物をしてはならない。
一九三九年九月二五日　夜八時以降（夏季は九時以降）に住居から出ることをユダヤ人に禁止する。
一九三九年一二月　ユダヤ人に衣料切符を交付してはならない。
一九四〇年七月四日　ユダヤ人は午後四時～五時にのみ食料品を購入することが許される。
一九四〇年七月二九日　ユダヤ人の電話接続は解約される。

一九四一年三月四日　いかなるユダヤ人にも強制労働を義務づけることができる。

一九四一年六月二六日　ユダヤ人に石鹸および髭剃り石鹸を支給または販売してはならない。

一九四一年八月二日　ユダヤ人は貸本業者を利用してはならない。

一九四一年九月一日　一九四一年九月一五日以降、満六歳に達しているユダヤ人はユダヤの星をつけずに人前に出ることが禁止される。

一九四一年九月一日　ユダヤ人は書面による警察署の許可なく居住共同体を離れることを禁止される。

一九四一年九月一日　ユダヤ人は勲章、栄誉章、またはその他の記章を身につけることを禁止される。

一九四一年九月一三日　ユダヤ人は公共交通機関を利用してはならない。

一九四一年九月一八日　ユダヤ人が居住地を離れるには警察の許可証を要する。

一九四一年一一月四日　国民経済の点から重要な事業に従事するのでないユダヤ人は、数カ月以内に東部地域へ追放される。追放されるべきユダヤ人の財産はドイツ帝国のために没収する。

一九四一年一一月一三日　ユダヤ人の私有に係る一切のタイプライター、計算機、複製器具、自転車、写真機、および双眼鏡を把握のうえ供出するものとする。

一九四一年一二月二一日　ユダヤ人は公衆電話を利用してはならない。

一九四二年一月　毛皮を所持しているユダヤ人はこれを供出しなければならない。

一九四二年二月一四日　ユダヤ人にはケーキ類を販売しない。

一九四二年二月一七日　ユダヤ人は、郵便局、出版社、または露店商人を通じての新聞、雑誌、法律・法令の官報の提供から排除される。

一九四二年三月一三日　ユダヤ人は、入口の扉に描いた黒いユダヤの星で住居を表示するよう指示される。
一九四二年四月二四日　ユダヤ人は公共交通機関を利用してはならない。
一九四二年六月一九日　ユダヤ人はすべての電気機器と光学機器、ならびに自転車、タイプライター、レコードを供出しなくてはならない。
一九四二年六月二〇日　ユダヤ人の子どもはいかなる学校への通学も禁止される。
一九四二年六月二二日　ユダヤ人は卵を入手できない。
一九四二年七月一〇日　ユダヤ人は新鮮な牛乳を入手できない。
一九四二年七月一〇日　国外追放者に宛てたいかなる方式およびいかなる形式の金銭・贈答品の発送も禁止される。
一九四二年九月一八日　ユダヤ人の子どもへの食品配給を減じる。
一九四二年九月一八日　肉、肉製品、およびその他の配給食糧のユダヤ人への供給を停止する。
一九四二年一〇月九日　ユダヤ人は書籍を購入してはならない。
一九四二年一一月初旬　帝国内にあるすべての強制収容所からユダヤ人を一掃し、ユダヤ人全員をアウシュヴィッツおよびルブリンへ移送する。
一九四三年五月一五日　ユダヤ人は愛玩動物を飼育してはならない。
一九四三年六月一九日　ユダヤ人はすべての電気機器と光学機器を供出しなくてはならない。追加：すべての自転車、タイプライター、レコード。
一九四三年六月二〇日　すべてのユダヤ人学校の閉鎖。

一九四三年一〇月九日　ユダヤ人は書籍を購入してはならない。

一九四五年二月一六日「反ユダヤ主義活動を対象とする書類の運び出しが可能でない場合、敵の手に渡さぬためにこれを破棄するものとする」

追悼

ベルヒテスガーデナー通り三七番地のアパートのユダヤ人入居者

クルト・バロン（繊維製品の代理商、「完全ユダヤ人」）とその妻マルタ（プロテスタント）は「優遇される混合婚」で暮らしていた。おかげでクルトは強制移送を免れ、「婚姻相手がアーリア人であることに鑑みて見送られた」。一九三九年から一九四五年四月三〇日まで、さまざまな会社で建設作業員として強制労働を課された。戦時を生き延びたが、一九五一年に要介護者となる。その罹患と死去が「迫害によるもの」であることを補償局は認めなかった。

ヤーコプ・ベルガー（商人）とヘレナ・ベルガー（「事業主」）は両名ともワルシャワ・ゲットーに強制移送され、絶滅収容所トレブリンカで殺害された。

ジェイムス・ブランドゥス（弁護士・公証人、「法律顧問官」、マグデブルクのユダヤ人共同体の副理事長）は一九三七年、ベルリンのエアフルター通り二番地へと居を移したのち、ベルヒテスガーデナー通り三七番地に強制入居となり、ヘルタ・グリュックスマンの住居で寝起きすることになった。息子のヴェルナーとマックスは両人とも弁護士だったが父親と同じく職業禁止をうけ、一九三七年にアメリカへ逃避。ジェイムスと妻エルスベートは一九四二年九月二五日、エルスベートの姉妹ナニー・ネイサンとともにテレージエンシュタットへ強制移送された。ナニーの息子フランツ、フランツの叔父にあたるエルンストはイギリスに逃避。フランツ・ネイサンは「敵性外国人」としてアランドラ・スター号でカナダへ送られたが、その船にドイツ軍の魚雷が命中し、一九四〇年七月二日に落命した。エルスベートの兄弟マルティン・ブランドゥス（出版書籍業）は一九三三年にドイツ書籍商組合から締め出され、次いで帝国著作院からも除名。会社を強制売却させられ、妻エヴァとともに九月四日に連行されて、おそらくリガ・ゲットーで殺害されたと思われる。

ヘルマン・ブラット（毛皮商）は一九三八年にドイツから追放され（「ポーランド作戦」）、ポーランドのズボンシン難民収容所に数カ月のあいだ入っていた。ワルシャワが占領された後、妻のクララ・ブラットとともにイタリアへ逃亡。ふたりはフェラモンティのユダヤ人捕虜収容所カンポ・デ・コンチェントラメント／強制収容所に入った。一九九四年に夫婦は離婚。いずれもその後に再婚した。ヘルマン・ブラットは一九四七年にブラジルへ移住、クララはアメリカに渡った。

マルタ・コーエン（ピアノ愛好家、未亡人）は、クララ・マルクス、ベルタ・シュテルンソンの二名の「転借人」の割当てをうけた。夫とともに作成した遺言書に何度も追記をくわえて変更し、遺産を国家社会主義者《ナチ》の手に渡すまいとしたが、願いはかなわず、一九四二年九月一日、テレージエンシュタットに強制移送された。

ヘルタ・グリュックスマンは、一九四二年三月二八日にトラヴニキへ強制移送されたが生還した。母シャルロッテも迫害を生き延びたが、その二人目の夫ダーヴィト・ダゴベルト・マイケルソンは一九三九年、悪い噂のたえなかったノイルピーン精神病院で死亡した。ヘルタ・グリュックスマンは一九五〇年にオーストラリアで死去、その母親シャルロッテはおそらく自死だった。

アリス・ハインリヒスドルフは、一九四二年一一月二九日にアウシュヴィッツに送られた。いとこのレーハ・レベッカ・フランケンシュタインは、ハインリヒ・ヒムラーが連合国側との「交渉材料」に利用しようと一九四五年一月にテレージエンシュタットからスイスへ出国させた「抑留者」のうちの一人となった。

エルゼ・ヘルツフェルト（ザルツブルガー通り一四番地に居住、その後、ベルヒテスガーデナー通り三七番地へ強制入居）は、妹ヘートヴィヒ・シュタイナーのところに身を寄せていたこともあるが、一九四二年にアウシュヴィッツへ強制移送された。夫ハイマン・ヘルツフェルトは一九四一年、娘のケーテを頼ってアルゼンチンへ逃避した。

サラ・イーレンフェルト（クルト・バロン、マルタ・バロンのもとに強制入居）は、ヘルタ・グリュックスマンとともに一九四二年三月二八日にトラヴニキへ強制移送された。

ジークフリート・クルト・ヤーコプ（公証人・弁護士、ベルヒテスガーデナー通り三七番地のアパートの所有者）は、一九三八年に不完全な財産申告（「資産隠匿」）のかどで逮捕された。妻エーディト（旧姓ゼルディス）は一九三九年、「使用人不足」の恩恵もあってイギリスへ逃避できたが、一九四二年、その地でドイツ軍の空爆にあって命を落とした。息子ハンス・シュテファン・ギュンター（英名ハワード・スティーヴン・グラント）は一二歳のときキンダートランスポートで命を救われ、イギリスの養母のもとで育った。ジークフリート・クルト・ヤーコプは非合法のままベルリンで生き延び、戦時中は偽名を使ってナチ政権への抗議活動をつづけた。一九四五年にユダヤ人の「摘発屋」に密告されてまたも逮捕されたが解放され、弁護士・公証人としての資格を再び得た。一九五四年にヴェディング地区のユダヤ人病院で死去。生前、法律で定められた補償を受けられたのは、奪われた財産のごく一部にすぎなかった。

エーディト・ヤーコプの母クララ・ゼルディス（立ち退きまでの住所はマルティ・ルター通り四四番地）は、ユダヤ人に対する出国禁止が出る寸前に出国許可を得てエクアドルへ脱出した。その地へすでに逃避していた息子クルト・レオポルトは、のちにアメリカへ亡命。その兄弟ルートヴィヒ・ハインリヒ（英名レスリー・ヘンリー、マックス・ゼルディス社取締役）は、一九三八年の一一月ポグロムの後に強制収容所へ収容され、会社も「アーリア化」されて出国を余儀なくされた。イギリスで軍務についたが、その後は失業者となった。

モーリッツ・カルマン（商人）は一九四三年三月三日、その妻マルタ（「事業主」）はその一日後、アウシュヴィッツへ強制移送された。一九三七年まで、ふたりはベルヒテスガーデナー通り三七番地の賃借人だった。その後ランクヴィッツ地区に転居したが、その矢先にベルリン・ミッテ区のアパートへ強制入居となった。

ヘルマン・カッツ（歯科医）は、一九四二年七月二二日にテレージエンシュタットへ強制移送された。妻と息子はその何年も以前に自死。

レヴィ・ルイス・ダーフィト・カイザーは一九三七年、エミー・カイザーは一九四〇年にそれぞれ死去。息子ゲルダと娘フリッツはどちらも強制労働者となり、連合国軍の激しい空爆があった後の一九四三年三月一日、二日にランズフーター通り四番地からアウシュヴィッツへ送られた。

ヘルマン・ザロモン・ヒルシュ・クリスは一九四二年六月一三日にソビボルへ、次いでマイダネクへ強制移送され、最終的にテレージエンシュタットへと向かう死の行進に送り出された。

ヨハンナ・レヴィンとマックス・レヴィンは一九四一年、リスボンを経由してニューヨークへ亡命し、さらにそこから娘エルナのいるシカゴへ移った。エルナの妹エルゼはパレスチナへ、弟ヘルマンはテヘランへそれぞれ逃げた。命は助かったが、一家は散り散りになった。ヨハンナ・レヴィンとその子らは戦後、シュペナー通りにあった自宅の賠償を求めて闘った。

クララ・マルクス（通信事務員）はもともと夫エドゥアルトとともにバンベルガー通り二五番地に居住し、その後ヴィルマースドルフ地区に移ってから、ベルヒテスガーデナー通り三七番地でマルタ・コーエンの「転借人」となった。一九四二年八月一〇日にトレブリンカへ強制移送され、息子ハインツ（のちにヘンリー）はアメリカへ逃げた。

マックス・マルクスは「一九四二年五月二七／二八日のユダヤ人に対する特別作戦」で逮捕され、ザクセンハウゼン強制収容所の「ステーションZ」に送られて、翌日に銃殺された。ソ連の文明が遅れていると宣伝するためにヨーゼフ・ゲッベルスが催したプロパガンダ展覧会「ソビエトパラダイス」を襲撃した、ヘルベルト・バウムを中心とする共産主義者・ユダヤ人の抵抗グループの襲撃に対する「報復作戦」だった。

オスカー・メンデルスゾーン（代理商、ベルヒテスガーデナー通り三七番地に長年住んだ賃借人）は、一九四二年一一月四日にテレージエンシュタットへ強制移送された。妻エルナは一九三九年に「心臓衰弱」のため死亡。

ベティ・レヒニッツとクルト・レヒニッツはミュンヒナー通り一四番地の住居から退去をさせられた。ベティは自殺を図ったことがある。夫婦は一九四二年六月一三日にソビボルへ強制移送された。娘アリスは夫、義母とともにオランダへ逃避し、そこで娘ふたりを出産したが、ソビボルで全員殺害された。ベティ・レヒニッツの母親ユリー・マヒニツキ（旧姓レヴィン）は一九四三年三月一七日にテレージエンシュタットに送られ、ベティの妹エーディト・ザロモンは、夫、娘とともに手遅れになる前に地下に潜り、一九四六年にアメリカへ移住した。

アルフレート・ローゼンバウム（医師、「上級衛生功労医」）は独身で子どももなく、旧住所のデルンベルク通り六番地から、一九三九年四月、ベルヒテスガーデナー通り三七番地の五部屋住居を借りた。一九四二年八月二八日にテレージエンシュタットへ強制移送される前に遺言書を変更し、長年家政婦を務めてくれたベルタ・イェーナーを単独相続人に指定したが、賠償当局はベルタが被相続人の「寡婦でも配偶者でもない」として、ベルタを相続人に認定しようとしなかった。訴えを起こして勝訴したものの、支払がなされた形跡はみあたらない。

ヘートヴィヒ・シュタイナー（洋裁師）は娘リリー、息子ゲラルトとともにベルヒテスガーデナー通り三七番地の賃借人だった。エルゼ・ヘルツフェルトの妹。一九三〇年に夫クルト・シュタイナー（株式仲買人）が自殺。ヘートヴィヒは子どもたちを早めに外国へ送り出したが（ゲラルトはイギリス、リリーはハイファ）、自身は一九四二年一月一三日にリガへ強制移送され、最初はゲットー、次いで強制収容所に入った。一九四四年にはシュトゥットホーフ強制収容所に移され、その解体後に死の行進へと送り出された。子どもたちは、賠償額が決まるヘートヴィヒの正式な死亡の時点について、補償当局と長年にわたって争った。

マルタ・シュタイニッツ（アルフレート・ローゼンバウムの「転借人」）は、一九四二年八月一九日の移送期日を知らされた後、睡眠薬で自殺したものと思われる。

ベルタ・シュテルンソン（「倉庫管理人」）、マルタ・コーエンの「転借人」）は、ベルヒテスガーデナー通り三七番地の最後のユダヤ人入居者として、一九四二年一二月一四日にアウシュヴィッツへ強制移送された。夫ジーモン・ジークムント（のちにシドニーを名乗る。大規模なたばこ工場の支配人、その後に代表取締役）は上海へ逃避し、七年後にようやくアメリカへ移住した。息子ハインツ（のちにヘンリー）は一九三九年にアメリカへ逃亡した。

パウラ・パウリーネ・スランスキーは、一九四二年九月二日にテレージエンシュタットに送られた。夫ヨーゼフ・スランスキー（アメリカ国籍）は留置所から一九四二年一月二五日にリガへ強制移送された。娘のアリス・クライン（一九四三年二月の「工場」作戦のときまで強制労働者）は一九四三年三月一二日にアウシュヴィッツへ強制移送された。その夫マルティン・クラインはベルギーで逮捕されてフランスからドイツへ引き渡され、一九四二年八月一七日にアウシュヴィッツへ強制移送された。

イーダ・ヴォレ（販売員）は、メラナー通り六番地の自宅住居の明け渡しを強いられ、ヘルタ・グリュックスマンのところへ間借りしていたが、一九四二年八月二四日にテレージエンシュタットへ送られた。夫オスカー・ヴォレは一九四〇年に「心臓衰弱」で死亡。

訳者あとがき

本書は、二〇二三年に刊行されたインケ・ブローダーセン著"*Lebewohl, Martha*"（さようなら、マルタ）の全訳である。ベルリンのベルヒテスガーデナー通り三七番地にある自宅の集合住宅が、かつてナチの時代に「ユダヤ人の家」だったことを知って衝撃をうけた著者が、当時の入居者の生涯を追いかけるスリリングな謎解きの物語だ。さらには事実の探求だけにとどまらず、迫害をうけたひとりひとりの人生に思いを馳せずにいられない著者の心情も綴られ、かわいそうな犠牲者、というだけの存在で終わらせたくないという強い思いが伝わってくる。

タイトルにある「ユダヤ人の家」という言葉だが、これは単にユダヤ人が住む家、というだけの意味ではない。一九三九年ごろから各都市でナチ官庁が指定していった、特別な建物を指す用語だ。ユダヤ人が所有する住宅や、ユダヤ人共同体が保有する病院、学校などの施設が丸ごとナチに利用されて、ユダヤ人だけが入居する建物に変えられていった。それがここでいう「ユダヤ人の家（Judenhaus）」であり、言ってみれば小規模なゲットーだった。

賃貸アパートの場合、ユダヤ人が住む部屋に、別のところにいたユダヤ人が強制的に押し込まれた。強制入居になった人をナチ官庁は転借人と呼んでいる。「転借」はれっきとした法律用語で、いわゆる又借りのことだが、「ユダヤ人の家」の場合、もとの借主が自主的に部屋を貸すわけではなく、ましてや賃料をもらうのでもないから、本来の意味からはほど遠い。収容所への移送を「移住」、「疎開」と言い換えていたのと同様で、まやかしの用語法にほかならない。

当局の狙いとして、ユダヤ人を少数の家屋に集約すれば管理や強制連行がしやすくなり、民間のドイツ人に監視の片棒を担がせることもできた。

さらに別の事情もある。空爆や都市改造計画のあおりをうけ、都市部で住宅不足が深刻化していたことだ。そのため新しい法律をつくってユダヤ人を自宅から強制退去させ、空いたところにドイツ人を入居させていった。為政者が好き勝手に法律を定め、理不尽きわまりない行為を「合法的に」進めていく時代だった。

アパートから姿を消した二四人の運命を辿ることが縦糸だとすれば、戦後ドイツを生きた著者自身のさまざまな人生経験が、本書を織りなす横糸となっている。父親の出征と復員、冷戦に翻弄された戦後の日常、戦争責任をめぐる学生運動、近年の難民支援といった体験を踏まえて、亡命とは何か、故郷を失うとはどういうことかを問いかける。

国内にいる少数民族、他民族という「内なる敵を炙りだす」ことを始めてしまえば、それは殺すか追放するかして「殲滅、ジェノサイド」に行きつくほかない。外なる敵とは違い、にらみ合いを続けたり、壁をつくって相手と隔絶する、という選択肢がないから。これは中東研究者・酒井啓子氏の言葉だが、ナチのユダヤ人迫害にも、そしていまの世界、日本にもそのまま当てはまる指摘に思えてならない。

二〇二五年二月

中村康之

インケ・ブローダーセン（Ingke Brodersen）
1950年、ドイツのシュレースヴィヒ・ホルシュタイン州生まれ。ハンブルク大学を卒業後、編集者として歴史、教育、ファシズムなどの分野で書籍の編著にたずさわる。共著に『*Zerrissene Herzen* 引き裂かれた心』（2006年）、単著に『*Judentum* ユダヤ民族』（2012年）、編著に『*Eine Erdbeere für Hitler. Deutschland unterm Hakenkreuz*　ヒトラーのためのイチゴーハーケンクロイツの下のドイツ』（2005年）などがある。

中村康之（なかむら・やすゆき）
1963年、山口市生まれ。金沢大学文学部文学科卒。ドイツ系の特許・法律事務所で翻訳業務にたずさわったのち、1999年よりフリーの翻訳者。主な訳書：『エリーザベト－美しき皇妃の伝説（上・下）』（朝日新聞社）、『量子の宇宙のアリス』（徳間書店）、『ベルリン　地下都市の歴史』（東洋書林）、『戦場のクリスマス－20世紀の謎物語』、『最強の狙撃手』、『［フォトミュージアム］絶景の夜空と地球』（以上、原書房）。

わが家《や》は「ユダヤ人《じん》の家《いえ》」だった

2025年3月27日　第1刷

著　　者　インケ・ブローダーセン
訳　　者　中村康之《なかむらやすゆき》
装　　幀　川島　進
発 行 者　成瀬雅人
発 行 所　株式会社原書房
〒160-0022 東京都新宿区新宿1-25-13
電話・代表　03(3354)0685
http://www.harashobo.co.jp/
振替・00150-6-151594
印　　刷　新灯印刷株式会社
製　　本　東京美術紙工協業組合

ISBN 978-4-562-07527-0 printed in Japan